庫 SF
〉

夏への扉

〔新版〕

ロバート・A・ハインライン
福島正実訳

早川書房

8597

THE DOOR INTO SUMMER

by

Robert A. Heinlein

Translated by
Masami Fukushima
Published 2024 in Japan by
HAYAKAWA PUBLISHING, INC.
This book is published in Japan by
arrangement with
THE LOTTS AGENCY, LTD.
through JAPAN UNI AGENCY, INC., TOKYO.

A・P、
フィリス、
ミックとアネットほか
世のすべての猫好きに
この本を捧げる

夏への扉

〔新版〕

1

六週間戦争のはじまる少しまえのひと冬、ぼくとぼくの牡猫、護民官ペトロニウスとは、コネチカット州のある古ぼけた農家に住んでいた。マンハッタンの被爆地帯の端にあたったし、古い木造家屋というものはティッシュペーパーに火をつけたようによく燃えるから、今でも、まだあの農家がそこに建っているかどうかは疑問だ。おそらくはあるまい。たとえ建っていたとしても、死の灰が降ったから、価《あたい》よく貸すというわけにはいかないだろう──だが、当時ぼくら──つまり、ぼくとピートは気に入っていた。下水設備がなかったので家賃は安かったし、居間だった部屋に置いたぼくの製図机に、冬の陽ざしがよくあたった。

ただし欠点があった。この家は、なんと外に通ずるドアが十一もあったのである。

いや、ピートのドアも数に入れれば十二だ。ぼくは、いつもピートに、専用のドアをあてがってやることにしていたのだ。この家の場合には、使わない寝室の窓に打ちつけた板切れで、そこに、ちょうどピートのヒゲの幅にねこ通しを切ったのである。なぜこんな面倒なことをしたかといえば、今日までぼくはあまりに多くの時間を、猫のためにドアをあけたり閉めたりすることに消費しすぎていたからだ——ぼくが一度計算したところによると、文明の曙光《しょこう》が射してこのかた、人類は九百七十八（人間）世紀分の時間を猫にかまけて費してきているのだ。なんなら、もっと詳しい数字をあげてみせてもいい。

わがピートは、人間用のドアをあけろとせがむ場合は、遠慮会釈なくぼくの手を煩《わずら》わせたが、それ以外は、ふつうこの自分用のドアを用いた。ただし、地上に雪の積もっているあいだは、絶対に自分のドアを使おうとはしなかった。

ふわふわの綿毛のような仔猫《こねこ》時代から、ピートはきわめて単純明快な哲学を編みだしていた。住居と食と天気の世話はぼく任せ、それ以外のいっさいは自分持ちという哲学である。だがその中でも、天気は特にぼくの責任だった。コネチカットの冬が素晴らしいのは、もっぱらクリスマス・カードの絵の中だけだ。その冬が来るとピートは、きまって、まず自分用のドアを試み、ドアの外に白色の不愉快きわまる代物を見つけると、（馬鹿ではなかったので）もう外へは出ようとせず、人間用のドアをあけてみせろと、ぼくにうるさくまとわりつく。

彼は、その人間用のドアの、少なくともどれかひとつが、夏に通じているという固い信念を持っていたのである。これは、彼がこの欲求を起こすたびに、ぼくが十一ヵ所のドアをひとつずつ彼についてまわって、彼が納得するまでドアをあけておき、さらに次のドアを試みるという巡礼の旅を続けなければならないことを意味する。そしてひとつ失望の重なるごとに、彼はぼくの天気管理の不手際さに咽喉《のど》を鳴らすのだった。

こうして見極めがつくと、それきり屋内に閉じこもり、生理的要求がぎりぎりの線に来るまでは絶対戸外に出ようとしない。外へ出て帰ってくると、四趾《しし》に雪が凍りついて、板敷の床の上に木靴でもはいているような音をたてる。そして、ぼくをにらみつけ、その氷を残らず舐めてしまわないうちは、ぼくがどんなに機嫌をとろうが決して咽喉など鳴らさない――舐め終わると、また次の要求の時まで、仲直りする。

だが彼は、どんなにこれを繰り返そうと、夏への扉を探すのを、決して諦めようとはしなかった。

そして一九七〇年十二月三日、かくいうぼくも夏への扉を探していた。

ぼくの場合のそれも、コネチカットの一月にピートが夏を求めたのと、いずれ劣らぬはかない望みだった。南カリフォルニアの雪は貧しくて、わずかに山々の峰にスキーヤーのための積雪があるばかり、ロサンゼルスの下町では白いものさえ見られなかった。たぶん、スモッグを押しのけられなかったのだろう。だが、冬は、ぼくの心の中にあったのだ。

　ぼくは健康を害してもいず(慢性の二日酔いは別として)、あと数日間は年も三十のこちら側なら、無一文の貧乏人ではさらになかった。警察に追われる身でもなく、人妻を寝とってその夫につけまわされてもいなければ、裁判所の執行官から逃げまわっていたわけでもない。軽微なもの忘れの気味はあれ、不治の記憶喪失症などにかかってもいなかった。にもかかわらずぼくの心には冬が住まって、ぼくはひたすら夏への扉を探し求めていたのである。

　もしぼくが、かなり強度の自嘲症《じちょうしょう》にかかっていると見るなら、それは正しい。この地球上には、ぼくより不遇な人間は二十億人はいたはずだ。にもかかわらず、ぼくはひたすら、夏への扉を探していたのである。

　当時、ぼくがもっぱら試みていたのは、酒場《バー》のスイングドアだった。そのときもぼくは、そうしたスイングドアのひとつの前に立って、店の看板をながめていた。看板には〈バー・グリル無憂宮《サン・スーシ》〉という文字が出ていた。ぼくはドアを押して内部へ入ると、まんなかごろのボックスを選んで、そこへ、さげていたボストンバッグをそっと置き、その横へ腰かけてウェイターの来るのを待った。

ボストンバッグがいった。「ウエアーア」

「落ち着くんだ、ピート」

「ナーオウ」

「何をいうか。我慢するんだ。首を引っこめろ、ウェイターが来る」

ピートは黙った。ぼくはテーブルごしに腰をかがめたウェイターを見あげた。「スコッチのダブル一杯、水一杯、それにジンジャーエールをひと壜《びん》」

ウェイターは目をまるくした。「ジンジャーエールですって？　スコッチにですか？」

「あるのか、ないのか」

「そりゃもちろんありますが……」

「あるなら持ってくるがいい。なにも飲もうというんじゃない。ただなめてニヤスカするだけだ。それから受け皿もいる」

「かしこまりました」ウェイターはテーブルの上を拭いた。「ステーキはいかがでしょう？　でなければホタテガイなどがよろしゅうございますが」

「おい兄弟。そのホタテガイをおれに押しつけないと約束すれば、おまえにホタテガイ分のチップをやろう。おれのほしいのは注文したものだけだ。それと受け皿とだ」

ウェイターは仏頂面《ぶっちょうづら》になって行ってしまった。ぼくはもう一度ピートに気をつけろと命じた。ウェイターが戻ってきたのを見ると、せめてもの矜持《きょうじ》を満足させるためだろう、ジンジャーエールを受け皿の上に載せて運んでくる。ウェイターに壜をあけさせておいて、ぼくはスコッチに水をまぜた。

「ジンジャーエールを飲むグラスを別に持ってまいりましょうか?」

「おれはちゃきちゃきのカウボーイだ。ラッパ飲みといくよ」

ウェイターは口を閉じて代金とチップを——ホタテガイの分まで忘れずに取っていった。彼が行ってしまってから、ぼくはジンジャーエールを受け皿に注ぎ、バッグの上を軽く叩いた。「スープがあがったぞ、ピート」

ボストンバッグにはチャックがしてなかった。ピートを入れて歩くときは、いつもチャックはしないのだ。彼は前脚でバッグを拡げ、頭をつき出し、素早くあたりを見回すと上半身を浮かせるようにして前脚をテーブルの縁にかけた。ぼくはスコッチのグラスをあげ、一瞬おたがいに顔を見合わせた。

「世の女とメスのために乾杯! 女なんかにクヨクヨするな!」

ピートはうなずいた。それは彼の哲学と完全に一致していたのである。彼は頭を優雅に垂れ、すぐにジンジャーエールをピチャピチャやりだした。

「できればの話だがね、ピート」といい添えて、ぼくもガブリとひとくち飲んだ。ピートは答えもしなかったが、メスにクョクョしないことなんぞ、彼にとってはなんの造作もなかったのだ。彼は天性の独身者タイプだったのである。

真正面のバーの窓越しに、さっきから三通りに変わる広告サインが見えていた。まずそれは〝財産は睡眠中に創られる〟ではじまり、〝苦労は夢とともに消える〟と変わって、それが消えると、こんどは二倍ほどもある大きな文字で、

ミュチュアル生命　冷凍睡眠保険《コールドスリープ・アシュアランス》

となるのだ。

ぼくは、何も考えぬままその広告をながめていた。冷凍睡眠《コールドスリープ》というものについてはたいていの人と同じように、知っているようでもあり、知らないようでもあった。もちろんぼくは、H・G・ウエルズの古典的SF『冬眠者めざめるとき』ぐらいは、保険会社が宣伝用に無料配布をはじめる以前から読んでいたし、週に二、三回は、朝の郵便の中に入ってくる保険会社のダイレクト・メールで見もしたのだが、ろくに気にもとめていなかった。冷凍睡眠など、ぼくには、口紅の広告同様、縁もゆかりもなかったからだ。

第一、そのころよりちょっと前までは、縁があろうがなかろうが、費用がぼくの手に負

えなかった。冷凍睡眠《コールドスリープ》は、貧乏人には高嶺の花だったのだ。そして第二には——自分の仕事に生き甲斐を感じている上に金が儲かりだし、さらに儲かる見込みがあり、美人と恋をしていて、まもなく結婚しようとしている男が、なにを好きこのんで、なかば自殺に等しい冷凍睡眠などに関心を持つはずがあろう。

不治の病に冒されて、いずれは死を免れないが、二十年後には医学が進歩して救われる見込みがあるというような男なら——そしてその男が、幸いにして、医学が彼の病気に追いつくまでの二十年間の冷凍睡眠の費用をまかなうに足る金を持っている場合なら——冷凍睡眠を試みるのも悪くはあるまい。あるいは、火星へ宇宙旅行に行きたいと願っている男が、彼の人生というフィルムのひとコマを端折《はしょ》ることによって、火星行宇宙船の旅費をまかないうると考えた場合——これまた、きわめて論理的な試みといってよかろう。事実、当時巷間《こうかん》に流布されていた噂話で、結婚したての若夫婦が、市役所からウェスタン・ワールド冷凍睡眠保険会社《コールドスリープ・アシュアランス》の冷凍場《サンクチュアリ》に直行し、惑星間定期宇宙船《インタプラネタリ・スペースライナー》で蜜月旅行《ハネムーン》に出かけられる時代が来るまで起こさないようにといいおいて、無期限の冷凍睡眠に入ったという話が伝えられていた。ぼくは信用しなかった。おそらく、これは保険会社の細工した宣伝用のでっちあげで、その若夫婦は、あとから、変装をし名を変えて、保険会社の裏口からこっそり脱け出したのではないか。こともあろうに、楽しいはずの新婚初夜を、冷凍のサバよろしくコチコチに凍って過ごすなんて、いくらなんでも真実とは受けとりにくかったのだ。

つぎなるは、例によって例のごときあからさまな物欲への訴えだ。保険会社の謳《うた》い文句に曰《いわ》く〝財産は睡眠中に創られる〟。あなたの貯蓄が、眠っているあいだになん倍にもなる！　かりに、あなたが五十五で、隠退後の年金が月額二百ドルだとしよう。そこで冷凍《コールド》睡眠《スリープ》に入り、なん年か眠って目が覚めると、あなたは依然として五十五のまま、しかも年金は千ドルになっているというわけだ。いかがですか？　しかも、あなたの目を覚ます輝かしい新時代が、あなたに、いまよりはるかに健康な老後と長寿を約束し、したがってその月額千ドルも、いまの数倍使いでのあるものになるであろうことはいうまでもない。さあどうだまいったか。というわけで、さまざまの保険会社が、いずれ劣らぬ〝論議の余地なき〟数字を提示して、当社の投資信託こそは他社にくらべて絶対早く、絶対多く利潤をあげると、たがいにしのぎを削っていたのである。

だが、こんな宣伝も数字も、いっこうにぼくの気をそそることはなかった。

ぼくは五十五ではなかったし、もちろん隠退したいわけもなく、おまけに一九七〇年に、なんの不満もなかったのだ……。

つまり、ごく最近までは。

いまはちがった。

いまのぼくは、否応なしに——いやだったのだ——隠退を強いられた身の上だったのである。そして、ハネムーンに出かけるどころか、場末のバーにすわりこんで、ただ心を麻痺させるがためにスコッチのグラスをかたむけている——かたわらには、新妻《にいづま》のかわりに傷だらけの牡猫《おすねこ》——ジンジャーエールに病的な嗜好を持つ猫をはべらせて。いましたいことを問われれば、ぼくはこいつをジン一ケースと交換して、残らず飲み倒してやりたい、と答えたろう。

だが、一文なしでだけはなかった。

ぼくは上着のポケットを探り、一通の封筒を取り出して開いてみた。中身は二つ。ひとつは、ぼくがいままで持ったこともない金額の小切手一枚。そしていまひとつは、〈ハイ《文化》ヤー《女》ガール《中器》〉社の株券だった。二つとも、少し手垢《てあか》がついていた。彼らにそれを手渡されてから、肌身離さず持ち歩いたためだった。

そうだ。冷凍睡眠《コールドスリープ》という手があった。スコッチのグラスをもてあそびながら、いつしかぼくは考えていた。

この悩みを、眠って忘れてしまえばどうだ？　外人部隊に参加するよりは快適だし、自殺するよりいくらか清潔だ。それに、ぼくの人生をこうまで踏みにじった連中や思い出も、完全にぼくから遮断してしまえる。いままで気がつかなかったが、これ以上のことはないではないか！

　ぼくは、金持ちになることなどに、たいした興味は持たなかった。だいいち、ぼくの持っている金で、長期の冷凍睡眠《コールドスリープ》の費用と、未来で目が覚めたとき役に立つほどの信託預金をするのに足りるかどうかもわからなかった。しかし、もうひとつの点はぼくの気持ちをそそるに充分だった。ままならぬ世間に一時おさらばして、新世界で再び目を覚ます。もし保険会社の宣伝文句を信用すれば、おそらくはいまよりずっとましな世界になっているはずだ。もちろん、もっと悪い世界である場合もあり得る。だがともかく、いまの世界とちがった世界ではあるだろう。

　絶対確実なちがいがあった。冷凍睡眠に入れば、ぼくは、ベル・ダーキン――もしくはマイルズ・ジェントリー、もしくはその両方――しかしとくに、ベルのいなくなった世界が来るまで、なにも知らずに眠っていることができるのだ。ベルが死んで、土の中に埋められてしまえば、ぼくも彼女を忘れることができるだろう――彼女がぼくにした仕打ちを忘れ、彼女を心の外に追いやって――。彼女が、空間的にわずか数マイルの近くにいるという事実に、心を蝕《むしば》まれることもなくなるのだ……。

　ところで、そのためには何年眠ればいいだろう？　ベルは二十三だ――少なくとも、自分ではそういっている（ぼくはいつか彼女が、ルーズヴェルトの大統領時代を知っているとうっかり口を滑らしたことがあるのを思いだした）。ともかく、二十代なのは間違いあるまい。とすれば、七十年も眠れば、彼女も一片の死亡記事になってしまう。大事をとって、七十五年ということにしようか。

そう思ったとき、ぼくは最近の高齢者医学《ジェリアトリクス》の長足の進歩を思いだした。日ならずして、人間の寿命が延び、百二十五歳までは正常な生活ができるようになるという話が伝えられていた。とすると、少なくとも百年眠らなければならない勘定だ。保険会社が、果たしてそんなに長い申込みを受けつけるかどうかは疑問だった。

そのときぼくは、おそらくスコッチの酔いが気持ちよく身体を温めてきたせいだろう、ある残酷な名案に思いあたったのだった。なにも、ベルが死ぬまで眠る必要はなかったのだ。むこうがお婆さんになってしまったとき、こっちがまだ若々しい青年であれば充分——いや、充分以上の復讐になるではないか。女の鼻をあかしてやれる程度にこっちが若ければよいとすると——三十年がいいところか。

腕に、ぼたん雪がぱらりと落ちたような感じがした。ピートが片足をかけていた。「モーア」

「食いしんぼうめ」ぼくはいいながら、受け皿の中にジンジャーエールを注いでやった。ピートは短いお預けで感謝の意を表すると、たちまちぴちゃぴちゃやりだした。

このおかげで、ぼくの思索の糸が切れた。そうだ——ピートはいったいどうしたらいい？

犬はひとに譲れるが、猫はそういうわけにはいかない。猫族は、譲られておとなしく環境に順応するようにはできていないのだ。なかには、人よりも家に馴れて生きていくのもいるが、ピートの場合はそうでなかった。彼にとっては、いまから九年前、母猫のもとから連れてこられて以来、ぼくだけを頼りに生きてきたのだ。ぼくは、戦争で軍隊にいたときですら、なんとか方策を講じて彼を飼いつづけたのだった。

彼はいたって健康で、幾多の闘争を経て満身創痍《そうい》でこそあれ、まだ当分はがんばれそうな身体をしていた。もし、いつも右《ライト》でファイトしようとする癖をなおしさえすれば、少なくともあと五年は勝ちつづけ……そして近所のメス猫どもに仔猫を生ませつづけることは間違いなかった。

ぼくは、決心さえすれば、一生死ぬまでの面倒をみてくれる犬猫保養所に彼を預けることもできたし（だめだ！）、あるいはいっそ、クロロフォルムを嗅《か》がしてしまうこともできた。（冗談じゃない）、でなければ捨ててしまうこともできた。そうなのだ。要するに、それが猫の扱い方なのだ。猫は、後生大事に飼いつづけるか、でなければいっそ路傍《ろぼう》に放り出して、彼らが野性にもどり、世の正義をかなぐり捨てるままにするか——二つにひとつしかないのだ。

ちょうど、ベルがぼくにしたように。

だから、ちょうど――ちょうど、ダニーボーイ、やっぱりそんなことは忘れてしまったほうがいい。おまえさんの人生が酢漬けのキュウリよろしく酸っぱくなったのには同情するが、だからといって、そのわがままきわまる猫の面倒をみる義務がなくなったということにはならないよ。

ちょうどぼくがこの哲学的真理に到達したとき、ピートがくしゅんとくしゃみをした。鼻の上に泡がくっついている。「ほい、お元気で《ゲズントハイト》！」とぼくがいった。「あわてて飲む癖をいい加減になおせよ」

ピートはぼくの言葉を聞き流した。彼のテーブルマナーは、平均を採ると、いつもぼくよりましだった。彼はちゃんとそれを心得ていたのだ。ウェイターがさっきからレジのあたりでぶらぶらして、レジ係と無駄話をしていた。ランチタイムのひけどきで、ぼくら以外に客といっては、カウンターに一人いるきりだった。ウェイターはぼくが、「ほい、お元気で《ゲズントハイト》！」といったとき顔をあげてこちらを見、レジ係になにかいった。二人はぼくらのほうを向いた。と思うと、レジ係はカウンターの揚げ蓋をあげて、ぼくらのほうへ近寄ってきた。

ぼくは早口にいった。「憲兵《MP》だ、ピート」

ピートは素早くあたりを見まわすと、ひらりとボストンバッグの中に身をもぐらせた。

ぼくはバッグを閉めた。レジ係はつかつかとやってくると、テーブル越しに身をかがめて、ボックス席の両側に素早い金つぼ眼を向けた。

「お気の毒ですがね、お客さん」と男はきっぱりと、「その猫を店から出していただかんと困りますな」

「どの猫？」

「どの猫って、いまお客さんがその受け皿で飲ましてた猫ですよ」

「猫なんかいないぜ」

こんどは、男はかがみこんでテーブルの下を覗いた。

「そのボストンバッグの中に隠したんだ」と彼は詰問した。

「このバッグに？ 猫をか？」ぼくはさも驚いたという顔をしてみせた。「これはまた、いきなり現われたと思えば、なかなか辛辣《しんらつ》なことを申されるな、お主《ぬし》は」

「ええ？ 妙な言葉を使ってごまかそうったってだめだ。あんたは確かに猫をそのボストンバッグに隠した。あけて見せてもらおうか」

「捜査令状はあるか」

「なんだって？ ばかいいなさんな」

「ばかいってるのはそっちじゃないか。捜査令状もなく他人の鞄の中身を見せろといってるんだよ、きみは。修正第四条《フォース・アメンドメント》（アメリカ憲法の権利条項を規定したBill of Rights 修正十カ条のうちの第四条。捜査に対する個人の権利を規定している）を知らないのか。しかも戦争が終わってなん年にもなるんだぜ。さて話がわかったら、ウェイター君に、さっきの注文とおなじものを持ってくるようにいいつけてくれ。でなきゃ、きみ自身が持ってくるか」

レジ係は感情を害したようだった。「お客さん、べつにあんたに恨みがあるわけじゃないが、それならこっちにも考えがありますぜ、あの壁にちゃんと出てるんだ――〝犬猫お断り〟とね。こっちは、衛生第一の経営方針をとっているんだから」

「それにしちゃ、衛生状態は貧弱だな」ぼくはいいながらグラスを取りあげてみせた。

「口紅の跡が見えるだろう？　客のことをとやかくいう前に、まず店の皿洗いの監督ぐらいは念入りにしてもらいたいな」

「あたしには口紅なんか見えないぞ」

「ぼくがおおかた拭きとったんだよ。そんなら、これを保健所へ持っていって精密検査をしてもらおうじゃないか」

男は溜息《ためいき》をついた。「あんたは保健所のひとか？」

「いいや」

「そんなら引き分けとしよう。オレはあんたの鞄を調べない、あんたはオレを保健所へ連れていかない、と。酒がほしければカウンターへ来て飲みな……オレがおごる。とにかくここじゃ困るんだ」彼はいいおわると、くるりと振りむいて、もと来たほうへ戻り始めた。

　ぼくは肩をすくめた。「どっちみち、もう行くところだったんだ」

　ぼくがレジの前を通って外へ出ようとすると、レジ係がひょいと顔をあげた。「悪く思わんでくださいよ」

「いや。そのかわり、あとで馬と飲みにくるよ。いまは忙しくてだめだがね」

「好きなようにするさ。州条令には馬のことはいってないからね。おっと、もうひとつうかがいたいが、その猫は本当にジンジャーエールを飲むのかね」

「修正第四条《フォース・アメンドメント》を忘れたか？」

「猫が見たいんじゃないよ。本当にジンジャーエールを飲むのかどうか訊いただけさ」

「そうさね」ぼくは相槌《あいづち》をうった。「本当はビターズ入りのほうが口に合うんだが、ないときはストレートでも結構やるね」

「腎臓をやられちまうぜ、そんなことをすると。ところでお客さん、ちょっとあれを見てごらん」

「なにを？」

「ここに寄りかかって、オレの頭のへんまであんたの頭を持ってきて。そうだ、それでボックスの真上の天井を見てごらんなさい――ねえ、あのデコレーションの中に鏡があるでしょう。オレは、あんたが猫を連れてるのをちゃんと知ってたんでさ。なにしろこの目で見たんだから」

ぼくは身体を倒して見あげてみた。店の天井はごてごてのデコレーションに飾られていたが、その中に鏡が多数使われていた。ところがそうして見ると、その鏡のうちの大半が、デザインでごまかしてあるのでふつうはわからないのだが、レジ係がレジにすわったまま全ボックスを見張れるように、一種のペリスコープ《監視装置》の役目をしていたのである。

「これが要《い》るんでさ」とレジ係は弁解がましい声になった。「こっちがしょっちゅう目を光らせてないとねえ……ボックスの中で、なにをやられるか知れたもんじゃないんですよ。どうもねえ、情けない世の中でさ」

「アーメン」とぼくはいって店を出た。

外へ出ると、ボストンバッグの口をあけて、握りを片方だけ持って歩いた。ピートが頭をつき出した。

「あの男のいったことを聞いたか、ピート。〝情けない世の中〟だとさ。まったく、友だち同士が、スパイされずに静かに一杯飲むこともできないなんて、情けない以上だよ、なあ。これで決心がついた」

「ナアウ?」ピートはいった。

「おまえがその気ならね。どうせやるつもりなら、グズグズしていても意味がない道理だ」

「ニャアウ!」ピートは力強く賛意を表明した。

「異議なし。道路ひとつ向こうだよ」

ミュチュアル生命保険会社の受付嬢は、機能美の好見本ともいえる姿をしていた。マッハ四の超高速流線形はしていないが、そのかわり、前突型のレーダー・ハウジングをはじめとする女性の基本的任務に必要ないっさいを具備している。ぼくが冷凍睡眠《コールドスリープ》から覚めるころにはこのグラマーな受付嬢もホイッスラー（J. A. M. Whistler 一八三四～一九〇三。アメリカの画家、版画家）の『母の肖像』よろしくの姿になっているのだぞと浮気なわが心にいい聞かせると、ぼくは、だれか顧客担当に面会したいといった。

「どうぞおかけになってお待ちください。ただいま、顧客担当の重役がお目にかかれますかどうか、きいてみます」

ぼくがまだ腰かけないうちに、彼女がいった。

「ミスタ・パウエルがお目にかかります。どうぞこちらへ」

わがミスタ・パウエルは、堂々たるオフィスのひとつを占領していた。この塩梅《あんばい》だと、ミュチュアル生命はかなり景気がいいらしいぞとぼくは思った。彼は妙にしめっぽくぼくと握手すると、椅子にすわらせ煙草をすすめて、ぼくの手からボストンバッグを取ろうとした。ぼくはバッグを離さなかった。

「さて、ご用のむきは」とパウエル氏はいった。

「長期の冷凍睡眠《コールドスリープ》を申し込みたい」

ぼくがいうと、彼の眉がたちまちぴんとはねあがって、その応対はいよいよ誠実そのものになった。ミュチュアル生命は、短期契約なら、はした金でも引き受ける。だが、長期契約となると話はちがう。長期なら申込者の全財産を、がっぽりあつかうことができるのだ。「それはご聡明な決意をされました」と彼は声音もうやうやしくいった。「わたくしとしては、さっそくにもお受けいたしたいところでございます、がしかし……ご家族の同意とか、その他さまざまの規則がありますので」彼はいいながら手を伸ばして申込用紙を一枚取りあげた。

「冷凍睡眠の申込者は一般にお急ぎですが。ひとつ、わたくしがかわりにこの書類の必要事項を埋めて、時間と面倒を省いてさしあげましょう……そして、それが終わりしだい、あなた様の健康診断の手続きを取らせていただきます」

「ちょっと待ちたまえ」

「はい？」

「ひとつ質問がある。あなたの会社では、猫の冷凍睡眠《コールドスリープ》をひき受けてくれますか？」

彼は驚いて、ぼくを見あげ、それからふくれっ面になった。

「ご冗談を」

ぼくはボストンの口をあけた。ピートが頭を突き出した。

「相棒をご紹介しよう。そこでぼくの質問に答えてくれ。もし〝ノー〟なら、ぼくはセントラル・ヴァレー有限会社へ、悠々と出かけるんだ。確か、むこうも、このビルの中にあるんだね？」

するとこんどは、ミスタ・パウエルのふくれっ面が恐怖の表情になった。「ミスタ……ええと、まだお名前をうかがっていませんでしたな？」

「ダン・デイヴィス」

「ミスタ・デイヴィス、一度わがミュチュアル生命保険の門をくぐられた方は、すべてわが社の厚き庇護《ひご》のもとに置かれているのです。あなたを、セントラル・ヴァレーなどへ行かせるわけにはまいりません」

「ほう。どうやって止める気だ。ジュードーでか？」

「とんでもない！」彼はあたりを見まわした。気も動顚《どうてん》のありさまだ。「わが社は倫理的経営をもって世に知られているのですぞ」

「ということは、セントラル・ヴァレーが非倫理的だという意味か？」

「そうは申しません。あなたが申されたのです。ミスタ・デイヴィス、どうかわたくしに余計なことをいわせないでいただきたい」

「いわなくていいさ」

「――しかし……それでは、試みに二、三の会社から契約書のサンプルを取り寄せてごらんなさい。弁護士を――いや、それより語義学者《セマンテイシスト》を頼んで、わが社の契約内容を……いえ、実績を調べさせてごらんください。そして、セントラル・ヴァレーの条件と比較してごらんなさい」彼はそこまでいっきにいうと、再び素早く四囲に目をくばって、ぼくに寄りかかるように顔を近づけた。「こんなことはいってはいけないのですが――どうか、聞いても人にお話しにならないでくださいよ――あの社では、正規の保険利率表《アクチユリアル・テーブル》も用いていないのです」

「そのかわり客に幸運を与えるんじゃないかな」

「なんですと？　ミスタ・デイヴィス、わが社は、ありとあらゆる利益を株主に提供するのです。これは、ほかならぬ当社の定款《ていかん》の定めるところでありまして――当社にひきかえ、セントラル・ヴァレーは本質的には単なる一証券会社にすぎません」

「どうも、聞けば聞くほどむこうのほうが……いや、ねえパウエルさん。こんなことをしていても時間が無駄なんだ。ミュチュアル生命はここにいるぼくの相棒を受け入れてくれるのか、くれないのか。もし受け入れてくれないのなら、ぼくはもう長居をしすぎているんだ」

「つまり、あなたのおっしゃるのは、その動物を仮死生存状態《ハイポサーミア》に置くために金を出そうというので？」

「ぼくのおっしゃるのは、ぼくたちが二人とも長期睡眠《ロングスリープ》に行きたいってことだ。それと、彼を〝その動物〟なんぞと呼んでもらいたくないね。ペトロニウスというれっきとした名前があるんだ」

「申しわけありません。では、質問をやりなおします。あなたがたお二人、あなたとそのドウブ……いえ、ペトロニウスとを、わが社の冷凍場《サンクチュアリ》にお迎えするため、二人ぶんの費用をお支払いになる。こういうわけですね？」

「そうだ。しかし、二人ぶんまるまるじゃないよ。一人ぶんと、あと多少色をつけるというわけさ。そのかわり、彼はぼくとおなじ棺に入れてかまわないよ。いくらなんでも猫に人間一人ぶん取るのはがめつすぎるからね」

「じつに異例に属することで」

「あたりまえさ、だがとにかく、値段のことは、あとであなたを値切るから……いや、あんたか、セントラル・ヴァレーを値切るからいいとして、いま知りたいのは、きみの社が彼を引き受けるか、受けないかだ」

「あわわ……」ミスタ・パウエルはデスクの表面をやけにひっぱたいた。「ちょっとお待ちを」そういうと彼は電話をとりあげた。「ボーキスト博士につないでくれ」それから先の会話は、彼が秘話装置《プライバシーガード》のスイッチを入れたので聞こえなくなった。だが、やがて話を終えて電話を置いた彼は、まさに金持ちの伯父さんがたったいま死んだばかりというような、にこやかな笑顔でぼくに向きなおった。「吉報ですぞ、ミスタ・デイヴィス！　わたくしは、一連の輝かしい実験の成果が、猫の場合にも上がっていたことをたまたま失念していたのです。猫の冷凍睡眠《コールドスリープ》に関するすべての技術的、臨床的要因はすでに完成しておりました。事実、アナポリスの海軍科学研究所には、仮死生存状態《ハイポサーミア》に置かれてすでに二十年、現在も生き続けている猫がおります」

「海科研《NRL》はワシントンが水爆にやられたとき、けし飛んじまったんじゃないか？」

「消えたのは地上の建築物だけでございます。地下深くにあったシェルターは安全でした。そして、これが、冷凍睡眠技術の完成に貢献したのです。かの動物は、二十年間、自動装置による調節以外はまったく放置されていました。にもかかわらず、なんの変化もなく、年をとらずに生き永らえたのです。まさに、これからあなたがミュチュアル生命に全幅の信頼をおかれ、何年間冷凍睡眠《コールドスリープ》に入られようとも、その間生き続けられるようにです」

彼は十字でも切りそうな勢いだった。

「わかった、わかりましたよ。それじゃ値切るほうを始めるとしようか」

契約についての必要事項は以下の四つだった。（一）冷凍睡眠中の費用の支払方法（二）希望年限（三）冷凍器内に在るあいだの資産の投資方法（四）もし睡眠中に死亡して二度と甦らなかった場合の資産の処置方法。

このうち、期限については、〇が三つ並んでいてきりもいいし、ちょうど三十年めにあたるので、二〇〇〇年とすることにした。これ以上長くすると、目を覚ましたとき、あまりズレすぎてしまう怖れがあったからだ。過去三十年（すなわちぼくの全生涯）間の世の中の変化は、まさに目を見張らせるものがあった。二回の大戦争と比較的小規模の一ダースもの戦闘、それに続くコミュニズムの没落、世界的経済恐慌、そして人工衛星の打ちあげ。すべての動力源の原子力への転換、等々である。

だからあるいは、西暦二〇〇〇年の世界もぼくを面くらわせるかもしれない。しかし、少なくともその程度の跳躍はしないと、ベルの顔に必要な数の皺《しわ》を寄らせるに充分とは思えないのだ。

さてぼくの資産の投資方法はということになったとき、ぼくは政府公債その他保守的な株に投資するのは望ましくないと考えた。政府の財政方針はインフレを助長していた。そこでぼくは、ぼくの〈ハイヤーガール〉の株はそのまま持っていることにし、現金のほうで、ぼくが以前から今後の発展を見込んでいた二、三の株を買うことにした。企業のオートメーション化は、必ず、より大規模になる。ぼくはサンフランシスコのある肥料会社の株も買った。この会社では、イースト菌と海藻の研究を続けていた——毎年人口は増大の一途を辿《たど》り、ステーキはいっこうに値さがりしていなかったからだ。残余の現金については、ミュチュアル生命の信託保険に繰り入れるようにした。

だが、本当に問題なのは、もしぼくが冷凍睡眠《コールドスリープ》中に死亡した場合のことだった。会社は、三十年間の冷凍睡眠中にぼくが生き永らえる見込みを、七〇％の確率であると主張していた。そして、会社はこの賭けのいずれか一方、加入者の選ばなかったほうを取る。これだと、五分五分の賭けではないが、そんな五分五分は、もちろん望ましくない。公正な賭けでは、胴元の側につねに見越し破損高が見てあるのが普通だ。保険業というものは合法化された賭博なのだ。インチキな会社にかぎって、カモにだけいいような話をするものだ。世界最古の伝統を持ち、もっとも信用度の高い保険会社はロンドンのロイズだが、ここでも、同様の賭けが行なわれている――つまりロイズ傘下の各保険会社は、いずれか一方を、文句なしに取っていたのである。ただし、だからといって常例以上の幸運を期待することもまちがいだ。いずれは、誰かが、わがパウエル氏のテイラーメイドのスーツの金を払ってやらなければならないのだから。

そこでぼくは、もしぼくが死亡した場合は、最後の一セントまでミュチュアル生命の信託保険に繰りこむという方式を選んだ――これを聞くとミスタ・パウエルがほとんどぼくにキスしかねない喜びようを示したので、ぼくは、この七〇%という確率が、非常に楽観的なものではないかという疑いを感じたくらいだった。しかし、ぼくはあくまでこの決心を変えなかった。というのは、こうしておけば、(もしぼくが生き抜いた場合) ぼくとおなじオプションを持つ他人の (ただし彼らが死亡した場合) 株を相続できるという契約になっていたからだ。

こうしてぼくは、可能なかぎり最高額の金が戻ってくるように、ただしぼくの狙いがはずれた場合は文句なしということで、すべての選択をした。ミスタ・パウエルは、負け続けるカモに賭博場の胴元が持つような愛情を、ぼくに注いでくれた。そして、ぼくの資産の処理がひととおりすんだころには、ピートの冷凍処置料を、自分から進んでまけてくれる気持ちになっていた。結局、われわれはピートのぶんとして、人間一人分の十五パーセントを支払って二人前の契約をするということを取り決めた。

あとは裁判所の認可と身体検査だけだった。ぼくは身体検査の結果にはほとんど不安を感じなかった。会社に、ぼくが死ぬほうに賭けさせた以上、たとえぼくが黒死病の第四期にあろうと、会社がぼくを受け入れることは絶対間違いなかったからだ。しかし、裁判所の認可を得るには、かなり時間がかかるのではないかと思った。冷凍睡眠《コールドスリープ》に入るということは、法律的にまったく無能の状態——生きてはいるが、完全な無能力者となることだから、これは、ぜひとも必要な手続きなのだ。

ところが、この心配も、なんら必要はなかったのだ。わがミスタ・パウエルは十九枚の異なる用紙からなる四通一組の書類を作成させた。ぼくはその全部にサインしたおかげで、手がつりそうになった。そして、ぼくが身体検査を受けているあいだに、メッセンジャーを立てて、裁判所の裁可をもらってきてしまったのである。ぼくは、判事の顔さえ見なかった。

身体検査は、例によって例のごとき退屈きわまる形式にすぎなかったが、ひとつだけちがった。検査がそろそろ終わりに近づいたときだ。医者が、ぼくの目をぐっと見据えたかと思うと言ったのだ。「きみはどのくらいの期間このどんちゃん騒ぎを続けている？」

「どんちゃん騒ぎ？」

「どんちゃん騒ぎだ」

「なんでそんなことをおっしゃるのです、先生？　ぼくは先生に負けないぐらい素面《しらふ》ですよ。いいですか、ピイタア・パイパア・ピクダ・ペック・オ・ピックルダ……」

「くだらんおしゃべりはやめて、質問に答えて」

「あの……その、二週間ばかり……いや、もう少しになります」

「アル中なのかね？　いままでに、なんどぐらいこういう状態になった？」

「つまりその……まったくの話、今度がはじめてなんです。実は……」とぼくはベルとマイルズの仕打ちを医者に話しはじめようとした。なぜそんな気持ちになったかというとですね、先生――。

だが、彼は手をあげてぼくを制した。「いや、結構。ぼくは自分の心配事だけでたくさんだし、だいいち精神分析医じゃない。ぼくのあんたに対する唯一の関心事は、あんたの心臓が、体温を摂氏四度に下げた場合の試練に耐えられるか否かだけだ。耐えられようと耐えられまいと、ぼくはどっちでもかまわない。元来ぼくは、なぜあんたがわざわざ穴の中に埋まりたいのか、そんな理由はどうでもいいのだ。むしろ、世の中から馬鹿が一人消えて結構だと思うぐらいだ。ただぼくにも、まだ役にもたたん職業的良心の切れっぱしがあるとみえて、それが脳までアルコール漬けになっている人間を棺桶の中へ送り込むのを拒むんだよ。それ以外は、きみが誰だろうと、どんなみじめな標本だろうと、ぼくの知ったことじゃない。まわれ右」

「はあ?」

「まわれ右だよ。左の尻に注射をするんだ」ぼくがうしろを向くと彼は無造作に注射した。ぼくがあとを擦《さす》っていると、彼は言葉を続けた。「これを飲みたまえ。二十分以内に、きみはこの一カ月間かつてなかったほど冷静な気持ちになる。そのとき、もしきみにいくらかでも頭脳《あたま》があれば——疑わしいものだがね——とにかくそのとき、きみは、もう一度自分の立場をよく考えて、自分の問題を逃避するほうを選ぶか、でなければ男らしくそれに立ち向かってゆくかが決められる」

ぼくはそれを飲んだ。

「これでおわり。服を着てよろしい。ぼくはきみの身体検査表を通すが、最後のぎりぎりの瞬間まで、ストップをかける権利を持っているのだから、それを忘れないように。アルコールは今から一滴たりともいけない。今晩は軽い食事をして、明朝は朝食ぬき。明日の正午に、ここへ最終検査を受けにくる」

いい終わると、彼はさようならともいわずに踵《きびす》を返して行ってしまった。ぼくは服を着て、全身ハレモノになったような気持ちでそこを出た。パウエル氏が、すでにぼくの書類一式を用意万端整えて待っていた。ぼくがそれを取りあげようとすると彼がいった。「よろしければ、書類をここに置いていかれて、明日正午ここへいらしたときお持ちになったらいかがです。それは、あなたが冷凍睡眠《コールドスリープ》にお入りになる際、棺の中に一緒に入れておくぶんですから……」

「ほかのはどうなった？」

「会社の控えが一通、ほかにあなたが冷凍睡眠につかれてから裁判所へ提出するぶんが一通、それから、カールズバード記録保存所へ送付するのが一通です。ところで医者から今晩以後のお食事の注意はお受けになりましたね」

「十二分に受けましたよ」ぼくは、困惑の表情を隠すために書類に目を通すふりをした。

パウエルが手をのばした。「わたくしが今夜それを安全にお預かりいたします」

ぼくは書類を引っこめた。「ぼくが保管することにするよ、安全にね。株の選択のことで、もう少し考えなおしてみたいことがあるから」

「ははあ。ですが、それはもうちょっと遅すぎますが……」

「せかさないでくれよ。もし変更したくなったら、間にあうように明日早く来る」

ぼくはボストンバッグをあけて、ピートのわきのサイドポケットへ書類をつっこんだ。以前から、ぼくは重要書類をここへしまうことにしていた。カールズバード洞窟（ニューメキシコ州東南部にある同名の国立公園内の有名な石灰洞。前出の記録保存所はこの中に設置されたものという想定）ほど安全ではないかもしれないが、ここは、思ったよりずっと安全なしまい場所なのだ。かつて、コソ泥君が、このポケットからなんだったか忘れたが、盗もうとしたことがある。おそらく、彼の手の甲には、まだピートの爪傷と歯型が残っているだろう。

2

ぼくの自動車は、その日の朝乗り捨てたまま、パーシング・スクエアを少し下ったところに駐めてあった。ぼくは、駐車料金をメーターに入れて、自動車の自動操縦装置を西部国道に合わせ、ピートをボストンバッグから出して座席の上に載せると、ようやく落ち着いた。

いや、落ち着こうとしたのだが、ロサンゼルスの交通は自動操縦装置にまかせて安心しきっているには、あまりに激しく殺人的だった。ぼくはこの全システムを根本的に設計しなおしたくなった。それは、真の意味で近代的なフェイル・セーフ方式ではなかったのだ。ウェスタン・アヴェニューの西へ出て、再び手動式の操縦にもどれるようになったころには、ぼくはひどくいらいらして、一杯飲みたくなっていた。「あそこにオアシスがあるぞ、ピート」

「ゴロニャン？」

「すぐ前だ」

だが、駐車すべき場所を探しているうちに——ロサンゼルスは外来者をよせつけない。闖入者《ちんにゅうしゃ》は、駐車場が見つからないで往生するのが常だ——ぼくは、医者から、アルコールに触れてはいけないといわれたことを思いだした。

しかし、とぼくは考えた。二十四時間近くたってから、ぼくが酒の一杯や二杯飲んだかどうかわかるだろうか。ぼくは、なにかそんなことを調べる方法があるというような記事を読んだことがあったのを思いだした。

ちきしょう。あの医者のヘソ曲がりめ、アルコールがちょっとでも検出されたが最後、きっと、ぼくの冷凍睡眠《コールドスリープ》を禁止するにちがいない。そんなことになっては困るので、ぼくは利口に立ちまわることにした。酒はやめとこう。

「ニャウ?」とピートが不審顔で訊いた。

「あとにしよう。どこかのドライブインに入ろう」そういったとたんだった。ぼくは、自分が、酒なんか少しも飲みたくなかったことに気がついた。ぼくが欲しいのは、軽い食事と、一夜の熟睡だったのだ。医者のいうとおりだった。ぼくは、このなん週間か、かつてなかったほど冷静で、しかも気分がよかった。要するに気の持ちようなのだ。おそらく、あのへんな注射にだって、ビタミンB_1しか入っていなかったにちがいない。ぼくは、とあるドライブイン・レストランを見つけて、そこへ入った。そして、自分用に骨つきのチキンを、ピートのために半ポンドのハンバーガーとミルクを注文して、注文したものが来るあいだ、彼を連れてその辺を散歩した。ピートとぼくは、こうして、ドライブインで食事をすることが多かった。もちろん、彼を連れて入ったり出たりするのに、こそこそしなくてすんだからである。

三十分ののち、食事をすませたぼくとピートは、再び、自動車を雑踏する通りから静かな郊外へ乗り入れていた。ぼくは自動車をとめ、煙草をつけて、ピートの顎の下をなでてやると、考えごとを始めた。

おいダン、とぼくは自分に呼びかけた。あの医者のいったとおりだぜ。おまえさんは、壜の口から中へもぐりこもうとしているようなものなんだ。おまえさんのとんがり頭は入るだろうが、肩にはちょっと狭すぎる。いま、おまえは冷静になっている。胃に食物をつめこんだし、なん十日めかにしてはじめてゆっくり休養もとった。おかげで気持ちも落ち着いた。

そのほかのことではどうか？　やっぱり、医者のいったとおりではないか？　わがままな子供じゃあるまいし、この程度の挫折に立ち向かう勇気もないほどの意気地なしなのか？

なぜ冷凍睡眠《コールドスリープ》なんかに行こうというのだ？　冒険の精神からか？　それとも、母親の胎内に逃げこもうとする兵役不適者《セクション・エイト》みたいに、自分自身から逃避しようとしているのか？　どうだ？

だって、行きたいものはしょうがないだろう。ぼくは断然反撃に出た。考えてみろ！　西暦二〇〇〇年だぜ！

よーし、それじゃ、冒険がしたいということにしておこう。しかしそれなら、なぜおまえはおまえの問題を片づけようとせずに慌てて出かけるんだ？

わかったよ、わかったよ！　といって、どうしたらおれに片づけられるんだ？　あんな仕打ちをされたいまとなっては、もうベルをマイルズから取り返したくはない。逃げ出す以外、おれになにができるんだ？　二人を告訴するのか？　冗談じゃない。ぼくには、なんの証拠もないのだ。それにどっちみち、裁判なんてものは、弁護士以外には、得するやつがないようにできているのだ。

「ゴロニャン、ニャオウ」とピートがいった。

ぼくはワッフル形に傷跡のついたピートの頭を見おろした。こんな場合、ピートなら、訴えるなんてまだるっこしいことはしない。ほかの猫のヒゲの格好が気にくわなければ、彼は単刀直入に、猫なら猫らしく立ちあがって外に出ろと戦いを挑むのだ。「おまえのいうとおりにしよう、ピート。これからマイルズに会いに行って、有無をいわさず押さえつけ、白状するまでぶんなぐってやる。冷凍睡眠《コールドスリープ》に行くのはそのあとでいい。とにかく、やつらがおれたちに、どうしてあんなことができたのか、張本人は誰なのか、つきとめずにはおくもんか」

カウンターの後ろに電話ボックスがあった。ぼくはマイルズを呼び出し、家にいるのを確かめると、いま行くから待っていろといいおいて外へ飛び出した。

親父がぼくを、ダニエル・ブーン・デイヴィスと名づけたのには、れっきとした理由がある。父はその名をつけることで、ぼくに、自由を愛する精神と独立心とを授けようとしたのである（Daniel Boone 一七三四〜一八二〇。アメリカ西部の開拓者、ケンタッキーを踏査、西部発展の基礎を築いた人物）。

ぼくが生まれたのは一九四〇年、世界じゅうが、これからの世界は個人の尊厳など問題ではなく、全体こそが未来の主人になるのだと主張していた時代だった。父はこれを信じようとせず、ぼくの名前も、こうした風潮に対する一種の挑戦としてそうつけたのだ。そして、自説の正しさを最後の最後まで証明しようと空《むな》しい努力を続けつつ、北朝鮮で洗脳を受けて死んでしまった。

やがて六週間戦争がやってきた。ぼくは機械工学の学位を持っていたので、徴兵で陸軍に取られたとき、将校への任官試験を受ける資格があったのだが、あえてそうしなかった。

というのは、ひとえに、父親譲りの独立独行の野心にぼくが燃えていたためで、命令を与えず、命令を受けず、野心を持たず、とにかく義務だけ果たしたら一日も早く除隊になりたかったからだった。そして、冷戦がついに熱い戦争となって煮えたぎったとき――ぼくは、ニューメキシコのサンディア兵器廠で、下士官待遇《しょう》の技術者として原爆弾頭にアトムを詰めこみながら、除隊の暁《あかつき》にはあれもやりたい、これもやりたいと計画を立てていた。サンディア兵器廠が一瞬にしてけし飛んだあの日、ぼくは〈恐怖〉の供給作業にダラスに出張していた。死の灰は風に乗ってオクラホマシティの方向へ吹き流された。ぼくが今日あるのは、いつにかかってそのおかげなのだ。

ピートも、似たような理由で難を免れたのだった。

ぼくには、マイルズ・ジェントリーという親友がいた。召集で軍隊に復帰した退役軍人だった。彼は娘が一人いる未亡人と結婚していたが、その細君は、彼が召集を受けたちょうどそのころ亡くなった。それで彼は、継娘《ままむすめ》のフレデリカに家庭を与えるため、アルバカーキ市に家を持ち、そこに住んでいた。リッキー（ぼくらは、彼女を一度もフレデリカと本名で呼んだことはなかった）がぼくにかわって、ピートの世話をしてくれていたのだ。猫の女神ビュバスティスに幸あれ！　あの戦慄の週末、たまたま七十二時間の休暇をとれたマイルズが、リッキーとピートとともに家を空けていたために命拾いをしたのだった。

ピートは、ぼくがダラスへ行くあいだ、連れて歩くわけにはいかないので、リッキーが旅行先まで一緒に連れていってくれていたのだ。

原子力兵器の分工場が、スーリー（北極、アイスランド等の古名）をはじめ、およそ予想もしないところに、あらかじめ安全に分散してあったことを知って、ぼくは、他の人々同様あっと驚いた。しかもそれは、文字どおりの人工的資源を含んだ完璧な予備軍だったのである。

人間の身体を冷却させて、新陳代謝を一時完全に中止させる方法は、すでに三〇年代から、理論的には広く知られていた。しかし、この六週間戦争の勃発までは、それはたんに研究室内の実験であるか、ないしは望みの綱の切れた病人に外科手術を行なう際に限って用いる最後の方法としてしか考えられていなかった。だが、金と人材とを惜しまなければ、どんなことでもできるものだ。血液停滞《ステーシス》、冷凍睡眠《コールドスリープ》、仮死状態《ハイバーネーション》、新陳代謝人工減少《リデュースト・メタボリズム》——どう呼んでもそれは勝手だが、兵器廠の兵站《へいたん》医学課は、人間を材木かなにかのように積んでおいて、必要に応じて蘇生させて使う方法をついに発見していたのだった。まずその人間を麻酔し、つぎに仮死状態にしてから冷却を始め、摂氏四度——つまり水が氷の結晶をともなわぬマキシマムの比重に、体温を保つようにする。これでＯＫ。人間は文字どおり完全な人的資源となり、必要に応じて蘇生させるまで冬眠しつづける。急ぎの場合は高周波《ジアテ》治療《ルミ》法と催眠覚醒法とを併用することによって、十分間以内に蘇生させることができた

（現に、アラスカのノームでは、七分という記録がある）。ただし、こんなに超スピードで蘇生させると、細胞組織を老衰させてしまうため、それ以後その人間は少し頭が鈍くなってしまうおそれがあった。急がない場合には、ミニマム二時間が理想的なのだ。それ以上早い方法には、職業軍人のよくいう〝計算ずみの危険《カルキュレーテッド・リスク》〟があった。すべては、この〝計算ずみの危険《カルキュレーテッド・リスク》〟をわれわれが冒《おか》すであろうことに、敵が気がつかなかったことによって決定した。その結果、戦争はわれわれの勝利に帰し、ぼくは強制収容所に送られずに、金をもらってめでたく除隊して、保険会社がこれを冷凍睡眠《コールドスリープ》と称して商売にしはじめたちょうどそのころ、マイルズと一緒にある事業を始めたのだった。

ぼくらはモハーヴェ砂漠にあった空軍の払下げ建築物を利用して、ここに小さな工場を建て、〈ハイヤーガール〉の製作を始めた。ぼくが生産のいっさいを、マイルズがお得意の法律と実業の経験を生かして経営にあたった。そうだ、あれはぼくの発明なのだ。あれとか、〈窓拭きウィリー〉とか、その他これらの親類筋にあたる器具は、ぼくの名を冠してはいないが、すべてぼくの発明なのだ。理由をひととおり聞いてもらおう。軍隊にいたあいだ、ぼくは、技術者として、今後なにをしていったら一番よいかと頭をしぼって考えた。スタンダード・オイルとか、デュポンとか、でなければゼネラル・モーターズに行って職を求めるか？ それも良かろう。三十年も勤務すれば、会社から表彰パーティが開いてもらえ、年金もつくだろう。食事にこと欠くこともなく、会社の専用機にも飽きるほど乗れるだろう。だが、そうしているかぎり、永遠に他人の雇い人であって、自由は決して得られない。もうひとつの大きな技術者のマーケットは、公務員となることだ。だが、これとてその点では変わりない。初任給もよし、年金もよし、不安はなく、年三十日の有給休暇で身体もずっと自由ではある。だがぼくは、長いあいだ待ちこがれた長期休暇に、ようやくありついたばかりだった。完全な自由こそ、ぼくの求めていたものだった。

だが、このマスプロ時代に、一個人技術者になにができるか？　かつては、自転車屋をやりながら、あるいは、少ない金を資本に成功した、フォードやライト兄弟の例があったが、そんな時代はとうに過ぎ去っていた。ぼくはそんな幸運を信じなかった。

オートメーションは一世を風靡《ふうび》しつつあった。あらゆる企業が自動装置を完備していた。二人の計器係と守衛一人で運営される大工場、大都市ひとつぶんの切符を印刷してしまう印刷機、人力をまったく借りずに石炭を掘る削岩機など、およそオートメーションならざるものはない。ぼくも、軍の兵器廠にいたあいだ、電子工学や連鎖反応理論、電子頭脳理論をいやというほど教えこまれていた。

オートメーションのまだ浸透していない最後の領域はどこか？　ぼくは考えた。いわずと知れた家庭である。それも、一家の主婦のいる家庭。ぼくは家そのものに自動装置を施したスイッチ式の家などを工夫しようとはしなかった。主婦はそんなものを望みはしない。彼女らの望んでいるのは、たとえ崖の下の洞窟でも、その中に便利な家具類の備わった家なのだ。ところが、家庭の主婦と呼ばれる人々は、執事やメイドの類がマストドン同様過去の遺物になってしまった現在も、いまだに、良いメイドを置きたいという希望を捨てていない。家庭の主婦で、多少なりともメイドを所有する希望を持っていないひとに、ぼくはいまだに会ったことがない。彼女らは、水道屋のアルバイトでも苦情をいう程度の賃金で、食事はテーブルからこぼれたパン屑で満足しながら、一日十四時間も床を這いずりまわって働くことをありがたがるような女のメイドが、まだ存在すると信じているらしいのだ。

ぼくらが、ぼくらの怪物《モンスター》を〈ハイヤーガール〉と名づけた理由も、まさにこれあるがためであった。この名は、家庭の主婦たちに、子供のころお祖母《ばあ》さんが雇っていた、移民のメイドを思いださせたのだ。種を明かせばこの怪物の正体は、真空掃除器の改良型で、ぼくらはこれを、ふつうの吸引式の真空掃除器とあまりちがわない値段で市販しようと計画していたのである。

〈ハイヤーガール〉は（もちろん、これはのちにぼくが改良を加え完成したセミ・ロボット型でなく、市販第一号時代のである）どんな床でも、二十四時間、人間の手をわずらわせずに掃除する能力を持っていた。そしておよそ世の中には、掃除しなくてよい床など、あるはずがないのだ。

〈ハイヤーガール〉は、一種の記憶装置の働きで、時に応じてあるいは掃き、あるいは拭き、あるいは真空掃除器とおなじようにゴミや埃《ほこり》を吸収し、場合によっては磨くこともする。そして、空気銃のBB弾以上の大きさのものがあれば、これを拾いあげて上部に備えつけた受け皿の中に置き、あとで、彼らよりいくらか頭のよい人間様に、捨ててよいかどうかを判断してもらうこともできるのだ。こうして、〈ハイヤーガール〉は一日二十四時間、静かに汚れを求めて歩く。曲がり角であろうとどこだろうと、塵ひとつ見落とさず、すでにきれいになっている床は素通りして、一刻も休まず汚れた床を求めてまわるのだ。もし部屋に人がいる場合には、しつけの行き届いたメイド同様に、主婦がスイッチをひねって、掃除してもいいよといわないかぎりは、決して部屋に入ってこない。動力が切れるころになると、自動的に所定の置場へ出かけていって、動力をチャージする――ただしこれも、永久動力につけ替える以前のことである。

要するに、このぼくらの〈ハイヤーガール〉第一号と真空掃除器とのあいだには、たいした相違はなかったのだが、ただひとつ――〈ハイヤーガール〉の、人間の手をわずらわせないという点が大いに違っていた。それで充分だった。〈ハイヤーガール〉は、予期したとおり、売れに売れたのである。

実をいえば、この〈ハイヤーガール〉は、あまり自慢のできた発明ではなかったのだ。つまり、なにからなにまで借り物だったのである。移動装置は四〇年代の終わりごろのある科学雑誌に載っていた自動操縦草刈機のマネだし、記憶装置はミサイルの電子頭脳の盗用（軍の機密は、特許というものが取ってないから、こういう場合きわめて重宝だ）、掃除器具の考案にいたっては十いくつものさまざまな品物からお知恵を拝借した。陸軍病院で使っている床磨き機からジュース・ディスペンサー、はては原子力工場で使っている放射性物質をつかむ遠隔操作《リモート・コントロール》のマジック・ハンドなど、すべて利用したのである。新しく考案した部品はなにひとつなかった。要はその部品をひとつに組み立てたアイデアと、さらにはそれを大量生産の段階に持ってゆく技術的手腕にあったのだ。

あらゆる部品は、すべて、スイート工業カタログの規格部品を取り寄せればこと足りた。唯一の例外は二個の立体カムとプリント基板《サーキット》だけで、プリント基板のほうは下請に出し、カムは、ぼくらが〝工場〟と呼んでいた小屋で、ぼく自身が、軍の払下げ自動工作機でこしらえた。最初は、ぼくとマイルズだけだった。なにからなにまで二人でやった。第一号試作品を作るのに、四千三百十七ドル九セントかかった。市販できるようになって、最初の百台までは平均三十九ドルだった。ぼくらはこれをロサンゼルスのある商社に一台六〇ドルで売り、商社は八十五ドルで売り出した。ぼくらには直接販売の手段がなかったので、商品は委託販売によらざるを得なかった。そのため金が入ってきはじめたころには、餓死寸前のありさまだった。だが、これがきっかけだった。〈ハイヤーガール〉は人気の的となった。

ベル・ダーキンがぼくらの仲間に加わったのはその直後だった。それまでは、ぼくとマイルズが、一九〇八年製という大時代のタイプライターで、手紙を打っていたのである。ぼくらは彼女をタイピスト兼会計係として雇った。そして、カーボンリボンつきのしゃれた書体の電動タイプライターをレンタルし、ぼくがレターヘッドをデザインした。すべてを事業に投資していたので、マイルズとリッキーは近くの小さな家で寝て、ぼくとピートは店で寝ていた。ほどなく、自己防衛の手段として株式会社を設立することにした際、ぼくらは彼女を加えることにした。株式会社の設立には三人の人間が必要だからだ。そこで彼女にも株の一部を持たせ、正式に経理担当重役という肩書を与えた。マイルズが社長兼GM、そしてぼくがチーフ・エンジニア兼取締役会議長で、総株の五十一パーセントを所有することになった。

これには、若干の説明を要する。ぼくは、なにも欲得ずくで会社の主導権を握ったのではない。ただ一筋に、他人に従う身になりたくなかったから——自分自身の主人でいたたかったからだ。マイルズは仲間として実によく働いてくれたし、ぼくも充分信用はしていた。しかし、最初この事業を始めたとき出した資本の六十パーセントがぼくの貯金だった上、発明と、生産技術は百パーセントぼくのものだった。マイルズは、ぼくなしには〈ハイヤーガール〉を製作できなかったのに対し、ぼくは、マイルズでなく他の誰とでも共同で事業を始められたわけだ。一人でも始められたかもしれない――だが、金もうけはできなかっただろう。マイルズは商売人だったが、ぼくはそうではなかったから。

〈ハイヤーガール〉第一号は球場のビールのようにとてつもない売行きを示した。それでぼくも、しばらくのあいだは、これの改良に専念したが、やがてもっとも能率的経済的な設計が完成すると同時に、製造の責任を工場長に持たせ、ぼくはまた別の家庭用器具の発明を始めた。そうして考えてみると、家事に対して払われている考慮の少ないことに、ぼくは今さらながら驚いた。家庭生活は、人生の少なくとも五十パーセントを占めているのだ。女性雑誌は家事の節減とか能率的なキッチンの必要を十年一日のごとく説いてはいたが、まず空理空論といって過言ではなく、美しいカラーのグラビアに出てくる新時代の家内設計なるものも、シェイクスピアの時代のそれと大差ない。馬力からジェット機への科学の革命的進歩も、家庭内には届いていなかった。

ぼくは、再びぼくの持論に戻った。家庭の主婦が必要としているのは機械化された家ではなく、消滅してしまったメイドや執事のかわりを務める器具である。すなわち、掃除と料理と育児の世話をしてくれる器具。これである。

そこでまず考えたのが窓拭きとバスタブ磨きだった。ことにバスタブを磨くとき身体を二つに折り曲げる苦労ときたら、なみたいていなものではない。こうした窓ガラス、バスタブ、トイレなどの汚れを、いっきょに消す電気器具があってしかるべきではないか。かくて、できたのが〈窓拭きウィリー〉だった。どうしてもっと早く誰かがこれを考え出さなかったのか不思議なくらいだ。ぼくはみんなが買わずにいられなくなるくらいウィリーの価格を下げるまで売り出さなかった。窓拭きをするのに一時間あたりいくらかかるか考えてみるといい。

それでぼくはウィリーの製造を手控えていたのだが、これが、マイルズの気に入らなかった。彼は、ウィリーが、ある程度まで安くなると、すぐさま市販生産に取りかかりたかったのだ。だがぼくはそうさせなかった。ぼくはウィリーを、簡単に修理のきくものにしたかった。およそ、家庭用品類の最大の欠点は、故障しやすい点にある。便利な器具にかぎって故障しやすく、使おうとすると動かなかったり、一番こまるのは、ほんのつまらない修理にさえ、もとどおり動かすのに、一時間五ドルもの手間賃をかけなければならないということだ。そして、せっかく修理ができたと思えば次の週にはまた壊れる。皿洗い機が大丈夫と思えばこんどはエアコンのほうが、雪嵐のふきまくる土曜の夜更けかなんかに意地悪くばったりとまってしまうのだ。

ぼくは、ぼくのウィリーに、絶対故障のないように、ウィリーを買った人たちが、ノイローゼで胃《い》潰瘍《かいよう》になったりしないようにしたかったのだ。

だが、機械に故障はつきものだ。いかにぼくが手がけた優秀品といえども、〝絶対〟は期しがたい。ことに、家庭内にさまざまの機械機具類が充満している今日このごろでは、どこかでなにかが故障していないことはないといってもよいくらいだった。

だが、軍ではすでにこの問題を克服していた。考えてみれば至極《しごく》あたりまえのことで、親指ほどしかないちっぽけな部品が故障しても、軍の場合は、なん十万という人命を危険にさらし、場合によっては戦争そのものに敗北を喫することもあるのだから、真剣になるのもむりはない。そのためにつくられたのが、フェイル・セーフや予備回路《スタンバイ・サーキット》や〈三度《テルミー》めの正直《・スリー・タイムズ》〉その他の巧妙きわまる部品である。だが、こうした軍用機械類のうち、家庭用品に利用できるのは、その部品交換式組立方式であった。

まさに馬鹿みたいに単純明快なアイデア、修理しないで交換するというアイデアだった。

ぼくは〈窓拭きウィリー〉の、多少とも故障をおこす可能性のある部品のすべてを、この部品交換式《プラグイン》ユニットにしようと考えたのだ。こうしておけば、部品のあるものが故障したり、または修繕に出す必要は、依然として残るかもしれないが、それはあくまで部分品そのものなのであって、ウィリー自体は、故障で使えないということが絶対になくなるのだ。

　さてこうした原理で〈窓拭きウィリー〉試作第一号が完成したのだが、ここで、マイルズとぼくに意見のくいちがいができたのだった。ぼくは、試作品から販売用製品を生産する時期を決定するのは、技術部門の権限だと主張し、彼は彼で、それを営業部の権限だとがんばった。もしぼくが会社の決定権を握っていなかったら、ウィリーはおそらく、他の胸くそのわるい中途半端な省力化器具の場合と同様、急性盲腸炎にも劣らぬすさまじさで市場に氾濫《はんらん》していたにちがいない。

　ベル・ダーキンが、いきりたつぼくとマイルズとをなだめたので、喧嘩はようやく収まったが、もしそのとき、彼女に、マイルズのいうとおりウィリーを販売しましょうといわれていたら、どうなったかわからないのだ。おそらくぼくは、準備のできていないのを承知でそうしていたかもしれない。というのも、そのときのぼくは、およそ男として最高限度ののぼせかたを、ベルに対してしていたからである。

　ベルは秘書兼オフィス・マネージャーとして最適任者であったばかりか、プラクシテレス（紀元前四世紀のギリシャの彫刻家）をもほれぼれとさせたであろうすばらしいルックスと魅力の持ち主であった。その魅惑は――ちょうど、ピートがマタタビを見ておこすような反応を、ぼくのうちにおこしたのだった。優秀な女性事務員が払底していた折も折、こんな一流中の一流というべきベルが、水準以下のサラリーで、ぼくらの社のような零細資本の会社に自発的に働きにきてくれたのだから、ほかの場合だったら、一応は「なぜだろう？」と疑問をおこしたろう。だが、あのときのぼくらは、〈ハイヤーガール〉が市場に起こしつつあったセンセーションのおかげで、書類の流れに手も足も出ないありさまだった。そんな状態から救い出されたのがありがたくて、彼女に、前の職場のことを訊くことすら、まるで忘れていた。

そしてそれ以後は、かりに誰かが、ベルの前歴を調査してはどうかといってきたとしても、ぼくは憤然としてそれを退けたにちがいない。そのころはすでに、彼女のバストのサイズが、ぼくの判断力に甚大な影響を及ぼしていたからだ。ベルは、ぼくに、彼女と会うまでのぼくの生活がいかに孤独なものであったかを告白させた。彼女はぼくの告白を静かに聞きおわるといった。あなたという方を、もっとよく知らなければなんともいえないけれど、わたくしも、あなたと同じように思うことがときどきありますわ——。

マイルズとの喧嘩の仲裁をしてまもなく、ベルはついにぼくと生涯をともにすることに同意してくれた。

「ダン、あなたはきっと偉くなる方よ……わたくし、生涯あなたを助けていけるような女になりたいわ」

「だって、きみはすでにそうだよ！」

「まあ、そんな。でもね、ダン、わたくし、いますぐに結婚して、子供のことや生活のことで、あなたに苦労をかけさせるのはいけないと思うの。まず、当分のあいだはあなたと一緒に働いて、事業を完成することにしたいわ。それから結婚しましょうよ、ね？」

ぼくは反対したが、ベルの決心は固かった。「だめだめ。ね、あなた。わたくしたちの一生はまだまだ長いわ。〈ハイヤーガール〉の名前は、やがて、ゼネラル・エレクトリックと肩を並べるような大きな名前になるんだわ。でも、わたくしは、結婚したら、お仕事のことなんかすっかり忘れて、あなたを幸福にしてあげることだけを考えたいのよ。だからこそ、まず、あなたの将来のために、いまは力をつくすのがほんとうだと思うの。ね、わかってくださるわね、あなた」

ぼくはベルのいいなりだった。ベルは、ぼくが、高価なエンゲージリングを買ってやろうとするのをおしとどめた。そのかわりにぼくは、ぼくの持株の一部を、彼女に譲渡した。もちろんぼくのほうから提案した形だったのだが……いまにして思えば、このプレゼントが、誰の思いつきだったのか、自信がもてなくなってくる。

それからのぼくは、よりいっそう馬車馬のように働いた。自動的に塵を空ける屑籠《くずかご》とか、皿洗い器が皿を洗い終わったあと、皿を片づける装置だとか……。誰も彼も、一人のこらず幸福だった。

ただし、ピートとリッキーはべつだ。

ピートはそれでも、不愉快ではあるが自分の手には負えないと考えたときいつもするように、ベルの存在を無視できた。不幸なのはリッキーだった。

罪はぼくにあった。リッキーは、サンディアではじめて会った、髪にリボンをつけ大きなかわいいお目々の六つの少女のとき以来、ぼくの〝恋人〟だったのだ。彼女が大人になったら、かならず〝結婚〟して、二人でピートの世話をしようと固い約束をしてあった。ぼくはこの約束はゲームのようなものだと思っていた。おそらくはそのとおりだったはず。結婚すればぼくらの猫の面倒をみられるという点について、小さなリッキーは真剣だったのだ。だが、子供の心の中などわかるはずはない。

ぼくは子供好きではない。それどころか、たいていの子供は小さな暴君、成長するまでは(時には成長してもおなじことだ)手がつけられない生き物だと思っていた。だが、フレデリカは、ちょうどその年ごろだった、ぼくの妹を思いださせた。そのうえ、ピートと仲良しで、世話もなかなかよく焼いてくれる。おそらく、リッキーにしてみれば、自分をいい加減にあしらわず(子供のときにはぼくもそうされるのが嫌だった)、ガールスカウトの話などを真面目に聞いてくれるぼくに、親しみにまさる信頼を感じていたのだろう。リッキーは確かにいい子だった。お転婆でもないしおしゃべりでもない、ずかずか膝の上にあがってくるがさつな神経も持っていなかった。ぼくらは大の親友で、二人してピートの面倒をみる共同責任を持っていた。そして、〝恋人〟ごっこは、そうしたぼくたちの、高級なゲームだったのだ。

だがあの日、敵の水爆が、ぼくの母と妹とをいっきょに奪ってしまった日以来、ぼくはこのゲームをやめてしまった。もちろん、意識的に決心したわけでなく、そんな冗談が、突然耐えられなくなったのだ。リッキーはそのとき七つだった。そして、ベルがぼくらの仲間になったときが十、ぼくとベルが婚約したときはもう十一になるところだった。リッキーはベルを激しく憎んだ。だが、そうしたリッキーの感情がわかるのはぼくだけで、ベル自身は、どうしてもリッキーが自分に口をきこうとしないことを、きっと〝恥ずかしがる年ごろ〟だからだろうといっていた。マイルズもそう考えているのだろうとぼくは思っていた。

ピートがまた、べつの意味で問題だった。そしておそらく、もしぼくがあれほどのぼせていなかったら、ベルとぼくとがとうてい理解しあえる相手ではないことは、すでにその一事から判断できたはずなのだ。ほかでもない、ベルがピートを〝好いて〟いたことだ。

そうとも、そうだろうとも！　なにしろベルは、ぼくに関することならなんでも好きだった。レストランでのぼくの好みからぼくの禿《はげ》にいたるまで——したがって、猫ももちろん大好きだったわけだ！

しかし、猫好きの人間にむかって、猫嫌いが猫好きのふりをすることは難しい。世の中には猫好きがいくらかと、あと大多数の〝害のない、必要な猫であっても我慢できない〟人間とがある。もしそうでない人が、礼儀その他の理由から猫好きを装って近づくと、正体がわれてしまう。それは猫嫌いが猫の扱い方を知らないのと、猫のほうがそんな社交辞令を拒絶するためだ。

猫にはユーモアのセンスがない。あるのは極端に驕慢《きょうまん》なエゴと過敏な神経だけなのだ。それではいったい、なぜそんな面倒な動物をチヤホヤするのだと訊かれたら、ぼくには、なんとも答えようがない。匂いの強いチーズをきらう人になぜリンバーガー・チーズ（ベルギー原産の匂いの強いチーズ）を〝好きにならねばならない〟のかを説明するほうがまだいいくらいだ。

にもかかわらずぼくは、眠りこんでいる小猫をおこさないために、高価な袖を切り捨てたという昔の中国の官吏の話に、心の底から同感するのである。

ベルがまさにその失敗をした。彼女はピートが好きだというところを見せようと、彼を犬を扱う手つきで扱おうとした結果——いやというほど手をやられたのだ。引っ掻いた後、ピートは、利口な猫らしく、ひらりと外へ飛び出したまま、しばらく帰ってこなかった。おかげでぼくは、ピートを折檻《せっかん》せずにすんだ。ちなみにピートは、少なくともぼくからは、一度もなぐられたことはない。猫は忍耐をもって訓練すべきものでこそあれ、なぐってもなんの役にも立たないのだ。

ぼくはベルの手の傷に消毒薬《ヨードチンキ》を塗ってやりながら、彼女の過失を説明しようとこころみた。「わるかったね、ほんとにすまないことをした！　でも、あんなことをすると、また引っ掻かれるよ」

「まあ！　だって、わたくし、かわいがってやろうとしただけよ！」

「それはそうだけどね……しかし、きみのかわいがりかたは、犬のかわいがりかたで、猫のじゃなかったんだよ。猫の場合はたたいたりしちゃ絶対だめだ。なでてやらなきゃいけないんだよ。それに猫の爪の届く範囲で、急激な動作をしてもいけない——つまり、こっちがこれからなにをするかを、猫に理解するチャンスをまず与えてやらなくちゃいけないんだ。しかも、猫がこっちの愛撫を望んでいるかどうかが問題だ。望んでもいない愛撫を与えようとすると、つまりそれは、いささか礼儀にはずれたことになる。猫はとても礼儀を重んずる動物だからね」といってぼくはためらった。「ベル、きみは猫は嫌いなんだろ？」

「なんですって？　んまあ、冗談じゃないわ！　もちろん、わたくし、猫は大好きよ」だが、彼女はそこでつけ加えた。「でもいままで、猫があんまりそばにいなかったから。かのじょ、すこし神経質なんじゃない？」

「かれだよ。ピートは牡猫だ。いや、とくに神経質じゃないよ――いつも、大事にされつけているんだからね。猫を笑うことも、絶対いけない」

「なんですって？　それ、いったい、どういうことなの？」

「猫はけっしておもしろくはないからさ。彼らは滑稽なんだ。しかし、彼らにはユーモアのセンスがないから、それが彼らを怒らせるんだ。もちろん、猫は、笑われたからといって引っ掻きはしない。ただ、向こうへ行ってしまうだけだが、あとで仲直りが大変になるんだ。しかし、それも一番大切なことじゃない。一番大切なのは、猫の抱きあげかただよ。やつが帰ってきたら教えるよ」

だがピートはその日ベルがいるあいだ帰ってこなかったので、ついに教えずじまいになってしまった。ベルはそれきり、絶対にピートに手をふれようとしなくなった。依然として、いかにも猫好きらしくしゃべりかけたりはするが、必ず一定の距離を置いていた。ピートのほうでもおなじだった。ぼくは、それきりこの事件を忘れることにした。大の男が、こんな些細《ささい》なことで、生命より大切な恋人を疑うなどということが、できようはずがなかったからだ。

しかし、後にこのピートの問題は、われわれのあいだに、ほとんど決裂の危機をつくりだそうとしたのである。ベルとぼくとは、前から、結婚したらどこに住もうかと、いろいろ話しあっていた。ベルのほうは、まだ結婚の日取りを決めようとしなかったが、結婚してからのそうしたこまごまとした問題については、よく話していたのだ。ぼくは、工場のそばに小綺麗な家をつくって住みたかった。しかし彼女のほうは、ベル屋敷とでもいう本式の大邸宅がつくられるようになるまでは、もっと中心にちかいところで、アパート住まいがしたいといったのだ。

「でもベル、それはあまり実際的じゃないよ。ぼくは、仕事のことで、工場のそばにいなきゃならないことが多い。それに、きみ、町のまんなかのアパートの中で、牡猫の面倒をみることがどんなに大変か知っているかい？」

「ああ、そのことよ。あなたから、そのことをいいだしてくれて、助かったわ。ねえ、あなた、わたくし、いろいろ猫のことを研究してみたのよ、いえ、ほんとうに。それで、ピートを、去勢しなければいけないと思うのよ。そうすれば、ずっとおとなしくなるし、アパートの中だって、ちゃんと飼えるようにもなるわ」

ぼくは目を瞠《みは》ってベルを見つめた。われとわが耳が信じられなかった。ぼくのピートを、誇りたかい老戦士を、去勢しろというのか？　彼を、炉辺の置きものに？

「ベル、なにをいってるんだ！」ぼくは思わず叫んだ。

彼女は、例の〝ママはなんでも知っている〟調の甘い口調で、猫を私有財産とかんちがいしている連中の必ずつかう陳腐な言葉をならべてぼくを説きふせようとした――それが、彼にはなんの害も与えないこと、それが彼のためにこそなれ、悪いことはひとつもないこと、ぼくが彼をいかに愛しているかは、わたしが一番知っている、だから彼をぼくから取りあげようなどとは、これっぽっちも思っていないこと、それが、どんなに簡単で安全で、おまけにどんなにみんなのためになるかということなど……。

ぼくは、ベルの言葉をさえぎった。「それじゃ、ぼくたちのために、ぼくもそうしたらどうなんだい、ベル？」

「どういうこと？」

「ぼくも一緒に去勢するのさ。そうすればぼくもずっとおとなしくなって、夜はずっと家にいるようになるし、きみに反対するようなこともなくなるだろう。いまきみがいったように、ちっとも痛くないし、ずっと幸福になるだろうよ」

ベルは赤くなった。「非常識なことという人ね！」

「きみだってさ！」

ベルは、二度とそのことはいいださなかった。彼女は、意見の相違を、絶対に争いにまで持っていくことをしない女だったのだ。そんなとき彼女は、おやすみなさいだけいうと口をつぐんで出ていった。だが、決して諦めはしなかった。いろいろな点で、ベル自身が、猫的な要素を持っていた——それが、おそらく、ぼくが彼女に抵抗できなかった理由だったのであろう。

ぼくも、この問題が尻切れとんぼになったのを喜んだ。なぜならぼくは、年来の計画だった〈万能《フレキシブル》フランク〉の製作にとりかかっていたからである。

〈窓拭きウィリー〉と〈ハイヤーガール〉は、すでに莫大な儲けを約束してくれていた。だがぼくの頭の中にはうるさい蜂が一匹いて、そいつがぼくに、あらゆる仕事のできる万能自動機械の製作を、執拗にせがんできかなかった。自動機械という名前が野暮ったくて気に入らなければロボットと呼んでも結構だが、この言葉はあまりにも乱用されすぎているし、いずれにしろぼくは、人間の形をした機械人間なんかを作るつもりはなかったのだ。

ぼくの望んでいたのは、およそ家庭内の仕事という仕事はなんでもできるような機械だった。掃除や料理はいうにおよばず、非常に面倒な仕事、たとえば赤ん坊のおむつを換えるとか、タイプライターのリボンをつけ替えるとかいった種類の仕事もやってのける機械。いい換えれば、〈ハイヤーガール〉や〈窓拭きウィリー〉、〈子守りのナン〉、〈召使ハリー〉や〈庭師ガス〉などのかわりに、世の中の夫婦が、高級自動車一台を買うぐらいの価格で、そのすべてを兼ねるような機械一台を買えばすむようにするのが、ぼくの狙いだった。

もしこれが実現すれば、全世界の女性を、長いあいだの家事への奴隷的束縛から解放し、いわば第二の奴隷解放宣言をするに等しい意義がある。ぼくは、〝女の仕事に際限《きり》はない〟というあの昔ながらの格言を辞書から消してやりたかったのだ。家事は無限に繰り返される不必要きわまる苦役である。これが、前から、家庭用品技術者としてのぼくの誇りを傷つけてきたのだった。

もちろん、孤立無援の一技術者の能力には自《おの》ずからなる限界がある。〈万能《フレキシブル》フランク〉は、大部分規格部品を用い、しかも新しい原理をまったく用いないものでなければならない。そうでなければ、ぼく一人の力で、なにができるはずもないのだ。

さいわいにして、〈万能フランク〉のために役立つ技術は充分すぎるほどにあった。そして、ぼくの作ろうとしていたものは、誘導ミサイルほど複雑なものではなかった。

それではぼくは、〈万能フランク〉に、なにを求めようか？　答え。人間が家庭の内外においてやるすべての雑用だ。ぼくの〈万能フランク〉はカードゲームをして遊ぶ必要もなく、恋愛も飲み食いも眠る必要もない。そのかわり、人間様がカードゲームをした後始末をし、料理をつくり、ベッドを整え、赤ん坊の守りを――少なくとも、赤ん坊の寝息を注視していて、呼吸がおかしかったら人を呼ぶだけの能力が必要なのだ。ぼくは、彼に電話の応対の能力は授けまいと思ったが、それは、すでに当時AT&Tが、電話用の応対機を完成し、レンタルをしていたからだった。同様に、玄関の客の応対もしなくてすむ。このころの新築の家のドアには、ドア用応答装置が備えつけになっていたからだ。

さてそのために、ぼくは〈万能《フレキシブル》フランク〉に二本の手と眼、耳、頭脳――とくに、特別誂《あつら》えの良い頭脳を備えつけたいと考えた。

まず手だが、これは、〈ハイヤーガール〉の手を買った原子力技術装置会社に注文すればよかろう。ただしフランクのためには、ワイド・レンジのサーボ・メカニズムと、ラジオ・アイソトープの重さを計ったり、顕微鏡分析の操作ができるような、非常にデリケートな自動制御《フィードバック》装置のついた、最高級品を必要とする。目も、おなじ会社の製品が役に立つが、この場合フランクに必要な目は、原子力発電所で使うような、厚いコンクリートの遮《しゃ》蔽《へい》壁の背後からむこうが見える――といったほどの高級品でなくていいから、手と較《くら》べてずっと単純だった。

耳は、どこのラジオ・テレビ製造企業の製品でも間にあう。ただし、これらに、ちょうど人間の手が自然にそうしているように、見たり聞いたりふれたりすると同時に、手が動作をするような回路を設計する必要は生ずるだろう。

だが、人間はトランジスターとプリント基板を使って小さなスペースでいろいろな仕事をやってのけることができるのだ。

ぼくはフランクがハシゴを使う必要がないように、彼の首を駝鳥《ダチヨウ》のように、手を手長ザルのように任意に伸ばせるようにしようと思った。では階段はどうするか？ フランクは階段をのぼれるようにしなければならないだろうか？

そうだ、これは、動力つきの車椅子《ウイール・チエアー》が解決してくれる。あれを買って、フランクの台座として使うことにしよう。そうするためには、フランクの試作第一号を、車椅子《ウイール・チエアー》におさまるぐらいの大きさで、しかもああいう椅子が容易に運べるぐらいの重さに限定しなければならない。そして、車椅子《ウイール・チエアー》の動力と操縦装置をフランクの頭脳に連結するのだ。

さて頭脳だ。これが、最大の難問だった。外形はいかに難しくとも、これに比べれば問題ではない。種々の便利な装置を詰めこんでこれに自動制御装置をつければ、床を磨かせることも釘を抜くことも、卵を割ることも——割らないことも意のままだ。だが、これに頭脳がつかなければ、ちょうど人間の両耳のあいだにその物質がなければ人間ではないのと同様、死人ほどの役にもたたないのだ。

ただしフランクの場合には、なにも人間のような頭である必要はない。たいていは同じような仕事の繰り返しである家事一般さえできればよい。従順なロボットの頭脳でこと足りるのだ。

ここに、トーセン記憶《メモリー》チューブが登場する。われわれが報復攻撃に用いた大陸間ミサイルも、このトーセン・チューブによる〝思考力〟を持っていた。ロサンゼルスの交通管理システムに用いられているのも、同様の記憶装置である。ぼくらはここで、ベル研究所ですら充分に解明し得ない難解なエレクトロニクスの原理にまで深入りする必要はない。要は、このトーセン・チューブをコントロール回路に接続して、手動装置で、ある動作を一度やってみると、チューブはその動作を〝記憶〟し、それ以後は人間の監督などいっさいなしに、自動的に同じ動作を繰り返すのである。自動機械にはこれで充分なのだ。これに、サイド回路をつければミサイルも〈万能《フレキシブル》フランク〉も〝判断力〟をもつのだ。もちろんこれは、真の〝判断力〟ではない（ぼくの意見では、機械に判断力はあり得ない）。サイド回路は、一種の選択回路である。つまり〝ある制限内であるものを探せ。探しだしたら基本指令を果たせ〟というようにプログラムする能力を持っている。基本的な指令は、トーセン記憶チューブに詰めこめるかぎりにおいて——これがまた、ほとんど制限なしなのだ！——複雑化することができる。こうして、使用者は、〝判断〟回路を、その周波数が、トーセン・チューブに入れておいた記憶のそれに合わないときは、いつでも基本的指令を中止させることができるようにプログラミングすることができるのだ。

この結果、〈万能《フレキシブル》フランク〉は、一度食卓を片づけ皿の残りものを捨て、それを皿洗い器に持ってゆくことを教えられれば、それ以後は汚れた皿を見つけしだい、おなじように片づけられるようになる。しかも、絶対に皿を割るようなことはない。

同様にして、別の〝記憶〟を与えたチューブを装着すれば、フランクは、赤ん坊がおむつを濡らししだい、すぐに換えてやることができ、赤ん坊にピンを刺したりは、絶対に——繰り返す——絶対にしないのだ。

フランクの四角形の頭部は、こうしたさまざまのそれぞれ異なる仕事の電子工学的記憶を持ったチューブが、少なくとも百本は楽におさまるものになる。そして〝判断〟のための回路のまわりには安全回路を設け、彼の記憶にまだない何かに出くわした場合には、その場に静止して、救援ブザーが鳴るようにする。こうすれば、皿も赤ん坊も壊さずにすむというものだ。

かくして、ぼくは動力つき車椅子《ウイール・チェアー》の骨組みの上に、フランクを設計製作しはじめたのだった。彼の格好は、まさに、帽子かけがタコに恋を囁《ささや》いているように見えた——だが、その彼の、銀食器を磨く手なみの鮮やかさといったら!

マイルズは完成したフランク試作第一号をながめ、彼がマティーニをこしらえてぼくら二人に給仕するさまを見やった。フランクはそれから、部屋じゅうをまわって灰皿をあけ、それを掃除して——汚れていない灰皿には絶対に手をふれずに——つぎに窓をあけ、風で閉まらないようにとめ金をかけると、つづいてぼくの本棚のところに行き、塵をはらって、中の本を整頓した。そのあいだ、じっとフランクの動作を見つめていたマイルズは、マティーニをひと口すするといった。

「こりゃ甘すぎる」

「ぼくの好みだからな。しかし、お望みなら、きみにはきみの、ぼくにはぼくの好みでマティーニをつくるようにさせることもできるんだ。まだ予備のチューブがどっさりあるからね。すなわち、お気に召すままなのさ」

マイルズはまたひとくち酒をすすった。「どのくらいで生産できるようになる？」

「そうだな。まあ、あと十年はいじくりたいね」ぼくは、彼が唸《うな》りはじめないうちにいい足した。「だがまあ、制限つきの商品は、五年以内に生産を始められるだろうよ」

「そんなばかな！　臨時を大勢やとってやるから、半年以内に生産段階に持っていってくれ」

「そういうだろうと思ったよ！　これはぼくのライフワークだぜ。ぼくは、フランクが芸術品になるまでは絶対に手放さない——大きさもいまの三分の一以下にしたいし、トーセン・チューブ以外のあらゆる部品を交換式にもしたい、そして、あらゆる意味で、お気《フレ》に召すまま《キシブル》にしたいんだ。猫をじゃれつかせたり、赤ん坊に湯をつかわせたりするだけじゃなくて、もし買い手が特別プログラミングに金を出す気があれば、ピンポンだってやれるようにしたいんだ」そういってぼくはフランクを見やった。彼は物静かにぼくのデスクの埃をはらい、はらい終わると、机の上にあった書類を正確にもとのところへ戻した。

「もっとも、彼とピンポンをやってもあまりおもしろくないな。ぜったいにミスしないからね。いや、それは、不確定選択回路をつけて、たまにはミスもやるようにすることにしよう。そうだ……うん、それがいい。それに、こいつは、すてきな宣伝にもなるじゃないか」

「一年だ、ダン。それ以上一日も長くちゃいかん。ぼくがローウィ（レイモンド・ローウィ。工業デザインの草分け）のところから誰か連れてきて、スタイルの点できみの手伝いをするように手配しよう」

　ぼくは、ひらきなおった。「マイルズ、きみはいつになったらぼくが技術部門の責任者だってことをおぼえてくれるんだ？　ぼくがもうよしといってきみの手に渡したら、その日からフランクはきみの自由だ。しかし、それまでは、口を出さないでくれ」

マイルズは答えた。「どうも甘いな、このマティーニは」

ぼくは工場の機械工に手伝わせて、こつこつと仕事を続けた。やがて、フランクは、自動車が三重衝突したような最初のぶざまな格好をある程度脱し、隣近所の人たちに自慢したくなるような形に、どうやら近づいてきた。その間に、ぼくは操作上の欠点にいろいろと改良を加えた。そして、ピートの背をなでたり、あるいは咽喉《のど》をピートの気に入るようにさすったりすることさえ教えた。これは、原子力研究所で使われている制御装置のどれにも劣らぬ難しい作業だったのである。マイルズは、諦めたのか、わいわい言ってぼくをせかすこともなかった。ただ、しばしばやって来ては作業の進行状態を見てゆく。ぼくは、この仕事の大半を夜の時間を利用してやった。ベルと一緒に夕食に外出して、彼女を家に送りとどけると、再び会社に戻り、それから仕事を始めるのだ。そうしては、翌日の昼じゅうほとんど眠っていて、午後かなりおそくなってから会社につき、ベルが揃えてくれる書類をろくに見もせずに署名したり、昼のあいだの工場での作業の進捗状態を監督して、それからまた、夕食にベルと一緒に外出する。ぼくは前ほどは外出しなくなった。なにしろ創造的な仕事は男を山羊のように臭くする。工場で徹夜をしたあとは、ピート以外の誰もぼくの臭いに耐えられないのだ。

そうしたある日、やはり夕食をベルとともにした晩のことだった。食事をもうほとんどすませたころ、ベルがいいだした。

「これから工場へお戻りになるでしょう？」

「うん。どうして？　いけないか？」

「ううん。ただ、マイルズが、会社でわたくしたちに会いたいっていってたから」

「へえ」

「株主総会が開きたいんですって」

「株主総会だって？　なんでまた？」

「長くはかからないんでしょう。それに、あなたはこのごろ、会社の事業内容にちっとも注意してないでしょう。マイルズは、会社のほうのしめくくりをつけて、そのほか、何か重要な提案をしたいんですって」

「そりゃ、ぼくは技術一本槍だからね。ぼくがそれ以外会社のためになにをすればいいっていうんだい」

「なにもしなくていいのよ。マイルズは、たいして時間はかからないっていってたわ」

「いったいなんなんだ？　ジェイクが、流れ作業を捌《さば》ききれないのか？」

「わたくしは知らないのよ、あなた。マイルズは理由はいわなかったの。コーヒーを飲んでおしまいなさい」

マイルズは事務所でぼくらを待っていた。ぼくを見ると、まるで一カ月も会わなかったようなまじめくさった握手をした。ぼくはいった。「マイルズ、いったい、この仰々《ぎょうぎょう》しさはなんのつもりだ？」

彼はベルをふりむいた。「議事録を出してくれないか？」これだけで、ベルがぼくに、マイルズが今夜のことを話してくれなかったといったのが、嘘だったことはわかったはずなのだ。それなのに、ぼくはそれに思いあたらなかった。ベルを信用していたからだ——こともあろうにベルなどを！　それに、そのときぼくの注意はべつのことに逸らされてしまった。ぼくはふと、妙なことに気づいたのだ。ベルが金庫に近づいて取手《ノブ》をまわし、扉をあけている。

「あれれ。ねえベル。ゆうべ、ぼくがそいつをあけようとしたらあかなかったぜ。番号《コンビネーション》を変えたのかい？」

ベルは書類を引っぱり出すのに夢中で、ふりむかなかった。「あなたにお話ししてなかったかしら？　先週いつだったか、泥棒が入りそうになってから、警備員に金庫の番号を変えておいてくださいっていわれたのよ」

「へえ、そうかね。それじゃ、新しい番号を教えてくれといたほうがいいね。さもないと、そのうちにぼくが、真夜中に、きみらのどっちかをたたき起こす破目になるよ」

「そうしましょうね」ベルはいって、テーブルの上に、ぼくらが会議のとき使っていた書類のホルダーを置いた。

マイルズが咳ばらいをした。「さて、では始めよう」

「よし、やろう。ベル、正式の会議のつもりなら、議事録をとったほうがいいね。ええと、一九七〇年十一月十八日水曜日、時間は午後九時二十分。株主全員出席――三人の名前を書いておいてくれ。さて、取締役会議長としてD・B・デイヴィスが司会をつとめます。既決議事に対するご意見はありますか?」

これはなにもなかった。「よろしい、マイルズ、きみの出番だ。新しい提案があるんだろ?」

マイルズは再び咳ばらいした。「ぼくは会社の経営方針を再検討し、あわせて将来に対するひとつの計画を述べさせていただく。その上で、重役諸君に、ぼくの財政的提案を考慮していただきたい」

「財政的提案だって? なにを馬鹿いうんだ。会社は毎月黒字だし、それも月々よくなってるじゃないか。どうしようというんだ、マイルズ。売上げにまだ不足があるのか? それなら値段をあげることだってできるだろう」

「新計画を始めたら、黒字だといって安閑としてはおれなくなる。会社には、もっと大きな資本が必要になるんだ」

「新計画って、なにをする気だ？」

「まあ待て。ぼくは詳細に書類をつくっておいたんだ。ベルに読みあげてもらおう」

「ふむ……よかろう」

まわりくどい文句は省こう——法律家のご多分に洩れず、マイルズも難しい言葉が好きだったのだ——とにかく、マイルズの提案は、以下の三つに要約された。その（一）は〈万能《フレキシブル》フランク〉をぼくの手から取りあげ、生産段階に移して、一日も早く市販をはじめる。（二）は——だが、まずここで、ぼくは断固として反対を唱えた。

「反対！」

「まあ、待ってくれ、ダン。社長兼GMとして、ぼくは自分の意見を整然と開陳する権利はあるはずだ。終わるまできみの意見は差し控えてくれ。ベルに最後まで読みあげてもらおうじゃないか」

「よし。しかし、断っておくが返事は〝ノー〟だよ」

その（二）は、この際、いつまでも一頭立ての馬車のような小規模な町工場のままで労力を浪費することは、思いきって廃《や》めるべきだという趣旨のものであった。会社はいまや、かつて自動車工業が社会に対して持ったのと同じ重大な地位を持った。社はいまやその出発点にある。ゆえに、ただちに会社の規模を大幅に拡大し、全国的、いや全世界的な販売網と、その需要を満たし得る生産工場を組織すべきである――。

ぼくは拳骨でテーブルを打ち鳴らした。ぼくは、そんな大工場のチーフ・エンジニアになった自分の姿が、容易に想像できた。おそらくぼくは、製図台ひとつ持たせてもらえず、はんだごてなど持とうものなら、労働組合がストライキをおっぱじめるにきまっているのだ。そんなことなら軍隊にいて将軍になるほうがまだましだ。

だが、ぼくは約束だから文句は差し控えた。その（三）は、つぎのごとくであった。すなわち、この計画を推進するためには、少しくらいの金ではどうにもならない。なん百万という資本がいるが、さいわい、マニックス・エンタープライズが資本を出そうと申し出てくれている。これと引き換えに、会社はマニックス・グループに対して在庫品および〈万能《フレキシブル》フランク〉を売り渡し、マニックスの子会社になることを承認する。マイルズは営業責任者の地位にそのまますわり、ぼくには技術研究所のチーフ・エンジニアの椅子が与えられる。かくして、古き自由の時代は終焉《しゅうえん》を告げ、ぼくらは、そろって他人の雇われ人に身を落とすのだ……。

「それだけか？」とぼくはいった。

「うむ。よく話しあって、それから投票にかけてくれ」

「こんどはぼくの番だな?」

「きみの番だ」

ぼくはただちに反対提案に移った。これは、前々から、ぼくの心の中に培《つちか》われてきた考えでもあった。工場長のジェイク・シュミットは、人柄は良いのだが、腕があまり良くない。そのためぼくは、しばしば彼の誤りを是正したり彼に代わって工場の監督をする破目に陥った。ぼくが、主として夜仕事をすることにしていたのも、ひとつはこれが億劫《おっくう》なためだった。ゼネラル・モーターズ・グループに肩を並べようなどという計画はもちろん問題にならないが、現在のままでも、ぼくには負担が重すぎた。ぼくは双生児ではないのだから、発明と生産と両方やらされてはとてもかなわない。

そこでぼくは、規模を拡大するよりは、むしろ縮小しようと提案したのだ。〈ハイヤーガール〉と〈窓拭きウィリー〉の特許権を設定して、生産・販売は他人にやらせ、ぼくは、一台についていくらと特許権使用料をとる。〈万能《フレキシブル》フランク〉が完成したら、これも同様に特許権をつける。もしマニックス社がこれらの特許権を望んで、他社をしめだそうとすれば、当然特許の価もあがるから結構な話だ。そのうちに、こっちは、デイヴィス・アンド・ジェントリー技術研究所と社名を変更して、人間もぼくら三人だけに限定し、あと、ぼくが新しい発明をするのに手伝いの職工を一人二人置けば充分だ。マイルズとベルは、ただすわっていて、転がりこんでくる金の計算をすればよかろう。

聞き終わるとマイルズは静かに首を左右に振った。

「だめだよ、ダン。特許権でも確かにある程度の金は入ってくる。それは認めるが、それでは、ぼくらが自分の手で生産から販売までやった場合入ってくる金と比べものにならない」

「なにをいってるんだ、マイルズ。ちっともぼくらが自分の手でやることにはならないじゃないか。ぼくらは、マニックス社に魂まで売り飛ばしちまうんだ。金のことにしてもそうだよ。マイルズ、きみはいったいいくらありゃ足りるんだ？　いくら金があったって、一度に二隻のヨットにゃ乗れまい。一度に二つのプールじゃ泳げないんだぜ——しかも、その二つとも、きみが欲しけりゃ、今年の末にならないうちに買えるじゃないか」

「そんなものは欲しくない」

「なにが欲しいんだ？」

彼は目をあげてぼくを見た。「ダン、きみは発明がしたいだろう？　この計画が実現すれば、きみは、好きなだけの設備と、好きなだけの助手と、好きなだけの金をかけて自分の発明がやれるようになるんだ。そしてぼくは、大企業を経営したいんだ。本当の意味の大企業をだ。ぼくにはそれだけの才能があるんだ」マイルズは、ベルにちらと視線を投げた。「ぼくは、こんなモハーヴェ砂漠のまんなかで人間嫌いの発明家のお相手をして一生を終わりたくはないんだ」

ぼくはマイルズの顔を睨《にら》んだ。「サンディア時代は、きみはそうはいわなかったぞ。辞めるというんだな、それでは。そうか――ぼくもベルも、きみと別れるのは心から残念だが、きみがそういうふうに思っているのなら、会社を抵当に入れてでも、きみの株を買い取ろう。本人の意志に反してまで、縛りつける気はないよ」そういいながらぼくは、心の底まで激しいショックを感じていた。だが十年来の旧友マイルズがいやだというものを、ぼくの流儀で束縛する権利はぼくにはないのだ。

「そうじゃない。ぼくは辞めるなどとはいわない。ぼくは、ぼくらの会社の発展を望んでいるんだ。ぼくの提案は聞いたろう。採否は会社が決定するんだ。ぼくは正式の手続きを踏んだ。投票に移ってくれ」

ぼくはさぞ驚いた顔をしただろう。

「マイルズ、きみはどうしても痛い目を見なけりゃ気がすまないのか。よし、ベル、提案は否決されたと記録しておいてくれ。ただし、ぼくも、反対提案を今夜すぐ提出するのは見あわせる。みんなでよく相談して、議論を闘わそうじゃないか。なあ、マイルズ、ぼくはきみに納得してもらいたいんだ」

だがマイルズは頑強だった。「正式に投票してもらおうじゃないか。ベル、票決を取ってくれないか」

「かしこまりました。マイルズ・ジェントリー、持株番号――」ベルは一連の番号を読みあげた。「提案に対して賛成ですか、反対ですか？」

「賛成」

彼女は議事録に記入した。

「ダニエル・B・デイヴィス、持株番号――」彼女は再び電話番号めいた数字を読みあげた。ぼくはこの形式ばった言葉を聞いていなかった。「提案に対して賛成なさいますか、反対なさいますか？」

「反対。これで決まったよ、マイルズ、気の毒だったね」

「ベル・S・ダーキン」とベルがつづけた。「持株番号――」三たび番号の朗読。「わたくしの選択は〝賛成〟です」

ぼくはぽかんと口をあけてベルを見た。ややあって、ようやく息をととのえたぼくは言葉を咽喉から押し出した。

「そ、そんなことってあるかい、ベル！　そりゃ、きみの持株はきみのものだが、しかしあれはきみも知ってのとおりの……」

「得票を発表するんだ」マイルズが声を張りあげた。

「〝賛成〟が二票、賛成が全株式の過半数をこえましたので提案は可決されました」

「記録したまえ」

それからの二、三分はただもう混乱した。最初、ぼくはベルにくってかかり、ついで彼女を説き伏せようとし、またカッといきり立って怒鳴りつけた。きみのやりかたは正直じゃないぞとぼくはいった。確かにぼくは株を譲渡しはした、しかしそれは、彼女も百も承知だったように、単なる婚約のプレゼントであって、ぼくには会社の経営権を分与しようなどという意図はさらさらなかったのだ。冗談じゃない、ぼくは今年の四月にその所得税まで払ってやっているのだ。なにもかも承知の上でそんな曲芸をして見せたのか。それではぼくらの結婚はどうなるのだ？

ベルはぼくの顔をまっこうから見かえした。それは、まだ見も知らぬ赤の他人の顔だった。

「ダン・デイヴィス、そんなひどいことをいっておきながら、まだわたしたちの婚約が有効と思っているのなら、あなたも相当のおばかさんね。ばかだとは前から思っていたけれど、それほどとは思わなかったわ」そういい終わると、ベルはジェントリーをふりむいた。

「マイルズ、わたしを家へ送っていってくださる?」

「いいとも、送ろう」

ぼくはなにかいいかけた、が、一瞬口を閉じて、帽子もかぶらずに部屋から外へ飛び出していた。それが去り時であった。さもなければ、ぼくはマイルズを殺していたろう——ぼくは、この期《ご》に及んでもなお、ベルに手をあげることができなかったのである。

もちろん、その夜ぼくは一睡もできなかった。午前四時ごろぼくはベッドから起き出して、あちこちの運送会社に電話をかけ、法外な値段をふっかけられるのを承知の上で車をたのんだ。そして、午前五時半までには、小型トラックで会社の前に着いていた。ぼくは門にむかって進んだ。門をあけてトラックを入れ、積荷場へつけて、〈万能《フレキシブル》フランク〉の試作モデルをトラックに積みこむつもりだった。なにしろフランクは重量二百キロもあるのだ。

門の南京錠をあけようとして、ぼくはおのれと思った。錠が替えられていたのである。

ぼくはかんかんに腹をたてて、有刺鉄線をくぐりぬけて中へ入った。入ってしまえばこっちのものだ。工場には、南京錠ぐらいわけなくあけられる道具が、それこそごまんとある。

だが——工場の入口のドアの錠まで替えられていたのだ。

ぼくは錠を見ながら考えた。窓をぶちこわして入るほうがやさしいか、それともトラックに引き返してジャッキを持ってきて、ドアの枠とノブのあいだをこじあけたほうがいいか。そう思っていたとき、だれかが怒鳴った。「おい！ そこの男、手をあげろ！」

ぼくは手をあげずにふりかえった。一人の中年の男が、小さな町のひとつくらい吹っ飛ばせそうなでかいピストルを、ぼくに向かって構えている。

「なんだおまえは？」ぼくはいった。

「そっちこそだれだ」

「おれはダン・ディヴィスだ。ここのチーフ・エンジニアだ」

「ああ、あんたか」男はすこし安心したようだったが、その大砲だけはまだぼくに向けたまま、「なるほど、人相書にも一致する。しかし、もし身分証明書かなにか持っていたら、念のために見せてくれませんかな」

「見せる必要はない。おまえはだれかと訊いているんだぞ」

「わしかね？ あんたの知らない人間だよ。砂漠警備巡察会社《デザート・プロテクティブ&パトロール・カンパニー》のジョー・トッドというもんだ。そういえば納得がいくはずだ、うちの会社はここんとこだいぶ長くあんたの会社の夜警に雇われてるんだから。もっとも、今夜はわしは特別警備員として来たんだが」

「そうか。それじゃ、鍵を持ってるなら、さっさと扉をあけてくれ。中に用があるんだ。それから、いい加減にその物騒なものを引っ込めたらどうなんだ」

だが男は依然銃口をまっすぐぼくに向けている。

「それが、そういうわけにはいかないんで、ディヴィスさん。第一に、わしは鍵を持ってねえ。第二に、わしは、特にあんたに用心しろと命令を受けてきてる。あんたを中へ入れるわけにはいかねえんだ。そのかわり、門から出してあげますよ」

「ばかをいえ。おれはどうしても入るんだ」ぼくは窓を割る石がないかとあたりを見まわした。

「お願いだ、ディヴィスさん」

「なんだ？」

「強情はられると、こまるんで。ほんとによ。というのは、わしが、あんたの脚を撃てるとはかぎらねえんでね。わしは、あんまり銃がうまくねえ。脚を撃つつもりで腹にあたっちまわねえともかぎらねえ。おまけに、この鉄砲んなかにゃ、ダムダム弾がへえってる。こいつがあたると、やっかいなことになるんでねえ」

ぼくの気持ちを変えさせたのは、この言葉にきまっているが、ぼくはそう思いたくなかった。その時ふと窓を見あげると、いつもぼくが置いておくところに〈万能《フレキシブル》フランク〉

の姿が見えない。それで、入っても無駄だと思ったのだ。

男はぼくを門の外へ出すと、はじめて一通の封筒を渡した。

「あんたが来たら、これを渡すようにといいつかってました」

ぼくはトラックの運転席でこれを読んだ。それには、つぎのようにしたためられていた。

デイヴィス殿

本日行なわれた正式取締役会議において投票の結果、貴下と会社との間に締結せられる契約第三項に基づき、貴下の当社に対するあらゆる関係は(株主としてのそれを除き)これをすべて解除することを決定致しました。本日以後、当社所有にかかるいっさいの設備物品に近づくことなきようお願いいたします。貴下の私有品及び書類は、しかるべき手段によってただちにお送り申しあげます。

取締役会は今日までの貴下の会社に対する大いなる業績に心からの感謝の意を表するとともに、貴下と会社間の見解の相違が、かかる非常手段に訴えざるの余儀なきに至ったことを深く遺憾に思うものであります。

敬具

取締役会議長兼ＧＭ

マイルズ・ジェントリー
秘書兼会計主任　B・S・ダーキン（記）

一九七〇年十一月十八日

ぼくはこれを二度読みかえしてのち、ようやく、その契約第三項なるものを発動させるような契約書を、会社と取り交わしたことなんかないことに気がついた。

その日の午後、ぼくがいつも下着類を置いておくホテルへ、メッセンジャーが小包を配達してきた。小包には、あの日置き忘れたぼくの帽子をはじめ、ペン、スペアの計算尺、参考書類に個人的な手紙類、さらになん通りかの書類が詰めこまれてあった。だが肝心の〈万能《フレキシブル》フランク〉のためのノートや設計図は入っていなかった。

書類のうちあるものは傑作だった。たとえば例の〝契約書〟なるものだ。なるほど第三項によれば、なんらかの予告なく、三カ月の給料でぼくを馘首《くび》にすることができるようになっている。だが、第七項はそれよりもっとおもしろかった。それによると、従業員は、会社をはなれてから五年間、同業の競争相手の会社に就職しない。ただしその間従業員はこれまでどおりの給料を前雇用主に要求することができると規定していた。つまりぼくは、帽子を手に、マイルズとベルのもとへ参上して、どうか仕事をと頭を下げさえすれば、いつなんどきでも望むときにもとの仕事にありつけるというわけだ。帽子を返してよこしたのも、たぶんそのためだったのだろう。

だが、彼らに頭を下げに行かないかぎり、今後五年のあいだ、ぼくはいっさいの家電関係の仕事につくことはできないのである。そんなことをするぐらいなら、咽喉を切って死んだほうがましだった。

このほか、ぼくから会社宛の、特許の譲渡証書というものが出てきた。〈ハイヤーガール〉、〈窓拭きウィリー〉をはじめとしてぼくの発明した家庭用品すべての特許の譲渡証書である（〈万能《フレキシブル》フランク〉は、もちろんまだ特許申請をしていなかった——そう、まだ特許をとっていないと思っていたのだ。真実はのちにわかった）。

だが、いうまでもなくぼくは、どの特許も会社に譲渡したおぼえはなかった。それどころか、ぼくは、ぼくの特許を使用する権利さえ、正式に会社に許してはいなかった。会社自体がぼくのものである以上、そんな形式的なことはいつだっていいつもりでいたからだ。

さて、最後に出てきたのは、ぼくの持株の株券（ベルに与えなかった分）、支払保証小切手が一枚、それに、この小切手の額面を詳しく説明した手紙が一通。手紙によると小切手には、今月までの給料の総計引く引出金勘定支出金に、解雇手当として給料三ヵ月分、契約第七項に基づくオプション・マネー、足す〝会社への貢献に対する感謝の意〟を表わすための千ドル――これを合計したものが入っていた。最後のものはマイルズとベルのお情けだった。

この恐れいったコレクションを眺めているあいだに、ようやくぼくにも事情が飲みこめてきた。いささか頭の甘いぼくは、いままで、ベルがぼくの前に差し出す書類には片端から署名をしていた。署名がぼくのものであることは疑う余地がなかったから、そのときごまかされたことは火を見るよりも明らかなのだ。

翌日までには、ぼくもどうやら口がきける程度に落ち着いたので、知りあいのある弁護士と善後策を相談した。頭脳がよくて金が欲しくて――金のためには、クリンチに持ちこんで相手に噛みついたり蹴とばしたりの反則もあえて辞さない種類の弁護士である。ぼくがいった弁護料の額を聞くと、最初彼は俄然《がぜん》色気を出して飛びつきそうになった。ところが、ぼくの提出した必要書類を調べ、ぼくから事情を詳しく聞いてしまうと、彼は椅子にどっかとすわりこんで両手を腹の上に組み合わせ、おもしろくなさそうな顔で黙りこんでしまった。

「ダン、あんたに忠告するが、一セントもかからずにすむ方法がある」

「というと？」

「なにもしないことだ。訴えても、勝つ見込みはぜんぜんないよ」

「だってあんたは――」

「わたしのいったことに間違いはないさ。あんたはペテンにかけられたんだ。しかし、どうやってそれを証明する？　やつらは実に利口だった。あんたの株を取りあげたり、一文なしにして追っ払うなんてことをしなかった。そのかわりに、何も問題がなくてあんたが勝手に辞めたとした場合――もしくは、あんたが、見解の相違で解雇されたとした場合、あんたが受けとれるだけのものは残らずよこしている。やつらは、あんたの取り分は全部あんたに渡したんだ――おまけに、例のきたない千ドルまでつけてね。会社はあんたに悪感情を持っていないというわけだ」

「だってぼくは会社と契約書なんか交わしちゃいないんだよ！　それに、特許だって、どれひとつだって会社に譲りゃしなかったんだ！」

「あの書類には譲ったことになっているよ。あんただって、あれが自分の署名だと認めている。それとも、あんたのいうことを、誰か第三者に証明させられるかね？」

ぼくは考えてみた。できっこなかった。工場長のジェイク・シュミットでさえ、取締役会の決定についてはなにも知らされていなかったのだ。ぼくのいうことが事実だと証明できるのは――マイルズとベルだけなのだ！

「そこであんたがベルに譲渡した株だ」と彼は続けた。「あれだけが、ことによったら、この八方ふさがりを打開するチャンスになるかもしれない。つまりあんたが――」

「ちょっと待ってくれ、なにもかもが詐欺な中で、あれだけが唯一の合法的なことなんだよ！　ぼくが自分で譲渡の手続きをしたんだ」

「そうだ。だが、その理由を考えてみたかね？　あんたはそれを、結婚を前提とした婚約のプレゼントとして彼女に与えたといった。彼女があんたに不利な票を入れたことは別だよ。それはここでは問題じゃない。もしあんたが、それを結婚を最終目的とした婚約のプレゼントとして与えたこと、そしてその当時彼女がそれを承知の上で受け取ったことを証明できれば、あんたは強制的に彼女にあんたとの結婚を承知させるか、もしくはだましとった株を吐き出させるか、どっちかをすることができるんだ。そうなれば、また会社はあんたのものになるわけだから、二人を逆に追い出すこともできる。どうだね、証明できるかね？」

「とんでもない、いまさら、あんな女と結婚なんかする気はないよ。いやなこった」

「それはあんたの勝手だよ。問題は一度にひとつずつ片づけていこう。あんたは、彼女が、将来あんたの妻となるためのプレゼントと承知で、それを受け取ったという事実を、証明する人でも手紙その他の証拠でも、なんでもいいから持っているか？」

ぼくは考えた。もちろん証人はいる——先刻お馴染みの二人、マイルズとベルが……。

「わかったね？　むこうは二人、それにあれだけの文書を揃えているのに、こっちはあんたの証言だけというのでは、勝つ見込みがあるどころか、下手すれば、イカれてるってことになって、どこかの病院かなんかへほうりこまれないともかぎらない。だからわたしは忠告してるんだ。ほかの線で職を探すか——さもなければ、彼らに対抗できるような会社を自分でおっ建ててインチキ契約を実力でぶっ飛ばしてしまうか……。しかし、とにかく彼らを背任とか横領とかで訴えないことだ。訴訟になればむこうが勝つ。勝てば、彼らはすぐにあんたを訴えて、いまあんたに渡したもの一切合切を取りあげてしまうに決まっているよ」そういって彼は立ちあがった。

ぼくは彼の忠告のいずれをも取らなかった。そのビルの一階にバーがあった。ぼくはそこへ入り、酒を呷《あお》った。

マイルズに会うべく自動車を走らせるあいだ、ぼくはこうしたすべてをつぎつぎと思いだしていた。ぼくらの事業が儲かりだすとすぐ、マイルズは、殺人的なモハーヴェ砂漠の暑熱を避けて、サンフェルナンド・ヴァレーに小ぢんまりした借家を見つけ、そこへリッキーとともに引っ越してきていた。ありがたいことにリッキーはいま家にいない。ぼくはそれを思いだしてほっとした。ガールスカウトのキャンプ旅行で、ビッグベア湖に行っているのだ。ぼくは、リッキーに、継父《ままちち》とぼくの喧嘩を見られるのがいやだったのだ。

セパルヴィーダ・トンネルの中で渋滞にまきこまれているときだった。ぼくはふと、マイルズに会う前に、〈ハイヤーガール〉の株券をどこかに移しておいたほうが賢明ではないかと思いついた。手荒なことがもちあがるとは思わなかったが（こっちでおっ始めないかぎり）そうしたほうがなんとなくいいように思ったのだ。網戸に尻尾を挟まれて痛い目をみた猫のように、おそらくぼくは、なにごとにも疑い深くなっていたのだろう。

自動車の中に置いておこうか？　いや、もしぼくが殴られ暴行をうけたうえに自動車ごと拉致《らち》されるという映画もどきのことが実際におきたらどうする？　自動車ごとどこかへ幽閉された場合、その自動車の中へ隠しておいたのでは意味がない。

自分宛に郵送するという手もあったが、最近ぼくは、ぼく宛の手紙は、中央郵便局の局留扱いで受け取ることにしていた。猫を飼っていることをホテルの人間に見つけられる度《たび》に、ホテルからホテルへと渡り歩いていたからだ。

そうだ。だれか、信用のおける人に郵送するのがいい。

とは思ったものの、考えてみるとそんな人間はいやしない。

そのとたんぼくは思いだした。いや、いる。一人だけ信用のおける人間がいる。

リッキーだ！

いま女のためにいやというほどの目にあったくせに、はやくも別の女を信用する気になるとは、よほど性懲りのないやつだとお思いの方がいるかもしれない。しかし、リッキーとベルとでは、事情が違ってくる。ぼくはリッキーを彼女の半生近くのあいだ知っている。もしこの世に正直な人間というものがいるとしたら、リッキーはまずもってその部類にはいる。これは、ぼくだけでなく、ピートも等しく認めるところだ。さらにリッキーは、男の理性を歪めさせるだけの肉体があるということではない。リッキーは女性らしい顔立ちになりつつあったが、身体はまだそうではなかった。

セパルヴィーダのトンネルからようやく解放されると、ぼくは自動車を幹線道路から逸れた沿道へ乗り入れ、やがて一軒のドラッグストアを発見した。そこで、切手と封筒を大きいのと小さいの各一枚、それに便箋と、これだけ買って、リッキーに手紙をしたためた。

親愛なるリッキー・ティッキー・ティヴィー

お願いがあります。おじさんが行くまで、この封筒を大事に預かっていてください。とても大切なものだから、おじさんとリッキーの間だけの秘密だよ。

そこまで書いて、ぼくはペンを止めた。畜生！　もし、かりに、万が一にもぼくに何事か起こったら自動車事故とか、その他なんでも、ぼくの息の根の止まるような偶然が起ったとして、そのときリッキーの手にこれがあっては、必然的にマイルズとベルの手に入ってしまうじゃないか。なにか、そんなことになるのを防ぐ手を考え出さなきゃならない。そうして考えているうちに、ぼくはふと、すでにぼくが、それと意識せず、冷凍睡眠《コールドスリープ》に行かないつもりでいることに気がついた。あの医者のしてくれた注射とお説教のおかげで、ぼくはすっかり真剣な心構えを取り戻していたのだ！　いまや、ぼくのバックボーンは筋金入りだった。もう、冷凍睡眠などで現実から逃げたりしないぞ。踏みとどまって闘うのだ——そうだ、この株券はぼくの持つ最大の武器なのだ。これさえあれば、こっちには、会社の帳簿を監査する権利がある。株主であるからには、ぼくは、会社のあらゆる問題に首をつっこむ権利があるのだ。もし彼らが雇った警備員を使って、再びぼくを拒もうとするなら、ぼくは裁判所の令状を携え、弁護士と保安官補を引き連れ、これに対抗するのだ。

そして、彼ら二人を裁判に引きずり出してやる。あるいはぼくは勝てないかもしれない。そのかわりぼくは、思いきり暴れまわって悪臭をふりまき、マニックス社が彼らとの提携を諦めてしまうようにしてやろう。

リッキーに送らないほうがいいかな？

いや。もしぼくに万が一のことがあった場合は、やっぱりリッキーにこれをやりたい。結局、リッキーとピートだけがぼくのこの世におけるたった二人（？）の〝家族〟なのだ。
そう思いなおして、再びぼくはペンを動かした。

もしも一年間おじさんが会いに行かなかったら、おじさんの身に何かがおこったものと考えてください。そのときには、ピートの面倒を見てやってくださいね。そして、この同封の封筒を、誰にもなにもいわないで、バンク・オブ・アメリカのどこかの支店に持ってゆき、銀行の偉いおじさんに渡して、読んでもらってください。

リッキーの親友ダニーおじさんより

つぎに、もう一枚の紙を出して、つぎのように書いた。

一九七〇年十二月三日。カリフォルニア州、ロサンゼルス。ここに諸手続きのため一ドルを同封し、以下の株券を（と〈ハイヤーガール〉のぼくの持株の連続番号と記号を書きこんで）バンク・オブ・アメリカに信託する。これは、フレデリカ・ヴァージニア・ジェントリーが二十一歳の誕生日を迎える日に彼女に正式に譲渡されるものとする。

ぼくはこれに署名した。ドラッグストアのカウンターで、ジューク・ボックスが耳もとでがんがん鳴っているのでは、これ以上のことはできなかったが、こうしておけば、マイルズやベルが、リッキーから株券を取りあげることもなかろう。

そして、もし何事もなくすんだら、リッキーに封筒を返してくれといいさえすればよい。株券の裏に印刷された譲渡形式を使わなかったので、未成年の株式受取人から株券を返却してもらう場合でも繁雑な手続きを避けられる。ぼくが委任状を破るだけでよい。

ぼくは株券とバンク・オブ・アメリカ宛の委任状を小さな封筒に入れて封をし、リッキーへの手紙と一緒に大きな封筒に入れると、ガールスカウトのキャンプの住所とリッキーの宛名を書き、切手を貼って、ドラッグストアのわきにあったポストへ投函した。ポストの集配時間を見て、四十分以内に集配に来ることを確かめると、ぼくは非常に気軽な気持ちになって、再び車上の人となった。ぼくの気が楽になったのは、株券の安全な処置をしたからというよりも、もっと大事な問題を解決できたからだった。

いや……解決はまだできていないが、少なくとも、その問題に堂々と立ち向かう決定のできたことが嬉しかったのだ。ぼくはもう、リップ・ヴァン・ウィンクル（ワシントン・アーヴィングの小説の主人公）をきめこむことはやめた。それは確かに、ぼくは西暦二〇〇〇年が見たかった。しかし、それには、なにもへんな小細工の必要はない。腰を落ち着けてじっくり人生を生き、六十になれば、二〇〇〇年はむこうからやってくるのだ。六十になったって、ぼくはまだ充分若い。女の子に口笛を吹いて気を引くことくらいできるだろう。ともかくも、ひと眠りするあいだにお次の世紀へ跳躍《ジャンプ》するなんぞ、一人前の男のすることではない。それではまるで、映画を見るのに、まんなかのところを抜かして、ラストシーンだけ見るようなものだ。ラストシーンというものは、その中間のシークエンスが、ひとつひとつと展開していってはじめて理解もでき、味わうこともできるものなのだ。西暦二〇〇〇年また然《しか》り。

　まもなくぼくはマイルズとベルを相手に途方もない一大決戦を交える。おそらくぼくは勝てないだろう。だがぼくは、彼らに、戦いというものがどういうものか身にしみて感じさせてやるのだ。ピートが身体じゅうから血を流して帰ってきながら、なおも、「どっちが勝ったか決めるのは敵の姿を見てからにしてくれ」と主張する時のようにだ。

　とはいえぼくは、今夜の会見にあまり多くを期待してはいなかった。今夜のところは、正式の宣戦布告をしにゆくだけだ。今夜ひと夜のマイルズの安眠を台なしにしてやるだけだ。そうすればマイルズはベルに電話して、ベルの安眠もまた台なしになることうけあいだった。

3

マイルズの家へつくころ、ぼくは気も晴ればれとして口笛など吹いていた。あのお二人さんのことなど、とうに念頭から去って、マイルズの家まであと十五マイルというころから、ぼくは、やがてぼくに大金を儲けさせてくれること疑いなしの、できたてのほやほやの新発明二種類のアイデアを楽しんでいた。そのひとつは、電動タイプライターの要領で操作する製図機だった。アメリカ国内だけで、ゆうに五万人の技術者がいて、その五万人が、毎日具合のわるい製図台にむかって腰をかがめ、腎臓がわるくなるの、目が痛むのといっては製図台を呪っているにちがいないのだ。しかも彼らは製図という仕事を嫌っているわけではない——彼らにとって製図は生き甲斐なのだ。ただ製図台に長時間むかっていることが、肉体的にひどい重労働なのである。

ところがこの器械を使えば、製図者は大きな安楽椅子にすわったまま、キーをたたくだけで、キーボードの上に備えたイーゼルに、思いのままに図を描くことができるのだ。三つのキーを一度に押せば、任意の場所に水平線が現われる。つぎのキーを押すと、垂直線が現われてこれと交叉する。二つのキーを押し、つづけてまた二つキーを押すと、厳密な傾斜角を持った斜線がひけるという具合である。

これに細工を加えて、等角投象《アイソメトリック》の設計デザインもできるようにしよう。

しかもこの製図機は、部品のほとんど全部が標準部品で間に合うのがミソだ。たいていはラジオ部品屋とカメラ部品屋にあるもので用が足りるだろう。唯一の例外はキーボードだが、これは電動タイプライターを一台買い入れて、中身を引っ張り出し、その部品を応用すればわけはない。最初の原型を作るのに一ヵ月、改良その他に一ヵ月半もあればよかろう。

だが、ぼくが俄然《がぜん》嬉しくなったのは、もうひとつのほうだった。わが〈万能《フレキシブル》フランク〉を出し抜く方法を考えついたのである。ぼくは、ぼく以外の人間が、フランクを一年も研究した以上にフランクの性質を知り抜いている。ぼくはフランクを基本的に召使として設計した。だが今度は、召使としてでなく、人間として（ただし、判断力のみを省いて）設計することを思いついたのだった。

そうだ、製図機のほうは後でもいい。まずこの全目的ロボットの完成を急ごう。人間のできることなら、なんでもできるロボットだ。

いや、待てよ。やはり製図機が先のほうがいいかな。まず製図機をこしらえて、それを使ってこのロボットを設計するのだ。ロボットの名前は、そうだ――〈護民官ピート〉はどうだろう。

「どうだい、ピート。世界最初の真のロボットに、おまえの名前をつけるというのは」

「ニャアンニャアゴ？」

「そう疑ぐり深い顔をするなよ。大変な名誉なんだぜ」ぼくはいった。まずマイルズとベルを相手に一戦を交えたら、ぼくはただちにその製図機を用いて、うんと洗練されたピートを、しかもきわめて迅速に作り出してやろう。マイルズたちが、まだフランクを生産段階にまで持っていけずにぐずぐずしている間に、フランクを時代おくれの廃《すた》れものにするようなすごいロボットを完成させるのだ。そして彼らを破産させ、ぼくの前に手をついて、〝どうぞ戻ってきてください〟と哀願させてやる。思えば彼らは、貴重な、黄金《きん》の卵を生む鵞鳥《ガチヨウ》を殺したも同様ではないか。

マイルズの家には灯りがついていて、彼の自動車が道路にとまっていた。ぼくは彼の自動車の前に駐車すると、ピートにいってきかせた。「おまえはここで待っているんだ、ピート。自動車の番を頼むよ。怪しいやつが来たら三回〝停《と》まれ〟と誰何《すいか》してのち射殺だ。わかったな？」

「ニャーアウウ」

「一緒に来るんなら、ボストンバッグ入りだぞ」

「アオウ?」

「文句をいうな。ついて来たければバッグに入れ」

ピートはボストンバッグに跳びこんだ。

マイルズはぼくを招き入れた。むこうも、こっちも、握手の手は差し出さなかった。彼は居間にぼくを連れていくと、椅子にすわれと仕種《しぐさ》でいった。

居間にはベルがいた。彼女が来ていようとは予期していなかったが、考えてみれば、驚くほどのことではない。ぼくはベルにむかって笑いかけた。「これは思いがけないところでお目にかかったね。まさか、古い馴染みとお話しするために、モハーヴェ砂漠をはるばるお出ましになったわけではあるまいね?」

見たまえ。ぼくだって、いざとなればかくも勇敢に振る舞えるのだ。

ベルは綺麗な眉をひそめた。「冗談はよして、ダン。いうことがあったらさっさといって出ていってちょうだい」

「まあそうせかすなよ。せっかくいい気分になっているところだぜ――昔のパートナーもいる、昔のフィアンセもいる。ただないのは、ぼくの昔の仕事だけだ」

マイルズが、なだめに出た。「ダン、そんな態度に出るのはよせよ。ぼくらがああしたのも、みんなきみのためを思えばこそだ。きみさえ良かったら、いつだってもとの仕事をしてもらっていいんだよ。ぼくは喜んできみを迎えるよ」

「ぼくのためを思えばこそだ？　そいつは確か、馬泥棒を吊るすときに使う台詞《せりふ》だったぜ。もとの仕事にかえるのは——ベル、きみはどう思っているんだ？　ぼくが戻ってきてもいいのか？」

ベルは唇を噛みしめた。「マイルズがいいというんなら、わたくしには異存はないわ」

「マイルズがかい。つい昨日までは〝ダンがいいというんなら〟じゃなかったっけかね。が、まあそれも良かろう。有為転変《ういてんぺん》は世のならい、それが人生というやつだ。気をもむことはないんだよ、お二人さん。ぼくには帰ってくる気なんかない。今夜は、あることを確かめにやって来たんだ」

マイルズはベルをちらと見やった。ベルが、ぼくに向かっていった。「なにを確かめにきたというの？」

「まず第一に、このペテンを考え出したのはきみらのどっちだ？　それとも、二人の共謀か？」

マイルズが低い声音でいった。「汚い言葉を使うな、ダン。ぼくは怒るぞ」

「なにをいいやがる。口先ばかりうまいことをいうなよ。言葉が汚いって、そっちが実際にやったことは十倍も汚いじゃないか。契約書を偽造し、特許の譲渡証書を偽造してさ——こいつはどう見ても共謀だな。ぼくにはわからないが、連邦捜査局へ持ちこめばすぐわかる」マイルズがひるむのを見て、ぼくは最後の言葉をつけ足した。「あしたにでもな」

「ダン、きみはへんないいがかりをつけるつもりじゃあるまいな？」

「いいがかりだと？　馬鹿をいえ、こっちの条件を飲めばよし、さもなかったら戦闘開始だ。民事でも刑事でも、およそあらゆる方法で徹底的にやっつけるぞ。そのうちには、痒《かゆ》いところもかけないほど忙しくしてやるからな。特に〈万能《フレキシブル》フランク〉の設計図とノートと試作モデルを盗んだことは絶対に許せない。ただし、材料費はぼくが払うから請求書をまわすがいい。あれを作るのには会社の材料を使ったんだからな」

「盗んだなんて、そんなことあるもんですか！」ベルが嚙みついた。「あんたは会社のために働いたのよ！」

「どういたしまして。ぼくはほとんど夜だけ使ったんだ。それにベル、ご存知のようにぼくは会社に雇われていたわけじゃない。ぼくはただ自分の株の配当から生活費をもらっていただけさ。マニックス社がどう思うだろうな、ベル、彼らが買おうとしているものが会社の所有物じゃなくて、〈ハイヤーガール〉もウィリーも、おまけにフランクまで、みんなぼくから盗んだものだといって警察に訴えたら、え？」

「おどかしたってだめよ。あんたは会社のために働いていたのよ。ちゃんと契約書がありますからね」ベルは強情に繰り返した。

ぼくはそっくりかえって笑いだした。「いいじゃないか、いまさら嘘をつかなくても、そんな台詞《せりふ》は証人台に立ったときのために取っておけよ。ここにはぼくら三人しかいない。ぼくの知りたいのはこういうことだ、いいか、誰がこのペテンを考えだしたのか？　どうしてやったか、方法はもうわかっている。ベル、きみはいつもぼくの署名を取りに書類を揃えて持ってきた。書類が二通以上あるときは、クリップで書類をひとまとめにしてきたね。もちろん、ぼくが署名しやすいようにな。きみはいつも完璧な秘書だったからね。そこで下の書類は、署名するところ以外ぜんぜん見えないわけだ。クリップで一括した書類の中に一枚ぐらいジョーカーを滑りこませておいても、ぼくにはわかりっこない。これできみがこの詐欺に手を貸していたことはわかったわけだ。マイルズにそんなことのできるはずはないからな。さてそこで、きみがぼくをだまして署名させたその書類の文句を誰が作ったかだ。きみか？　いや、そうではない。きみが法律の勉強をしていたことをいままで隠してきたのでなければね。マイルズ、きみはどう思う。たんなる速記者が、たとえばあの契約第七項のような素晴らしい文句を、ああもみごとに書けると思うか？　弁護士に相談したのじゃないか？　つまりきみにだよ」

マイルズの葉巻はとうの昔に火が消えていた。彼は火の消えた葉巻を口から取って、注意深くいった。「ダン、ぼくらを罠にかけて口を割らそうたって、そうはいかないぞ」

「言いのがれはよせ、マイルズ。ここにはぼくらしかいないじゃないか。きみらは、どっちにしろ共犯なんだ。ぼくとしては、そこのたぶらかし嬢《デリラ》がすっかりお膳立てしてきみのところへやってきて、きみの堅固な道徳心がゆるんだ瞬間につけこんで、きみを悪事に誘ったんだと思いたいところだが、まあそうとばかりもいえまいな。ベルが法律をかじっていたんじゃないかぎり、きみらは事前ならびに事後従犯で共犯だ。きみがあのインチキ文書をでっちあげて、ベルがそれをタイプした上、ぼくをたぶらかして署名をさせたんだ。そうだな？」

「答えちゃだめよ、マイルズ！」

「答えるもんか」マイルズが即座にいった。「あのボストンバッグの中にテープレコーダーを隠しているかもしれないからな」

「持ってくるべきだったねえ。ところが残念ながら持ってこなかった」ぼくはバッグの口を拡げてみせた。ピートが頭をつき出した。「みんな聞いたろうな、ピート？　注意して口をきいたほうがいいよ、諸君。ピートは象の記憶力を持っているんだ。うんにゃ、まことに残念ながらテープレコーダーは持ってこなかったよ、ぼくは、毎度のことながら血のめぐりの悪いダン・デイヴィスその人でね。きみらみたいに、先へ先へとまわって考えることができないのさ。バカ正直に苦労して、友だちは信用できるものと思いこんでさ、きみらを信じていたようにな。さて、ベルは弁護士の資格があるのか、ないのか、マイルズ？　質問に答えろ。それともきみが、古い友だちのぼくを平然とだまして盗んで裸にして、しかもそれを合法的なように見せかけようとしたのか、どうだ？」

「気をつけて、マイルズ！」ベルが遮った。「ダンの腕なら、煙草の箱ぐらいの大きさのテープレコーダーだって作れないとはかぎらないわよ」

「なるほど、そいつは名案だ、ベル。こんど来るときまでに作ってこよう」

「そんなことは気がついているよ、ベル」マイルズがいった。「もし彼が持ってきたら、きみこそもうしゃべりすぎてるぞ。口を慎め」

ベルは、ぼくの聞いたこともない汚い言葉でいいかえした。ぼくは眉をあげた。「仲間喧嘩かい？　もう、盗人どうしの仲間割れが始まったのか？」

癇癪《かんしゃく》をおこす寸前のマイルズを見て、ぼくは胸のすくおもいがした。

「言葉に気をつけろ、きさま、ただじゃおかんぞ！」

「おいおい！　ぼくはきみより若いんだぞ、マイルズ。このごろはジュードーも習ってるんだ。といって、おまえさんにゃ、人を撃つこともできまい。せいぜい、インチキ書類を書いて人をたぶらかすぐらいが精一杯だ。だから泥棒だといったんだよ。泥棒の嘘つきだと。おまえさんがた二人がだ」ぼくはベルを振りかえった。「ぼくの親父は、ご婦人を嘘つきといってはならんと教えてくれたがね、あいにくきみはご婦人じゃない。この嘘つきめ。嘘つきで、泥棒で、あばずれだ」

ベルの顔が鬼のように真っ赤になった。そしてぼくを睨んだその顔には、以前の美しさは影もなく、ただその裏に潜んでいた食肉獣の汚さが露わにむき出ていた。「マイルズ！」とベルはすさまじい声をあげた。「あんた、こんなことをいわせて黙ってる気なの！」

「黙れ」マイルズが吠えた。「わざと汚いことをいってるんだ、やつは。おれたちを興奮させて、後悔するようなことをいわそうという魂胆なんだ。きみはもういい加減ひっかかってるんだぜ、少し黙ってろ」ベルは口を閉じたが、その顔はまだ凶暴な様相を残していた。マイルズはまたぼくに向きなおった。「ダン、ぼくは実務家であろうと心がけている。ぼくは、きみが会社から出ていく前に理を尽くして説いたつもりだ。だからあの資産分配でも、きみが避けられない結末を品ある態度で甘受できるように、できるだけのことはしたつもりだぞ」

「つまり、なるべくお上品に盗もうとしたというわけだな？」

「どうとでもいうがいい。しかし、いまでも、ぼくは平和な解決を望んでいる。きみがいくら訴訟を起こそうが、絶対われわれに勝てっこない。しかし、弁護士としてぼくは、訴訟に勝つよりも、訴訟に巻きこまれないことのほうが、常に結局は得だということを知っている。もちろん、可能な場合はだ。きみはさっき条件があるといったな。それを話してみろ、話し合いがつかないものでもないぞ」

「そうそう、それだ、ぼくもいまそれをいおうと思っていたんだ。きわめて簡単な条件さ。ベルにいいつけて、ぼくが婚約のプレゼントとして贈った株を、ぼくに返させてもらいたいんだ」

「いやよ！」ベルが叫んだ。

「きみは黙っていろというんだ」マイルズがベルに向かっていった。

ぼくはベルの顔を見やった。「なぜいやなんだ、わが愛しのもとフィアンセよ。ぼくはそのことを弁護士に相談したんだ、そしたら弁護士がいうには、きみがぼくと結婚することを約束した結果のプレゼントなら、きみは、道徳的にばかりじゃなく、法律的にもあれをぼくに返さなければならないんだそうだ。つまりあれは所謂《いわゆる》〝無拘束の贈物〟ではなくて、ある期待と契約との上に立ってなされた贈物であり、しかもその契約はついに果たされなかったんだ。ゆえに、きみはあれを返却する義務を負うというわけさ。そういうわけだから、おとなしく吐き出したらどうだい？　それとも、また心変わりしてぼくと結婚するか？」

ベルは一連の口汚い罵《のの》りの言葉を並べたてた。

マイルズが、うんざりした口調で引き取った。「ベル、きみはこれ以上事態を悪化させたいのか。きみには、どうしても、彼がわざとぼくらを怒らせようとしているのがわからないのか？」彼はそういうとぼくをふりむいた。「ダン、きみの条件がそんなことだったのなら、お引き取りを願おうか。ぼくとしても、もし事実がきみのいうとおりだったとすれば、きみのいうことにも一理あると認めるところだ。だが、事実はそうじゃない。あれは、ベルに対する感謝の意を表わすために、きみが譲渡したものだ」

「なんだと？　感謝の意だ？　なんのために、ぼくが彼女に感謝の意を表わさなきゃならないんだ」

「彼女の、勤務の範囲を超えた会社への貢献に対する感謝の意だよ」

「なんという傑作な論理だ！　おいマイルズ、いいか、もしもだよ、もしもあれがぼくの個人的な贈物でなくて会社関係のものだとしたら、きみだってそれを知ってなくちゃならんわけだぞ。そして、きみもぼくと同じだけの額の株をベルに贈与してなきゃならんわけだ。ぼくらは儲けをフィフティ・フィフティで分けていたんだからな。いくらなんでもそう手まわしよくはやっちゃいまい？」

二人は、ちらと視線を交わした。そのとたん、ぼくはいやあな虫の知らせを感じたのだ。

「そうか！　さてはやったんだな！　うん、ぼくのぐちゃぐちゃな頭にかけて、きさまは株を譲ってる。そうでもなきゃ、話に乗ってくる女じゃないものな、そうだろ？　そうだとすると、彼女がその株の名義変更をすぐに登録したことは間違いなしだ。と、その日付は、ぼくが彼女と婚約したと同時に彼女へ株を譲渡した、そのおなじ日だということになる――畜生！　あの日のデザート・ヘラルド新聞を見てみろ、婚約発表の記事が載ってるぞ！　その日にきみは彼女に株を書き替えてやり、それからぼくを追い出しにかかった。そして彼女はぼくを捨てたという順序だ。これは全部確実な事実だぞ、マイルズ！　裁判官はきっとぼくの言葉を信用する。どうだ、マイルズ？」

ぼくは、彼らに一撃を加えた。ぼくの一撃は彼らを傷つけた！　彼らの顔つきが、さっと表情を失う様子から、偶然ぼくが、彼らの説明できない、ぼくだって知ろうとも思っていなかったある事情を掘り出したことは明らかだった。この機をはずさずに、ぼくはいっきに殺到した。もっと乱暴な推測をして。乱暴？　いや、論理的な推測だ。「なん株もらった、ベル？　ぼくから取ったぐらいじゃあるまい。あれはただの〝婚約〟用だが、マイルズのためには、きみは大変に尽くしているからな。もっともらわなきゃ嘘だよ」ぼくは突然言葉を切った。「まてよ——おい……ぼくは、どうも、ベルがぼくとおしゃべりするだけのために、遠路はるばるやって来たのはおかしいと思っていたんだが——ことによると、きみはぜんぜんやって来る必要がなかったのかもしれないな。つまり、最初からここにいたんだとすりゃ。きみらは同棲中なのか？ それとも〝婚約〟中といってもらいたいか？ それとももう結婚しちまったのか？」ぼくはちょっと考えて、「そうだろうな、それに間違いない。マイルズ、きみはぼくみたいな夢追い人《びと》じゃない。ぼくの着替えのシャツに賭けて、きみは、たんなる結婚の約束なんかで、他人に株を書き替えてやるような男じゃなかったな。結婚の贈物としてなら——しかもその結婚によって、投票の決定権を確保できるような条件づきでなら、やる可能性はある。答えてくれなくてもいいよ。明日になったら、ぼくが自ら事実を掘り出してみせる。それも、ちゃんと記録されているはずだからな」

マイルズはベルと視線を交わした。

「無駄な時間を費すことはない。ベルはもうジェントリー夫人だ」

「やっぱりねえ。それはおめでとう。まさに似合いのご夫婦だよ。そこでぼくの株だ。ジェントリー夫人がもはやぼくと結婚できない以上、夫人はぼくに——」

「いい加減にしろ、ダン。きみのその馬鹿らしいいいがかりは、とっくに論破されているんだ。ぼくはベルに、きみがしたとおなじように株を譲渡した。きみの場合とおなじ、彼女の会社に対する大なる貢献への感謝のしるしとしてだ。きみのおっしゃるとおり記録済みの事実さ。ベルとぼくが結婚したのは一週間前のことだ……調べればわかるが、株の名義変更が登録されたのは、それよりずっと前のことだ。どういじくったって、その二つを結びつけられやしないよ。残念ながらね。彼女はあくまで、会社に対する功労株としてぼくらから株の譲渡を受けたんだ。そして、きみに捨てられ、きみが会社を解雇されてのちにぼくと結婚したんだ」

これがぼくの逸《はや》る気持ちを抑えた。マイルズは調べられて簡単にわかる嘘をつくようなうかつな男ではない。だが、なにか、ごまかしがありそうだ。ぼくのまだ思い至らないなにかがありそうだ。

「いつ、どこで結婚した？」ぼくは慎重にやりなおした。

「先週の木曜日、サンタバーバラの裁判所でだ。きみの知ったことじゃないが」

「あるいはな。名義変更の登録は？」

「はっきりは知らん。知りたければ自分で調べればよかろう」

そうだ。ここがおかしいのだ。マイルズが、ベルが身をまかす前に株を書き替えてやるはずはない。ぼくのような大アマ野郎ならともかく、それは彼の性質にあわない。

「どうも臭いぞ、マイルズ。探偵を雇って調べてみたら、そいつは逆なことがわかるんじゃないのか？　ユマかな、それとも、ラスベガスかな？　ああ、もしかすると、税金の申告と称してお二人さんで出かけたとき、ついでにリノまで足を延ばしたかな？　とにかく、そのどこかにお二人さんの結婚手続きがしてあって、その日付と、株の名義変更の日付と、おまけにぼくの特許の譲渡登録の日付とが、どんぴしゃりと一致するということになるんじゃないかな、どうだマイルズ」

マイルズは癇癪玉《かんしゃくだま》を破裂させなかった。彼はベルをふりむいてみようともしなかった。ベルといえば、世の中にこれ以上ないというすさまじい憎悪を顔じゅうにみなぎらせていた。ぼくが、予感の命ずるままに、ぎりぎりの限界までやってみようと決心したとき、マイルズがいった。

「ダン、ぼくはできるだけ我慢して、きみと和解に努めようとしてきた。だが、ぼくの努力は、ひどい中傷で報いられた。こうなっては、おしまいだ。出ていってくれ。さもないと、いつ爆発して、きみとそのノミだらけの猫を外へほうり出さんともかぎらんぞ」

「フレー、フレー！　はじめて男らしいことをいったじゃないか。それはいいが、ピートを〝ノミだらけ〟なんていうなよ。ピートは人語を解するんだ、うっかりすると、ひどい目にあうぞ。よろしい、わがもと親友よ、いさぎよく立ち去ろう。だがその前に短い演説を一席ぶちたいんだがどうだ。おそらくはこれがきみと話をする最後の機会でもあるだろうし。いいだろう？」

「ふむ……よかろう。短ければ」

ベルがふいに口を開いた。「マイルズ、あなたに話があるわ」

だがマイルズは身ぶりでベルを黙らせた。「早くやって早くおしまいにしろ」

ぼくはベルにむきなおった。「ベル、きみは聞きたくなかろう。出ていってもいいぜ」

ベルはもちろん出ていかなかった。こっちもそのつもりでいったのだ。ぼくは、改めてマイルズをふりかえった。

「マイルズ、ぼくはきみにあまり腹を立ててはいないよ。男というものが、手癖のわるい女のために、どれほど惑わされるか、これは信じがたいほどだからね。怪力サムスンやマルクス・アントニウスですら、愛人デリラやクレオパトラにしてやられたように、女には脆《もろ》かったんだ。きみに動ずるなというのが無理なことはよくわかっているさ。いや、怒るどころか、むしろぼくはきみに感謝してるよ、と同時にきみを気の毒にも思っている」そういってぼくはベルを見やった。「きみは彼女を獲得した。いまや彼女はきみの問題だ。ぼくは、わずかばかりの金と一時的な心の平安を失っただけですんだ、だが、きみはその程度ですむだろうか？　彼女はきみに、これからどれだけ負担をかけるだろう？　彼女はぼくをあざむいた。ぼくの親友であったきみを口説き落としさえして、ぼくを裏切った。いつの日か彼女が、新たな男とチームを組んで、きみを裏切らないとはかぎらないんだよ。遠い未来のことじゃない。来週かもしれない、来月かもしれない、せいぜいもって、来年かもしれない。犬が自分の吐いたもののところへ戻ってくるように、手癖のわるい女は……」

「マイルズ！」ベルが喚《わめ》いた。

マイルズが険悪な声をだした。「出ていけ！」彼は本気で腹を立てたのだ。ぼくは立ちあがった。

「いま出ていくところさ。お気の毒にな、マイルズ。もとはといえば、ぼくときみと二人して犯した失敗なんだから、ぼくときみとは同罪なんだが、こうなっては、責めはきみ一人で背負ってもらわなきゃならないわけだ。まったく、あんなつまらない過失がもとなんだから、同情にたえないよ」

好奇心がマイルズを捕えた。「なんのことだ？」

「ぼくらは、彼女がはじめてやって来たとき、疑ってしかるべきだったのさ。こんなに頭《あた》脳《ま》がよくて、美人で、仕事に熟練してて、なにをやらせても第一級というような女が、なにを好んでタイピスト程度の給料でぼくらのケチな会社へ来てくれたのかを。あの時、ほかの大会社のやるように彼女の指紋を採って、身元調査のひととおりでもやっていたら、ぼくらは彼女を雇わなかったかもしれない……そして、きみとぼくは、まだパートナーでいられたかもしれないということさ」

また金鉱を掘り当てた！　マイルズは、突然ぎょっとしたように新妻《にいづま》をふりかえった。ベルの顔は追いつめられたネズミのようだった。

このままで帰るのは惜しかった。ぼくはベルの目の前に歩み寄っていった。

「どうだね、ベル？　もしきみのそばにあるそのハイボールのグラスを持って帰って、指紋を検出させたらなにがわかるかな？　郵便局の手配写真かな？　それとも、詐欺師か？　重婚者か？　甘い男たちから金を絞り取る結婚詐欺の常習犯か？　マイルズは合法的な夫になれるのかな？」ぼくは手をのばしてグラスを取りあげた。

とたんに、ベルの手がのびて、それをぼくの手からはじき飛ばした。

マイルズが喚きたてた。

そしてこのとき、ぼくは、ぼくの幸運を自ら捨てる失策をやらかしたのだ。まずぼくは、凶暴な猛獣の檻へ、素手で飛びこむの愚を犯し、ついでいま、猛獣を扱うにあたっての第一教程を忘れたのだった。ぼくは、ベルに背を向けたのである。マイルズが怒鳴ったのでぼくは思わずそちらを見た、そのとたんにベルがハンドバッグに手をのばした……ぼくは、また妙なときに煙草を吸いたくなったものだなと思った。

つぎの瞬間、ぼくは、背中に注射針の刺さるのを感じたのだ。

そして……ぼくは、膝の力が抜けて、身体ごと絨毯《じゅうたん》の上にくずおれてゆきながら、ベルがそんなことをしたということに、ただただ驚きだけを感じていた。この期《ご》におよんですら、ぼくはまだベルを信用していたのだ。

4

ぼくは完全には意識を失わなかった。注射された瞬間、ぼくはくらくらと眩暈《めまい》がし、気が遠くなりかけた。効き目はモルヒネより早かったが、それ以上のことはおきなかった。マイルズが、倒れかかるぼくの胸もとをつかんで、ベルに向かって、なにか叫んだ。そして、彼にひきずられ椅子に腰かけさせられたときは、その眩暈も去っていた。

だが、意識を取りもどしたとき、ぼくの一部が死んでいたのだ。いまにして思えば、ベルが使ったものの正体は、ゾンビ・ドラッグの一種だったのだろう。ゾンビ・ドラッグ、すなわち、一種の催眠自白強制剤で、洗脳に対する対抗策として、米国政府《アンクル・サム》の用いた薬品である。これを注射されるとその人間は一種の催眠状態に陥り、どんなことでもすらすらと白状してしまうのだ。その後、ひところ、精神分析医が治療の目的でこれを用いていたが、使用制限はきわめて厳しく、その場合でも、裁判所の許可が必要とされていたはずだった。

ベルがそんなものをどこで手に入れたのか、神のみぞ知る。

ともかく、そのとき、ぼくはそんなことを思い悩みはしなかった。いや――ぼくは、なにを思い悩むこともできなかったのだ。ぼくはただそこにぐったりと腰かけ、ひとかたまりの野菜さながらに、眼の前でおこる物事を見、交わされる会話を耳に聞きながら、なにごとも感ずる能力を失っていたのだった。

ピートがボストンバッグから跳び出して、つつと床を横ぎると、ぼくがぐったり身を横たえているところまで来て、どうしたのかと訊いた。ぼくがなにも答えないのを見ると、彼はぼくのむこう脛《ずね》を、前後にぐいぐいとゆすりながら、なおも返事を要求した。それでもぼくがなんの反応も示さないと見てとるや、ピートはひらりとぼくの膝に飛び乗った。そして、前脚をぼくの胸にかけ、ぼくの目をじっとのぞきこんだ。ぼくの身に、冗談ごとでなく変事がおこったことを覚《さと》ったのだ。

ぼくは依然なにもいわないので、ピートはひくく悲しげな声をあげた。

それが、マイルズとベルに、ピートの存在を気づかせた。それまで二人は、夢中で話しあっていたのだ。口火を切ったのはマイルズだった。ぼくを椅子に腰かけさせると、彼はすぐさまベルにふりむいて、「とうとうやったな！　気でも狂ったのか、きみは！」といった。

ベルが答えた。「落ち着きなさいよ、デブちゃん。これっきりでこの邪魔者が片づくんじゃないの」

「な、なんだと！　もしぼくが人殺しなんかを手伝うと思っているんだったら、とんでもない考え違いだぞ！」

「なにいってんのよ！　殺すのが一番手っとり早いじゃないのさ。でも、あんたにはそれだけの度胸はないわよね。安心しなさい、そこまでする必要はないんだから」

「どういうことだ、それは？」

「ダンはもう心配ないのよ。あたしのいうことはなんでもきくし、もう面倒もおこさないのよ」

「しかし……冗談じゃないぞ、ベル、いつまでも麻酔をかけておくわけにはいかないぜ。一度麻酔から醒めたが最後——」

「余計なことはいわないでもいいの。あたしはこの薬の効き目を知っているのよ。あんたはなんにも知らないじゃないの。一度この注射をうたれたが最後、麻酔から醒めたあとは、あたしのいいつけはなんでもちゃんと守るのよ。あたしたちを訴えもしないわ。あたしが、ひとのことに口先をつっこむなっていいつければ、おとなしく、そのとおりにするわ。世界の果てまで行けっていえば、はいって飛んでくし、なにもかも忘れろっていえば、きれいさっぱり忘れてしまうの。とにかく、こっちのいうとおりになるのよ」

ぼくにはベルのいうことが聞こえたし、意味もよくわかった。だがぼくにはなんの関心もおきなかった。もしこのとき、誰かが、「家が火事だ！」といったら、ぼくはその意味をはっきり理解しながら、依然として、なんの感情もおこさなかったにちがいない。

「信じられんね」とマイルズがいった。

「信じられない？」ベルが冷やかにマイルズを見据えた。「信じさせてあげるわよ」

「なんだって？」

「うるさくいわないで。とにかくこの薬は効くのよ、デブちゃん」

ピートが悲しげに泣いたのはそのときだ。猫はめったなことでは悲しげには泣かない。一生聞かないひともいる。喧嘩でどんなに深傷《ふかで》を負っても、猫は決して泣きごとはいわない。猫がこうした声を出すのは、深い悲しみに胸をえぐられたとき——耐えられぬ悲しみに胸ふさがれながら、それをどうする力もないことを覚ったときに限られているのだ。それはしばしば、聞くひとの胸に死霊《バンシー》の哀しみを棲まわせる。いたたまれなく神経をかき乱す声音なのだ。

マイルズがまずふりむいた。

「この猫畜生め！　こいつを追い出してやらなきゃ」

「殺すのよ」とベルがいった。

「殺す？　きみはなんにつけても荒っぽいな、ベル。ダンは、一文なしで追っ払われるよりも、この汚いドラ猫を殺されるのを嫌がるだろうよ。そら」彼はあたりを見まわして、ボストンバッグを見つけるとそれを拾いあげた。

「それじゃあたしが殺すわよ！」ベルが残酷な声で喚いた。「もうなんカ月も前から、そんちきしょうを殺してやりたくて殺してやりたくて――」言葉なかばに彼女は部屋をぐりと見まわして、武器にするものを探した。あった。煖炉《だんろ》の火掻き棒だ。ベルは駆けよってそれをつかんだ。

マイルズが、ピートの首根っこをつかみあげてバッグの中へ押しこもうとした。

いや、としたのだ。ピートは、ぼくとリッキー以外の人間には、抱きあげられるのも快《こころよ》しとしない。そのぼくでさえ、彼が悲歎にくれているときは、さんざん機嫌をとってからでなければ、決して抱きあげようとはしなかった。感情をたかぶらせた猫は、爆薬よりも敏感なのだ。まして首根っこだ。

ピートは、いきなり前肢の爪をむきだし、歯を、マイルズの左手の親指の柔らかい肉の部分に立てた。マイルズは悲鳴をあげてピートを取り落とした。

ベルが叫んだ。「どいて！　デブちゃん！」いいざま、火掻き棒をピートめがけて振りあげた。

ベルは殺意に燃えていたし、武器も力も備わっていたが、惜しむらくは彼女はこの武器に不馴れだった。これに反して、ピートは爪と歯という手だれの武器を持っていた。彼はうなりをあげて飛んできた火掻き棒の下をかいくぐると、四つの武器でベルを襲撃した。二つの前肢と二つの後肢の強襲は、狙いあやまたず――ベルはぎゃっと叫んで火掻き棒を落とした。


その後の戦いはぼくには見えなかった。ぼくは、依然として前方を直視していたから、部屋の大部分は視界の中に入っていたが、一度この視界をはずれると、なにも見られなかったのだ。誰も、ほかのほうを見ろと命じてくれなかった。そこで、それ以後は、もっぱら音だけで戦いを知るしかなかった。ただ一度だけ、彼らがぼくの視界に戻ってきた。二人が夢中になって猫一匹を追いかけている……と、突然、信じられないどんでん返しで、二人の人間が猫一匹に追いまわされていたのだ。その短いワンカットを除いて、戦闘は、ものの壊れるすさまじい音、駆けまわる足音、絶叫、呪詛《じゅそ》、悲鳴のいりまじったとてつもない交響楽だった。だが、二人がピートに手をかけられたとは思わない。

返すがえすも残念だったことは、その夜のぼくが、ピートの生涯における最大の闘いとそして最大の輝かしき勝利とを、詳細に見られなかったばかりか、一片の感情すら動かされなかったことである。この目で見、耳で聞きながら、ぼくはまったくなんの感動もおぼえなかったのだ。

いまでこそ、こうして当時を思いおこし、あの時感じることのできなかった感激を想像することもできる。だが、結局のところそれはおなじものではない。真正の感激は永遠に奪われて、二度と戻ってこないのだ——新婚初夜のベッドで、眠り病に襲われた夫のように。

阿鼻叫喚《あびきょうかん》は突然やんだ。そして、マイルズとベルとが居間に戻ってきた。ベルが、喘《あえ》ぎながらいった。

「きみじゃないか。「あの網戸を開けっぱなしにしておいたのはだれよ!」

「もう黙れよ。逃げちまったんだ」マイルズは、両手からも顔からも血を流していた。顔のなまなましい掻き傷からは、拭《ぬぐ》っても拭っても血がふき出してくる。どこかで足を踏みはずしたか、あおむけに倒れたらしく、服はくしゃくしゃで、上衣の背中が破れていた。

「黙るわよ、うるさいわね。あんた、ピストルある?」

「なんだと?」

「あの憎らしい猫のやつを撃ち殺すのよ」

そういうベルの姿は、マイルズよりももっとみじめだった。彼女のむき出しの脚や腕や肩は、ピートの絶好の攻撃目標だったのだ。しばらくはストラップレスのドレスは着られないはずだ。早く医者に行って手当をしなければ、まちがいなく傷跡がのこる。まるで仲間喧嘩直後のハーピー（ギリシャ神話に出てくる怪物、顔と身体が女で猛鳥の翼と爪を持っている）のようなすさまじい格好だった。

「すわるんだ！」マイルズが声をあげた。

「あの猫を殺すのよ！」

「それじゃ立ってるがいい。だがまずその手と顔を洗ってこいよ。消毒液《ヨードチンキ》をぬってあげるから。終わったらぼくにもつけてくれ。とにかく、猫のことは忘れるんだ。厄介払いしたんだから」

ベルは口の中でぶつぶついった。マイルズは即座にそれを聞きとがめた。「いいかい、ベル、もしぼくがピストルを持っていても、きみには貸さないよ。もしきみがだね、ピストルを持って外へ出て撃ちまくってみろ——猫は殺せても、殺せなくても、十分とたたないうちに警察がやってきて、家の中じゅう嗅ぎまわるんだよ。なんのかのと訊問されるんだよ。こんな格好のダンが家の中にいるっていうのに、警官に来てもらいたいのか？」彼は指をぼくにつきだしてみせた。「そして、もしピストルを持たずに外へ出ようもんなら、あの猫に殺されることうけあいだ」彼は唸った。「あんな物騒な畜生を飼うことを禁止する法律がいるな。社会に対する脅威だ。あれを聴いてみろ」

耳をすますと、ピートが、家のまわりを徘徊《はいかい》する物音が聞こえた。今や、彼は悲痛な泣き声をあげてはいなかった。それは、戦いの雄叫《おたけ》びだった。矢でも鉄砲でも持って、束《たば》になってかかってこい、相手になるぞと戦いを挑んでいたのだ。

ベルががたがたと震えだした。マイルズがいった。

「心配ないよ。やつは入ってこない。きみがあけっぱなしにしておいた網戸はぼくが閉めた。ドアも閉めておいたからね」

「あけといたのはあたしじゃないったら！」

「なんとでもいうがいいさ」マイルズはいい捨てて、窓の戸締まりを確かめて歩いた。ベルがまず浴室に姿を消し、ついでマイルズもいなくなった。どのくらい二人が居間をあけていたか、ぼくは知らない。ぼくにとって、時間はまったく意味を持たなかったのだ。

ベルが先に帰ってきた。すでに化粧も髪ももとの優雅さを取り戻していた。彼女は長袖の襟のつまったドレスに着替え、めちゃめちゃになったストッキングをはき替えていた。顔に貼った大きな絆創膏《ばんそうこう》以外には戦いの跡は完全に隠されていた。彼女の顔にうかんだすさまじい表情さえなかったら、それは快いながめだったかもしれない。

ベルはまっすぐにぼくの前に歩いてきて、起立を命じた。命じられてぼくは立った。彼女は手馴れた敏速な手つきで、ぼくのあらゆるポケットを探りだした。時計入れのポケットも、シャツ・ポケットも、ふつうの背広にはついていないチョッキの左の内ポケットも忘れずにさぐった。収穫はあまり多くなかった。現金が少し残っている財布、身分証、運転免許証、鍵、小銭、スモッグ用の吸入マスク、その他こまごましたがらくた、それに彼女自身が切って送ってよこした支払保証小切手の入った封筒と、これだけだった。ベルはこれを引っくり返して見たが、そこに裏書きがしてあるのを見ると、へんな顔をしてぼくを見た。

「これはなに、ダン？　保険でもかけたの？」

「いいや」

もしベルが二つの質問を別々に訊いたら、ぼくは詳しくしゃべってしまったろう。だが、たたみかけられたので、最後の質問にしか答えられなかった。

彼女は眉をひそめて、それをポケットの中身の残りと一緒にした。それから、ピートのボストンバッグを見つけると、その中に内ポケットがついていて、ぼくが書類入れに使っていたのを思いだしたのだろう、拾いあげて内ポケットを開いた。

たちまち、彼女は、ぼくが署名したミュチュアル生命保険の書類の束を発見した。ベルは手近の椅子に腰をおろして読みはじめた。ぼくは片づけられるのを待つ洋服屋のマネキンよろしくの格好で、そこにつっ立っていた。

やがて、マイルズが、バスローブをまとい、スリッパをつっかけて戻ってきた。彼は大量のガーゼと絆創膏を貼りちらして、まるで、マネージャーに見放されたばかりの四流のミドル級ボクサーという格好だった。絆創膏のひとつが彼の禿げた頭の前から後ろまで縫目みたいに貼ってあった。倒れたところをピートにやられたのだろう。

ベルが顔をあげて、黙ってという仕種で手を振り、読みかけの書類を示してみせた。マイルズも椅子にかけて読みはじめた。彼はたちまちベルに追いついて、最後の分は、ベルの肩越しにのぞきこんで読んだ。

「これで、だいぶん事情が違ってきたわ」とベルがいった。

「それどころじゃないぞ。この書類の日付は十二月四日になっている。つまり明日だ。ベル、彼は日中のモハーヴェ砂漠より危険なんだ。一刻も早くここから連れ出さないと、えらいことになる」彼は柱時計にちらと視線をくれて、「明日の朝になれば、ここの会社のやつらが彼を探しはじめる」

「マイルズ、あなたっていう人は、ちょっとなにかあると、すぐ能なしになってしまうのね。これは幸運なのよ。うまくすると、これ以上は望めないぐらいの幸運なんだわ」

「きみはまたなにを考えてるんだ？」

「このゾンビ・スープはね、すごく重宝なものだけど、ひとつだけ欠点があるのよ。かりに誰かに注射して、こっちの思うとおりのことを吹きこんでやったとするでしょ、すると、その人間はこっちの思うとおりになるのよ。ところが……マイルズ、あなた、催眠術のことは知ってて?」

「あまり知らんね」

「法律以外のことはなんにも知らないのね！　好奇心というものがないのね、デブちゃんは。催眠術にかかった人間の心の中では、受けた命令と、その人間のほんとうの意志とのあいだに、激しい衝突がおきるのよ。その衝突が激しすぎると、一時的な精神障害をおこすの。そのとき、精神分析医の手にかかったら、たちまち、催眠術にかけられているということがバレてしまうのよ。ダンの場合もそうなるかもしれないわ。精神分析医のとこで、あたしの命令をべらべらしゃべられてしまったら大事《おおごと》だわ」

「きみはこの薬なら絶対だといったぞ」

「うるさいわね、このおデブちゃんは。人生ってものは少しぐらい冒険しなきゃ生きていけないのよ。だから人生はおもしろいんじゃないの。少し黙って考えさせてよ」

短い沈黙ののち、ベルは再び口をひらいた。「だから、一番簡単でしかも安全な方法は、せっかく準備もすっかり整ってるんだから、彼をこのまま冷凍睡眠《コールドスリープ》へ行かすことなのよ。もし、冷凍処理のショックで死んでくれればそれこそ手数がかからないですむし、危険もなくなるわけだわ。それなら、彼にいろんな命令を与えて、精神分析医の手に落ちないようにとお祈りしてるより、ずっと手っとり早い。まず彼に冷凍睡眠《コールドスリープ》へ行けって命令して、それから正気にもどして外へ連れ出せば……いえ、まず連れ出して、それから正気にもどすほうがいいかな」彼女はいいかけて、ぼくの顔を見た。「ダン、あんたはいつ冷凍睡眠に行くの？」

「行かない」

「なんですって？　それじゃいったいこれはなによ」ベルはボストンバッグから取り出した書類を示す仕種をした。

「冷凍睡眠の書類。ミュチュアル生命保険の契約書」

「頭がおかしくなってやがる」マイルズがいった。

「あら、そうだったわ……ゾンビ・スープを注射されると、思考力がなくなるってことを忘れていたわ。耳も聞こえるし、話もできるし、訊かれれば答えることもできるけど、そのかわり正確な訊きかたをしなきゃだめなのよ。思考力がないんだから」彼女はずいとぼくに近寄ってぼくの瞳をじっと見つめた。「ダン、あたしに、冷凍睡眠のことをなにもかも正直に話してちょうだい。そもそもの始めから、途中もなにひとつ抜かさないで話すのよ。あんたは冷凍睡眠に行く書類を全部揃えて持ってるわ。今日署名したばかりのはずよ。

それなのに、どうしていまになって行かないっていいだしたの？　さあ、なにもかも話して」

そこでぼくは話しだした。こういう質問のしかたをされると、話すことができるのだ。ぼくはベルにいわれたとおり、なにごとも洩らさずに詳細にわたって話した。話すうちに、長い時間が経っていった。

「つまりあんたは、ドライブインにすわってるうちに、冷凍睡眠《コールドスリープ》に行くのはやめて、そのかわりあたしたちに難癖をつけに行こうと思ったわけね？」

「そうだ」ぼくはさらに話をつづけようとした。ドライブインを出てからの長い道程《みちのり》、そのあいだにぼくがピートにいったこと、ピートがぼくに答えたこと、さらには、途中のドラッグストアで自動車を駐め、〈ハイヤーガール〉の株券をどう処置し、さてそれからマイルズの家までどう自動車を走らせて停めてピートに自動車の中で待っていろといったらピートがいうことをきかずに行くといってきかなかったので、ぼくが……。

だが、ベルはぼくにその機会を与えなかった。彼女がぼくをさえぎったのである。「ダン、あんたはまた決心しなおしたのよ。あんたは冷凍睡眠に行きたくなったの。いいこと、あんたは冷凍睡眠に行くのよ。あんたはどんなことがあっても、なにがあっても冷凍睡眠にはどうしても行くの。わかった？　ダン、あんたはどうするのかいってごらんなさい」

「ぼくは冷凍睡眠《コールドスリープ》に行く。ぼくは冷凍睡眠に行……」ぼくの身体がぐらぐらゆれだした。誰もなにもいってくれなかったので、ぼくは筋肉ひとつ動かさずに一時間あまりも旗竿《はたざお》みたいな直立不動の姿勢で立っていたのだ。ぼくはゆっくりとベルのほうに倒れかかった。

ベルは一メートルも跳びすさっていった。「おすわり！」

ぼくはすわった。

ベルはマイルズをふりかえった。「どう？　こんな調子よ。これから、彼がやり損じないようになるまで徹底的に仕込んでやるわ」

マイルズは時計を見あげた。「間にあうかな。明日の昼には医者に診察を受けに行くっていってたじゃないか」

「充分よ。そのかわり、あたしたちが自動車で彼をそこまで送っていかなきゃならないけど……あっ、くそっ、だめだわ！」

「なんだ、なにがだめなんだ？」

「時間よ、時間がやっぱり足りないのよ。あたし、さっき彼に、馬にでも効くぐらいの分量を打っちゃった。早く効かそうと思って――なぐられる前に効くようにと思って。明日のお昼ごろになれば、そりゃ素人ならごまかせるぐらい正気にはなるけど、相手が医者じゃとてもだめだわ」

「しかし、診察ったって形式的なものだよ、きっと。身体検査のほうはちゃんとできて、医者の署名もあるんだから」

「ダンの話を聞いたでしょ？　医者は、明日、ダンがアルコールを飲んだかどうかテストするのよ。ということは、彼の反射作用や、反応時間のテストをしたり、目の検査をしたり——なんてことよ、こっちの一番してもらいたくないことばかりじゃないのさ！　マイルズ、これじゃだめだわ」

「あさってにしたらどうだ？　ここの会社に電話をかけて、少し遅れるからといってやれば？」

「ちょっと黙って考えさせて」

いい捨てると、ベルは、もう一度書類を最初から読み返しはじめた。それから、急に立ち上がって部屋を出ていったと思うと、宝石屋の使うルーペを持ってすぐに引き返して、それを単眼鏡《モノクル》のように右の眼窩にはさみこみ、一枚一枚ミュチュアル《MUTUAL》生命保険の書類を厳密に調べはじめた。マイルズがなにをする気かと問いかけたが、ベルはものもいわずに質問を退けた。

やがて彼女はルーペを目から外した。「助かったわ。ありがたいことに、保険会社はみんなおなじ政府発行の用紙を使う規則になってるんだわ。デブちゃん、あのイエローページの電話帳をとってきて」

「なにをするんだ？」

「取ってきてったら取ってきてよ。ある会社の正確な綴《つづ》りが知りたいのよ。もちろん知ってはいるけど、念には念を入れなきゃ」

しぶしぶマイルズが電話帳を取ってくると、ベルはさっそくページをめくった。「あったわ。これ、これ。マスター《MASTER》生命保険会社。うまいことに、一字ずつちゃんと空きはあるしね。これが、マスターじゃなくてモーターズ《MOTORS》だったらなおいいんだけど。そのほうが、仕事がしやすいから……でも、モーターズ保険じゃコネクションがないし、だいいち、冷《コー》凍睡眠《ルドスリープ》を扱うかどうかわからないから。きっと、自動車やトラックの保険だけだわ」ベルはひょいと顔をあげた。

「デブちゃん、これからすぐにあたしを会社へ連れていって」

「なんだって？」

「でなけりゃ、どこかで、カーボンリボンつきでしゃれた書体の電動タイプライターを探してきてよ。いえ、それより、あんたが一人で行って持ってきてくれたほうがいいわ。あたしは電話をかける用があるから」

マイルズは顔をしかめた。「ようやくきみの計画がわかりかけてきた。しかし、ベル、それは危ないぞ。とんでもなく危険だぞ」

「そういうだろうと思った」ベルが笑った。「あんた、あたしが、会社に入る前に、すごいところと関係があるって話したのおぼえてるでしょう？　あんた一人の力でマニックス社が動いてくれたと思う？」

「それは……わからん」

「動くもんですか。あたしがいたからよ。あんたは、マスター保険会社が、マニックス・グループの系列会社だってことも知らないでしょう」

「それは……知らない。しかし、それがこれとどう関係があるんだ？」

「あたしのコネクションはまだ相当の力があるのよ。あたしのもと勤めていた会社は、マニックス社の税金のほうをずいぶん助けてあげてたのよ——そのうち、社長が国外に亡命しちゃっておしまいになったけど。そのころのコネがまだ充分効き目があるってこと。さあ、わかったら早く行ってタイプライターを持ってきてちょうだい。そしたら、芸術家の腕のほどを見物させてあげるから。ああ、猫に気をつけなさいよ！」

マイルズはぶつくさいいながら出ていったが、すぐ引き返してきた。「ねえ、ベル、さっきダンは家の前に自動車を駐めたんじゃないか？」

「どうして？」

「いま見たら、彼の自動車がないんだよ」マイルズはみょうに気がかりそうな表情だった。

「それじゃ、どこかの角にでも駐めたんでしょうよ。そんなことどうでもいいわ。タイプライターを早くしてよ」

彼はまた出ていった。もし彼らがぼくに訊いたら、教えてやれたのだが、訊かれなかったから考えもしなかった。

マイルズが行ってしまうとベルも家の中のどこかに姿を消し、しばらくのあいだぼくは一人取り残された。朝の陽がさしかかるころ、マイルズが、すっかりやつれた顔で、重いタイプライターを担いで戻ってきた。そして、再びぼくは一人置き去られた。

それからしばらくして、やがてベルがまた現われると、いった。

「ダン、この書類に、あんたの〈ハイヤーガール〉の株を保険会社に信託するって書いてあるわね。あんたはそうしたくなくなったのよ。いい、あんたはこれをあたしにくれるのよ」

ぼくは返事をしなかった。ベルは困ったような顔をしたが、ややあっていいなおした。

「それじゃ、こういえばいいかな。あんたはこれをあたしにくれたいの。あんたはこれをあたしにくれたいの。あんたはこれをあたしにくれるの。わかったわね?」

「わかった。ぼくはそれをきみにあげたい」

「よーし、いい子ね。あんたはこれをあたしにくれたい。くれなくちゃいけない。くれないうちは気がおさまらないのよ。さあ、株券はどこにあるの？　自動車の中？」

「いいや」

「それじゃどこ？」

「郵便で送った」

「なんですって？」と、ベルの声が鋭くなった。「いつ送ったの？　誰に送ったの？　なぜそんなことをしたの？」

もしベルが第二の質問を最後にしていたら、ぼくはなにもかもしゃべってしまったろう。だが、ぼくは、最後の質問にだけ答えた。それしかぼくにはできないのだ。

「譲渡手続きをした」

そのときマイルズが入ってきた。「どこへやったって？」

「郵便で送ったっていうのよ。誰かに譲渡したんだってさ！　あんた、ダンの自動車を探してみたほうがいいわ。郵便で送ったっていってるけど、そうしようと思っただけかもしれないから。だって、保険会社へ行ったときは持っていたはずなんだから」

「譲渡したって！」マイルズも跳びあがった。「いったい、だれに？」

「いま訊いてみるわ。ダン、だれにあんたの株を譲渡したの？」

「バンク・オブ・アメリカ」

ベルは〝なぜ〟と訊かなかった。もしそう訊かれていたら、ぼくはリッキーのことをしゃべっていたところだった。

ベルはがくんと肩をすぼめた。「舞踏会は終わりよ、デブちゃん。株のことは忘れましょ。銀行が相手じゃとても歯が立たないわ」いいかけて、ベルはまたしゃんと肩を起こした。「でも、ほんとうに郵送してなきゃ話は別だわ！　もしまだなら、あたしが譲渡署名を洗濯屋に出したみたいにきれいに消してみせる。それから、ダンが、改めてそれをあたしに――」

「ぼくらにだろ」マイルズが是正した。

「こまかいことはいわないで。自動車を探してきて」

マイルズは出ていったが、間もなく帰ってきた。

「へんだぜ。この六区画以内にはどこにも駐めてない。通りという通りは、小路までもれなく巡ってみた。ダンはタクシーで来たんだろう」

「彼がさっき、自分の自動車を運転してきたといったわよ」

「だって現実にないんだ。株券を郵送したという時間と場所を聞いてごらん」

ベルがそのとおり訊いたのでぼくは答えた。「ここへ来るすこし前。セパルヴィーダとヴェンチュラ・ブールヴァードの交差点のポストに入れた」

「嘘をついているんじゃないか?」マイルズがいった。

「嘘はつけないのよ、いまの状態では。それに、答えが判然としてるから、なにかと混同してるとも思えないわ。諦めるのよ、マイルズ。彼を片づけてしまってからでも、なんとかできるかもしれないわ。あの株は、譲渡前にあたしたちが買い取っているから、譲渡は無効だといってもいいし……そうだ、いまのうちに、白紙に彼の署名を取っておこう」

ベルはぼくの署名を取ろうとし、ぼくはベルの命令に従おうと努めた。だが、あらたかなゾンビ・ドラッグのおかげで、ぼくはちっともうまく書けず、ついにベルを満足させることはできなかった。彼女はとうとう癇癪《かんしゃく》をおこしてぼくの手から紙をひったくると、にくにくしげに、「ああ、胸がわるくなるわ! その程度だったら、あたしのほうがよっぽどうまくマネられるわ!」それから、ぼくの上にのしかかるようにして、「あの猫、殺してやりたかったわよ!」

そののち、昼すぎごろまで、彼らはぼくに構わなかった。やがてベルがやってきた。

「ダニー坊や、これからあんたにハイポを注射してあげる。うんと気持ちがよくなるわ。立ちあがることも、歩くこともできるし、あんたがいつもしていたようにしていいのよ。あんたはもう誰にも腹を立てていないの。とくに、あたしとマイルズにはね。あたしたちはあんたのお友だち。わかったわね？　さあ、あんたのお友だちはだれ？」

「きみたち。きみとマイルズ」

「あたしは友だち以上なのよ。あたしはあんたの妹なの。いってごらん」

「きみはぼくの妹」

「いい子ね。さあ、それじゃこれからあたしたちは一緒に自動車に乗って、あんたは冷凍《コールド》睡眠《スリープ》に行くのよ。あんたはいままで病気だったの。目が覚めたらなおっていたのよ。わかった？」

「わかった」

「あたしはだれ」

「きみはお友だち。ぼくの妹」

「いい子、いい子。袖をまくって」

ぼくはハイポの針の刺さるのは感じなかったが、抜かれたあとで飛びあがるほど痛みを感じた。

「ウッ、ベル、いたいな！　なんだいそれは？」

「あなたに効くお薬よ。あなたは病気だったでしょう」

「うん。病気だった。マイルズはどこ？」

「すぐ来るわよ。さあ、そっちの腕も出して。袖をまくって」

「なにするんだい」ぼくはいったが、いわれたとおりに袖をまくった。ベルはまた注射して、ぼくはまた飛びあがった。

ベルが微笑を浮かべた。「そんなに痛くなかったでしょ？」

「え？　ああ、そんなに痛くはなかったな。なんの注射なんだい？」

「自動車で行くあいだ、眠くなる注射よ。むこうへ着くころには目が覚めるの」

「あ、そうか。ぼくは眠るのが好きだよ。冷凍睡眠《コールドスリープ》に行くんだからね」ぼくはきゅうに目をぱちくりしてあたりを見まわした。「あれ、ピートはどこへ行った。ピートも冷凍睡眠に行くんだぜ」

「ピート？」ベルがいった。「あーら、ダンったら、忘れちゃったの？　ピートは、あなたが、リッキーのところへあずけたじゃないの。リッキーが面倒を見てくれるのよ」

「あっ、そうだったっけ！」ぼくは安堵の笑いを浮かべた。そうだ、ぼくはピートをリッキーのところへ郵便で送ったんだっけ。良かった。リッキーはピートが好きだから、ぼくが冷凍睡眠に行っているあいだ、よく世話をしてくれるだろう。

彼らはぼくをソーテルの共同冷凍場《サンクチュアリ》へ連れていった。ここは、規模の小さい、自社専用の冷凍場を持たない保険会社が共同で使っているのだ。道中ぼくは昏々《こんこん》と眠り続けていたが、自動車が目的地についてベルがぼくに声をかけると同時にパチリと目を覚ました。マイルズは自動車にそのまま残り、ベルがぼくを連れて中へ入った。受付のデスクにいた女性が顔をあげて、「ディヴィスさんですね？」といった。

「はい」とベルが答えた。「わたくし、妹でございます。マスター保険のかたはいらっしゃいますかしら？」

「第九処置室のほうにいらしておられます。さきほどから用意してお待ちになっていますわ。この用紙をマスターのかたにお渡しになってください」女は、ぼくを興をそそられた目で見やった。「身体検査はおすみになりましたね？」

「とっくにすんでいますわ！　兄は療養延期を受けた組なんですの。アヘンを吸っておりまして――痛みを和らげるためにですわ……」

受付嬢はメンドリのような同情の声をあげた。

「それじゃ、お急ぎになったほうが。そのドアをくぐって、左です」

第九処置室には背広の男が一人、白衣を着た男と看護師の制服の女とともにいた。彼らはぼくを幼い子供のように扱いながら服を脱がせはじめた。そのあいだに、ベルが、ぼくは鎮痛剤をうっているのだと説明した。すっかり裸にむかれて処置台の上にあおむけに寝かされると、白衣の男がぼくの腹をマッサージしながら、指をぐいとつっこんだ。

「こっちのほうは大丈夫、胃は空《から》っぽだ」と男がいった。

「昨夜から、ぜんぜん飲食はしておりませんの」とベルがいった。

「それは結構。時どき、クリスマスの七面鳥みたいにやたら詰めこんで来る人がいますんでね。しようがないもんですよ」

「そうでございましょうねえ」

「よし、よろしい。さあ、手をぎゅっと握って力を入れて、注射をするからな」

ぼくはいわれたとおりにした。そのとたん、頭の中に霞《かすみ》がかかった。ぼくは突然あることを思いだして台の上に上半身を起こしかけた。「ピートはどこだ？　ピートにあいたい！」

ベルがぼくの手を取って唇に押しつけた。

「さあ、さあ、おとなしくして、兄さん！　ピートは来られないのよ、忘れた？　ピートはリッキーと一緒にいるのよ」ぼくが静かになったのを見て、ベルがほかの連中に説明している声がした。「ピーターって、わたくしたちの弟ですの。下の妹が病気なものですから、家で看病しているのです」

ぼくは深い眠りに落ちていった。

やがて、ぼくはひどく寒くなった。しかし、掛布団をかけようとすると、どうもがいても、身動きひとつできないのだ……。

5

ぼくはバーテンにしきりと文句をいっていた。冷房装置がききすぎて、ぼくらは一人残らず風邪をひきそうだったのだ。「だいじょうぶだよ」とバーテンは自信ありげな声でいう。「眠ってしまえばなにもわからなくなるんだ。眠れ──眠れ──夕べのまどろみを──美《うるわ》しの眠りを」ふと見ると、バーテンはベルの顔をしていた。

「それじゃ、温かい飲物でも作ってくれたらどうだ。トム・アンド・ジェリーがいいかな？　それともホット・バタード・ラムかな？」

「バカモンはきさまだ！」と例の医者がいった。「あいつにゃ眠りはもったいなすぎる。ほうり出してしまえ！」

ぼくは脚をバーの足元のポールに絡《から》ませて抵抗しようとした。そして気がつくと、このバーにはカウンターがなく、ぼくはあおむけに寝かされているのだった。へんなバーだ。ここでは脚なし人間につき添いサービスをするバーなのかな。ところがぼくも脚がなかった。ない脚を絡ませようというのは無理な話だ。あれ、手もないぞ。「ママ、見てごらん、手がない人間だよ！」ピートがぼくの胸の上で悲しげに鳴いた。

いつか、ぼくは軍隊に戻っていた。基礎訓練のキャンプだ。いや——二次訓練のキャンプだった——なぜならぼくは、キャンプ・ヘイルにいたからだ。新兵を一人前の兵士に仕立てるためと称して首筋に雪をつっこむ、ばかげた訓練をやったところだ。ぼくはコロラド州じゅうで一番大きな一番ばかげた山に登らなければならなかった。山じゅう雪と氷に閉ざされて、おまけにぼくは脚がなかった。にもかかわらずぼくは世の中で一番でかい荷物を背に担いでいた。兵隊が荷役のロバ代わりに使えるかどうか実験しているのだ。そしてぼくが、一番役立たずというので選ばれたのだ。もしリッキーがあと押しをしてくれなかったら、とうていやり通せなかったろう。

曹長《そうちょう》のやつがふりむくと、それもベルの顔をして、ぼくにむかって怒気満面でがなりたてた。「おい、こら、きさま！　きさまなんかを待っちゃおれんぞ。きさまが参ろうがどうしようが、おれはなんとも思いやせん。あそこへ着くまでは眠っちゃならんのだぞ！」

ぼくは脚がなかったので、ちっとも道ははかどらなかった。ぼくは雪の中で転んだ。雪は冷たくなま温かかった。ぼくがとろとろと眠りかかると、リッキーがしくしくと泣きながら、眠っちゃだめよと哀願した。だが、ぼくは眠りに落ちていった。

目を覚ましてみると、ぼくはベルと一緒に寝ていた。「起きてよ、ダン！　あたしは三十年もあんたを待っちゃいられないのよ。女は将来《さき》のことを考えなきゃいけないんだから！」ぼくは起きあがって、ベッドの下から黄金の詰まった袋をひっぱり出してベルに渡そうとした。だが、ベルの姿はもう見えず、かわりにベルの顔をした〈ハイヤーガール〉がいて、黄金をしまいこむと、頭のてっぺんの皿の上に載っけて、ひらひらと部屋を出ていってしまった。ぼくは後を追いかけようとした。だがぼくには脚がなくて身体がなくてなにもないのだった……。「ぼくには身体《ボディ》がない。だれも身体《ノーボディ》もいない、だれもぼくのことなんか心配してくれない……」全世界が、曹長と、辛い仕事でできていた……そんならどこで働こうと、ちっとも問題じゃないじゃないか？　でぼくは、ぼくの身体に馬具をもう一度つけてもらい、手綱を引かれて、氷の山をよじのぼっていた。まわりはどこまでも真っ白で美しく、そのバラ色の頂きへたどりつけさえすれば、眠らせてもらえるのだ。眠るのだけがぼくの望みなのだが、ぼくには頂上まで登ることはできそうにもない——足もなく、手もなく、身体もないのでは——。

山の上が火事だ。

雪は融けないのに、すさまじい熱波が、つぎつぎとぼくに襲いかかってくる。ぼくはもがいた。さっきの曹長が、ぼくの上にのしかかって叫んでいた。

「起きろ、起きろ、起きろ——」

かなり長い時間、ぼくはなにがなにやらわからないでいた。確か、そのうちの一部は、手術台のようなものの上にいて、その台がぶるんぶるんと震動し、蛇のような格好の機械があって、煌々《こうこう》たる灯りがさし、無数の人間があたりを動きまわっていた。だが、ぼくがはっきりと目を覚ましたときは病院のベッドに寝かされていた。気分はもうすっかりよくて、ただ、サウナ風呂に入ったあと感ずるような、半分身体が漂うような不安定な感覚があった。手も脚も、もとどおりくっついていた。だが、誰一人ぼくに話しかけようともせず、一度など、看護師の姿を見かけてこっちから口をきこうとしたとたんに、口の中へ何かつっこまれた。それから、長い長いマッサージを受けた。

そしてある朝、ぼくは爽快な気分で目を覚ますと同時にベッドからおりてみた。ちょっと眩暈《めまい》がしたが、たいしたことはなかった。自分の名前もわかったし、なぜこんなところへ来たのかも、この現実以外のすべてが夢だったこともちゃんとわかった。

ぼくは、誰にここへ入れられたのかも知っていた。ゾンビ・ドラッグの麻酔をかけられて、ベルに、彼女の奸計《かんけい》を忘れてしまえと命ぜられたはずだったが、三十年間の冷凍睡眠《コールドスリープ》がその催眠力を洗い流してしまったのだろう。細かいことは多少ぼんやりしていたが、彼らがぼくをどのようにしてここへつれてきたかも、ぼくははっきりと思いだすことができた。

ぼくは最初、とくに怒りの感情をおぼえなかった。それもそのはずだ——それはほんの昨日の（昨日という言葉が一夜の眠りを境とした前の日のことである以上）出来事に過ぎないように思われこそすれ、実はその間に三十年の歳月が流れてしまったのだから。この感情は、非常に主観的なものなので、正確にいい表わしにくい。だが、ぼくの記憶はまさに昨日のことのようにまざまざと鮮明なのに、その記憶にまつわる感情は、遠くかすかなものでしかないのだ。あなたもテレビの野球実況を見ていて、画面がロング・ショットからクローズ・アップに移るとき、画面いっぱいに拡がった投手のピッチング・モーションのはるかむこうに、球場の全景が見えて、その彼方に投手自身の豆つぶのような姿が、まだ白昼の亡霊さながらに残っているのを見たことがあるだろう。ぼくの感情はなにかそれに似ていた……ぼくの記憶はクローズ・アップ。そしてぼくの感情は、画面の背後に拡がる球場の全景だ。

もちろん、ぼくはベルとマイルズの悪党夫婦を必ず見つけだして切りきざみ、猫の餌にしてやるつもりだった。だが、それはまだゆっくりでいい。来年でも間に合うことだ。いまは一刻も早く西暦二〇〇〇年の様子が見たかった。

が……猫の餌といえば……ピートはどこにいるだろう？　冷凍睡眠《コールドスリープ》に来なかったのだから、いまは老いさらばえて、しかしまだどこかに生きているかもしれない……。

そう思ったとたん、ぼくは、ピートを冷凍睡眠にともなうべく苦心してたてた計画が、ベルとマイルズの奸計によって、無惨にもぶちこわされたことに、はじめて思い到ったのだった。

おのれ！　憎いやつらだ。ぼくは、ベルとマイルズを〝留保〟の籠から取り出して〝火急〟の籠へ入れなおした。やつらはピートを殺そうとしたろうか？

いや、殺す以上のことをしてのけた。彼らはピートを野に追いやり、野性に返してしまったのだ。人家の裏小路を食物を漁って徘徊するうちに四肢は痩せ衰え、妖しい妖精の気質は世のすべての二足動物への憎悪にこりかたまって——。

彼らは、ピートに、ぼくに捨てられたと思いこんだまま死なせたのだ。

この恨み、晴らさぬわけにはいかぬ。彼らがこの世に生きてあるかぎり！　ぼくは切に願った、彼らがまだ余命をながらえてあることを！

ふと気がつくと、ぼくはベッドの脚のかたわらに立って、ふらふらする身体を支えるために手すりにしっかりとつかまっていた。パジャマ一枚の姿だった。ぼくは、あたりを見まわして、人を呼ぶ方法はないものかと考えていた。病室というものは、三十年たってもあまり変わらないようだった。部屋には窓がなく、どこから光線が来るのか、柔らかな明るさだった。ベッドは背が高く幅が狭い。これも、昔の病院にあったのと変わりなく、さむざむとした肌触りだ。ぼくは例によって病院の室内装置の改良を考えはじめていたが、それより、早く看護師を呼ぶスイッチを見つけて、それから服を着たい。

服は見あたらなかったが、スイッチ――らしいものが、テーブル――らしいものの横についている。そして、ぼくの手がそれに触れると、ベッドに横になったときに顔のまん前に来る位置にあった透明体に〝呼出〟という字がぽかりと点いた。点いたと思うと、すぐ〝ただいままいります〟という文字と入れ替わって消えた。

待つ間もなく、ドアがすうと内側に捲《ま》きこまれて、看護師が入ってきた。看護師も、あまり変わっていなかった。なかなかかわいい顔をして、教育部隊の下士官といったしっかり者らしい態度。蘭のような明るい紫色のショートカットの髪にこざっぱりとした粋な白の帽子を載せ、おなじく白の制服をまとっている。ただその制服の様子が変わっていた。つまり、一九七〇年ごろとちがったところが肌を隠し、ちがったところが肌を出しているのだ。まあ、いずれにせよ、女性の服というものは、つねにこうしたものなのだが。

「ベッドにおもどりなさい！」

「ぼくの着るものは？」

「ベッドにお入りなさい。早く！」

ぼくは理を尽くして説きはじめた。「ねえ、看護師さん。ぼくは善良な市民で、年も二十一歳以上だし、犯罪者でもないんだ。ベッドにもどる義務はないからもどらないよ。さ、ぼくに服の在り場所を教えてくれるか、さもなければ、ぼくが勝手に探しはじめるのを見ててくれるか、どっちがいい？」

看護師はぼくを見つめたと思うと、急にきびすを返して出ていった。ドアは彼女の背後で音もなく閉まってしまった。

こんなことに驚くもんかとぼくは思った。このドアもエンジニアが作ったものなら、こっちもエンジニアだ。この仕組みがわからないわけはない。そう考えはじめたとき、再びドアがあいて、一人の男が入ってきた。

「やあ、おはよう」男がいった。「アルブレヒト博士です」

彼は日曜日の晴着とピクニック着を半々ずつ混ぜたような妙な服を着ていた。だが、そのきびきびした態度といい、どこか疲れた目の色といい、いかにも有能な医者らしい。ぼくは男を信用することにした。「おはよう、先生。ぼくの服を返してほしいんですが」

彼はドアがすれすれに閉まるくらい部屋に踏みこむと、立ちどまり、そのおかしげな服の内側をまさぐって煙草を取り出して一本抜くと、さっと空を切らせ、そのまま口にくわえて吸った。火がついていた。彼はぼくに煙草の包みを差し出した。「一本どうです」

「いや、結構です」

「お取りなさい。害にはなりませんよ」

ぼくはまた首を振った。以前は、仕事中も四六時中煙草の煙をもうもうと身辺に漂わせていたぼくだった。仕事の進行ぶりは、そこらじゅうの灰皿に吸殻が山と盛りあがり、製図板に煙草の焼け焦げがいくつできるかで判断できたのだ。ところがいま、煙草の煙を見ただけで頭がふらふらする。眠りとおした三十年間に、ニコチン中毒をどこかに置き忘れてきたのかしらとぼくは思った。

「せっかくですが」

「そうですか。ところでデイヴィスさん、ぼくはこの病院に六年います。冷凍睡眠《コールドスリープ》および蘇生科の専門医です。今日まで八千とんで七十三人の患者に冬眠状態からノーマルな状態への蘇生処置を施してきました。あなたで八千とんで七十四人めです。したがってぼくは患者が蘇生した際におこすおよそあらゆる奇異な症状を――つまり、素人目に奇異であって、ぼくにとってではありません――見てきました。覚めた直後、再び冬眠状態に戻ることを望む患者もいます。この種の患者は、ぼくらが、覚醒状態を維持しようと努めているあいだも、ぼくらにたいして、罵詈雑言《ばりぞうごん》を浴びせかけます。このうちの一部が実際に再び冬眠に戻ります。覚醒してから、冷凍睡眠《コールドスリープ》が片道切符であって、なん年に出発しようと二度と再びもとへ帰ることができないことにはじめて気がつき、際限なく歎き悲しむタイプの患者もあり、そして、あなたのように、真っ先に服をよこせといって外へ飛び出したがる患者もいる。こういったわけです」

「しかし、それがなぜいけませんか？　ぼくは自由を束縛されているんですか？」

「そんなことはありません。服は返してさしあげます。おそらくはいささか時代遅れになっているのではないかと思いますが、これは個人の趣味の問題ですからな。がしかしだ、いま取りにやるあいだ、あなたが、たったいますぐにとおっしゃるお急ぎのわけを、よろしかったらお聞かせ願えませんかな？　三十年もたった後でなぜ分秒を争わなければならないのか、その理由をです。三十年ですよ。それほどほんとうに急ぐのですか？　それとも、今日じゅうだったらもう少しあとでもいいですか？　あるいは、明日でも？」

ぼくは絶対火急の大急ぎだと答えかけたが、ふと思いなおした。恥ずかしくなったのである。

「それほどの急用でもないです」

「ではぼくの願いを容《い》れ、一度ベッドにおもどりになって、診察などさせていただけませんかな？　診察のあとで朝食をめしあがって、できれば、どこへなりとふっ飛んで行かれる前に、ぼくと二、三分お話しになる。場合によっては、あなたがふっ飛んで行く先を忠告してさしあげられるかもしれませんよ」

「これはどうも。そうしましょう、先生。お手数をかけて申しわけないです」ぼくはベッドに横になった。すると気持ちが落ち着いて――そして突然激しい疲労を感じた。

「どういたしまして。あなたなんかいいほうだ。えらい騒ぎをおっぱじめる人がいますからね」彼は掛布団をなおすと、ベッドに作りつけのテーブルに顔をよせた。「第十七病室のアルブレヒト博士だ。朝食を一人前頼む。ええと――4マイナスの献立だ」

彼はぼくにふりかえった。「横にむいて上衣を上までまくりあげて、脇腹を見せてください。診察しているあいだに、訊きたいことがあったら、質問してよろしい」

脇腹をいじられながらぼくは考えようと努めた。彼がぼくの脇腹に押しつけているのは、超小型の補聴器のような格好をしているが、おそらく聴診器なのだろう。発達したものだが、昔ながらの欠点がひとつある。ピックアップが冷たくてこつこつするのは感じがわるい。

さて、なにを訊こうか？　三十年眠ったあとで、人はふつうどんなことを訊くものだろう？　星間飛行はもう実現しましたか？　こんどは、どこの国が〈最終戦争〉を始めましたか？　赤ん坊はもう実験室で試験管の中から生まれるようになりましたか？　ぼくはいった。「先生、映画館のロビーには、まだポップコーン自動販売器が置いてありますか？」

「ぼくが最後に見たときはまだ置いてありましたな。もっともこのごろは、とんとそんなものを見る暇がないが。話はちがうが、このごろは映画とはいいませんよ、映動《グラビー》というんです」

「ほう。なぜです？」

「一度見てみなさい。わかりますよ。ただし、忘れずに、座席のベルトを締めること。映《グラ》動《ビー》の最中に、なんシーンか、劇場そのものが虚無《ヌル》しますからね。……わかるでしょう、デイヴィスさん、われわれはほとんど毎日のようにこの問題を――すなわち新語の問題に直面しているのです。毎新年ごとに、語彙《ごい》の調整をしなければならんのです。歴史的、文化的な調整をも含めてですよ。これはぜひとも必要なのです、というのが、いかに一方でショックを軽減しても、定位錯誤はえてして極端に走りやすいですからな」

「な、なるほど」

「絶対ですな。特に、あなたの場合のような、大きな時代のずれがあったあとはです。三十年ですからな」

「というと、三十年が最大限なのですか？」

「でもあり、でもなしというところです。今日までの最高記録は三十五年です。つまり最初の広告用の患者は一九六五年十二月に亜寒気体内に入りましたからね。ぼくの扱った中では、あなたはもっとも長期の患者です。だが、現在この病院では、一世紀半までの契約は扱うことになっています。当時としては、三十年などという長期睡眠は受け付けるべきではありませんでしたな。当時、現在ほど冬眠法が発達していなかったことを考えれば、あなたの生命は非常な危険にさらされたわけだ。あなたは運がよかったのですよ」

「ほんとうですか？」

「そうですとも。むこうを向いて」彼は診察を続けながら、「しかし、現在のわれわれの知識と技術をもってすれば、経済的な問題を解決する方策さえつけば、ゆうに一千年の冷《コー》凍睡眠《ルドスリープ》でもぼくは喜んでやってみますよ。まず、検査期間として一年間従来どおりの体温を保たせておき、大丈夫となったら、千分の一秒間の操作で、どかん！　と氷点下二百度の冷凍状態に患者を送りこむ。大丈夫、生きます。と思います。さて反応テストといきましょう」

〝どかん〟の話はぼくにはあまりぞっとしなかった。アルブレヒト博士は平然とつづけた。

「すわって膝を組んで。言語の問題はしかし、たいして心配するには及びませんよ。もちろん、ぼくはあなたと話すときには特に一九七〇年代の語彙で話すように努めているのですがね。ぼくにはこれがちょっと自慢でね、いかなる年代の睡眠者とも自由に話せるように催眠研究を積んだのです。しかし、一週間も勉強すれば、あなたにも、現代語が不自由なくしゃべれるようになりますよ。現代語といっても、新語が加わったというだけですからね」

ぼくは、彼が、いま少なくとも四度、一九七〇年代には使われなかった——ないしはその意味では使わなかった言語を使ったことを指摘してやろうかと思ったが、それではあまり失礼にあたりそうだからやめておいた。

「さて、今日のところはこれまで。話はちがうがディヴィスさん、シュルツ夫人というひとが、だいぶ前からあなたに連絡を取りたがっていましたよ」

「シュルツ夫人？」

「ええ。知らないんですか？　彼女の話では、あなたの古い友人だといっていたが」

「シュルツね。そういえば、幾人《いくにん》かシュルツという名前の人は知っていましたが、いますぐ思いだせるのは、ぼくの小学校四年のときの教師だけだ。といっても、もう彼女は死んでしまったでしょうがね」

「彼女も冷凍睡眠《コールドスリープ》に行ったかもしれませんよ。まあ、あなたのほうで連絡してもいいという気になったときなされればいいんです。さて、ぼくはあなたの退院許可書に署名しておきますが、もう二、三日はここにいて、ゆっくり静養していかれたほうが賢明ですよ。またあとで診察に来ます。ほら、付添いがあなたの朝食を持ってきた」

アルブレヒト博士はそういいおいて出ていった。ぼくは入れちがいにはいってきた付添いを見て思わずはっと息をのんだ。それはロボットだったのだ。ロボットは、アルブレヒト博士を上手に避けて入ってきたのだ。一方博士のほうは、ロボットの存在などまるで目にも入らないかのように、注意するでもなく避けようとするでもない。ただまっすぐ歩いていったのだ。

見つめるうちに、それはぼくのそばへ近づいたかと思うと、ベッドに作りつけのテーブルを調節し、ぼくの前に持ってきて、その上に朝食のトレイを載せた。

「コーヒーをお注ぎしますか？」それがいった。

「うん、注いでくれ」ぼくはいった。ぼくはいますぐコーヒーは欲しくなかった。いつものように、朝食がすむまで、熱くしてとっておきたかった。だが、ぼくは、コーヒーの注ぎかたを一刻も早く見たかったのだ。

ぼくはめまいに似た喜悦を感じていた。それこそ、ぼくの〈万能《フレキシブル》フランク〉だったのである！

それはもはや、昔のあの不細工な、ジャッキの脚に板張り胴の怪物ではない。マイルズとベルがぼくから盗んでいった一号モデルには、似ても似つかぬものだった。このフランクと、初代フランクのちがいは、まさにはじめての馬なし自動車と、最新型のターボエンジン車ぐらいあった。だが、どんな形になろうと、製作者には自分の生み出したものの見わけはつく。ぼくは原型をこしらえた。そしてこれは、その必然的な発達を遂げたかたちなのだ。フランクの曾孫なのだ。改良され、スマートになり、はるかに能率的になっている……にもかかわらず、おなじ血をひいたフランクなのだ。

「ほかのご用はありませんか？」

「ちょっと待った」

明らかにぼくは間違ったことをいったらしい。というのは、人造人間が自分の胸中へ手を入れたかと思うと、堅いプラスチックのメニューのようなものを取り出してぼくに手渡したからだ。プラスチックのシートは、ほそい丈夫な鎖で固定してある。手に取ってみるとそれには次のような文句が印刷されていた。

勤勉ビーバー17A型　ご用命符号

お願い‼

この人造人間は原則として人語を解しません。人間として理解力のない機械であります。ただ、ご使用の皆様のご便宜のために、以下のリストに掲げられる一連のご用命符号に従うよう設計してあります。ただしご用命はこの人造人間の面前で声に出していってください。不明瞭な言葉ないしリストに含まれないご用命を受けた際は操作回路が閉ざされ、この注意書をお手元に差し出しますから、注意してご一読の上あらためて命じてください。

アラジン自動工業商会

勤勉ビーバー、ウィリオウ、製図機ダン、ビルダー・ビル、グリーンサム、ナニー製作元。人造人間製作に関するデザインその他のご相談にも応じます。

なんなりともご用命を！

このモットーの下に、アラジンがランプを磨いていて、ランプから魔人が現われかかっている絵の商標がついていた。

その下に、一連の簡単な命令——「とまれ」「行け」「イエス」「ノー」「ゆっくり」「はやく」「来い」「看護師を呼べ」等々の言葉のリストが出ていた。つぎに病院用のごく一般的な仕事——背中を擦《さす》れとかその他の言葉が並び、下のほうには、ぼくの聞いたこともないのがいくつかある。そして、一番下に次の文句があった。「八七項目から二四二項目までは病院主任医師のみ使用を許可されるものであるため、リストには省かれる」

ぼくはぼくのフランクを言葉で動かすようにはこしらえなかった。ぼくのフランクは、操作盤についているボタンを押してやらなければならなかった。もちろん、これはぼくがこの音声操作を思いつかなかったからではなく、音声分析装置と、そのための電話交換装置とが、フランクのその他の部分を全部あわせたよりもかさばって重量がかかるのと、特にコストが張るので、諦めたのである。これからエンジニアとして生きていくつもりなら、このロボットの持っているような超精密化と単純化のテクニックを習得する必要があるぞとぼくは思った。工業技術というものは、なによりも現実にそくした技術であり、一人の技術者の才能よりは、その時代の技術水準一般に負うところが多いものだ。真の鉄道の時代が来て、はじめて鉄道の敷設《ふせつ》は行なわれ得る。時期の到来しないうちは、いかにあがいてもだめなのだ。たとえば、ラングレー教授の場合を見るがいい。あれほどに飛行機の実現に心を砕き、必要な才能のすべてに恵まれ、実際本質的な問題は解決していながら、わずか数年間時期が早かったために、飛行機の完成に必要な、しかしきわめて付随的な技術を持てず、ついに飛行機を空に飛ばす最初の栄誉を獲得できなかった。さらには、かの偉大なるレオナルド・ダ・ヴィンチにしてもそうだ。彼のもっとも輝かしい考察の大部分は、すべて、技術的に製作不可能なものばかりだったではないか。

ぼくはカードを返すと、ベッドから降りて、ロボットのデータプレートを見ていた。ぼくはロボットの製造会社が、〈ハイヤーガール〉株式会社だとばかり思っていた。ところが、アラジン自動工業の名があったので、もしかすると、アラジンというのは、〈ハイヤーガール〉の子会社ではないかと思ったのだ。だが、データプレートでは、型式・製造番号、製造工場以外はわからなかった。ただ、それには、およそ四十にも及ぶ特許がずらりと連記してあって、そのうちもっとも年代の若いのは一九七〇年となっていた。ぼくは非常に興味の湧くのをおぼえた。これは、ぼくのオリジナルの設計を基にしたものに、ほぼ間違いなさそうだ。

ぼくはテーブルの上を探して鉛筆とメモ用紙を見つけ、その最初の特許番号を書き写した。だが、もちろんこれは純粋に専門家としての興味からだった。というのは、かりにこれがぼくの発明を盗んだものであっても（盗んだものにちがいないのだ）、法令が改正されていないかぎり、ぼくの特許は一九八七年に消滅してしまっているからで、現在特許権があるのは、一九八三年以降のものに限られるのだ。だが、ぼくは知りたかった。

　人造人間の頭のランプに灯りがついた。彼はいった。

「ほかでわたしを呼んでいます。行ってよろしいですか？」

「え？　ああ、いいとも、すっとんでいけよ」いったとたんに、ロボットの手が、またあのカードを取りにのびた。ぼくはあわてて、「行け！」

「ありがとうございます。失礼します」それはぼくを巧みに避けて戸口へむかった。

「ありがとう」

「どういたしまして」

　誰の声を録音したのか、その声は、気持ちのよい、美しいバリトンだった。

　ぼくはベッドに戻って、冷めるままにうっちゃっておいた朝食を食べた。ところが、4マイナス献立の朝食は、中程度の大きさの小鳥の餌ぐらいの分量しかなかった。ひどく空腹だったはずなのに、それだけ食べると満腹感をおぼえた。胃が縮んでしまったのかもしれないとぼくは思った。食べ終わってからふと気づけば、これは、一世代ぶりに、はじめてとった食事だったわけなのだ。そして、トレイに献立表があったので手にとってみると、ぼくがベーコンだと思って食べていたのは〝田舎風細パンのトースト〟とあった。

朝食と一緒に、新聞が載っていた。グレイト・ロサンゼルス・タイムズ二〇〇〇年十二月十三日水曜日の朝刊だ。

新聞は、三十年以前とそう変わっていないように見えた。少なくとも体裁は似ていた。この新聞はタブロイド型で、用紙は昔のラフなパルプ用紙ではなく、つや出しのアート紙で、写真は多色刷りか、さもなければ黒白の実体写真《ステレオ》になっている。この最後の実体写真ばかりは、どうにもそのからくりがわからなかった。実体鏡《ステレオスコープ》を用いなくても立体的に見える実体写真は、ぼくらが小さな子供の時分からあった。五〇年代、子供だったぼくらは、冷凍食品の広告に使われていたこの実体写真を見て、ひどくびっくりしたものだ。だが、当時のそれは、小さなプリズムを働かせるためかなり厚手の透明なプラスチックでなければならなかったのに、これはほんの薄い新聞紙に刷ってありながら、なお深みがあるのだ。

ぼくは考えるのを諦めて、新聞のほかの部分に目をうつした。〈勤勉ビーバー〉が新聞を書見台にセットしていってくれたのだが、しばらくのあいだぼくは第一面しか読めないのかと思っていた。どうやって新聞の裏を返していいものやら見当がつかなかったのだ。どう見ても、新聞はぴたりと書架に張りついて動かないように見えた。

ところが、偶然にぼくの手が新聞の右下の端にふれたとたんに、新聞の表面が、その端を起点にして、いきなりくるくると巻きあがり、次のページを読むのに邪魔にならないように縮んでしまったではないか。ここに触るごとに、ページはいくらでもめくれるのだった。

紙面のすくなくとも半分が、昔ながらの見出しや記事で埋まっていて、ぼくは危うくホームシックをおこしかけた。曰《いわ》く「今日のあなたの星占い」「市長、新設貯水場開きに祝辞」「保安条令、新聞の自由に抵触か。ニューヨークの議員警告」「ジャイアンツ、ダブルヘッダーに圧勝」「異例の暖冬異変、ウインター・スポーツを脅かす」「パキスタン、インドに警告」エトセトラである。

その他、二、三の記事は、初耳のニュースではあったが、ともかく理解できた。「月世界定期便、双子座流星群のためなお空中に待機中――静止宇宙ステーション、二カ所に破損。死傷者なし」「白人四人、ケープタウンで黒人のリンチに遭《あ》う。暴動鎮圧を提訴」「人工授精代理母団体、賃上げ要求のための組織を結成。〝アマチュア未登録者の非合法化〟を要求」「ミシシッピ農園主、ゾンビ・ドラッグ取締法違犯で起訴。農園主は語る。〝やつらあ薬を射たれちゃいねえ、最初《はな》っからパアなんでさ!〟」

この最後の記事は、ぼくの経験からして、よく内情がわかるような気がした。

だが、なかには、まったくチンプンカンプンの記事もいくつかあった。たとえば、フランスでは、〝ウォグリー〟がいまだに蔓延《まんえん》中で、三つの町が放棄された。〝王〟はこの地区を清掃する命令を出すことを考慮中であるというのがある。王とはなんだ？　それは、フランス政界のことだから、どんな政変が起きるか知れたものでない、いまごろ王が出てきてもおかしくないのかもしれないが、それはいいとして、彼らがその〝ヴォグリー〟を鎮めるために使用を考慮中の〝保健パウダー〟とはいったいなんだろう？　放射能灰だろうか？　使うなら使ってもいいが、できるだけ風のない穏やかな日、望むらくは二月三十日かなにかを選んでやってもらいたいものだ。ぼくも一度サンディアにいたとき、放射性物質を、婦人部隊《WAC》所属のボンクラのとんでもない過失から許容量以上に飲んでしまったことがある。さいわい、逝きて再び帰らざるのポイントは越さずにすんだが、あまりお奨めはできない療法だった。

　ロサンゼルス警察のラグナ・ビーチ分署では、署員全員が〝光線銃《レイコイル》〟で武装したとある。署長は、市に対して、すべての有名人は市を離れるように警告してつぎのように語った。

「部下はまず発砲して、しかるのち調べをするよう指令されている。いかなることがあっても断固これを絶滅する！」

　ぼくは、なにがどうなっているのかわかるまで、ラグナ・ビーチには絶対足を向けまいと思った。とにかく、これは二、三の例にすぎない。読みすすむにつれわからないことだらけで、ぼくはしだいに心細くなってくるのをおぼえた。

するとまた、見おぼえのある小見出しが目にふれた。出生、死亡、結婚、離婚等の個人消息欄である。ただし昔とちがうのは、その項目中に、各冷凍場から発表される〝入場者〟と〝退場者〟の名が出ていたことだ。は〝ソーテル共同冷凍場《サンクチユアリ》〟の項目を探して、ぼくの名前を見つけた。自分がなにかに〝所属〟しているという感じは、なんとなく温かい、ほのぼのとした安心感をぼくに与えた。

だが、それより興味深かったのは広告欄だった。個人広告欄のひとつがぼくの目を捕えた。こんなやつだ。「旅行に趣味ある未亡人（非年輩者）、同様の趣味を持つ成年男子を求む。目的——二ヵ年契約結婚」

しかし、もっともぼくの関心を誘ったのは、広告中でも、やはり商品の宣伝広告だった。〈ハイヤーガール〉とその姉妹品の一族が、すっかり世の中に普及していた。彼らは、まだ、がっしりした女性が箒《ほうき》を持っている商標を使っていた。ぼくが、ぼくらの会社の便箋のレターヘッドにデザインしたもの、そのままなのだ。ぼくは一抹《いちまつ》の後悔を感じた。〈ハイヤーガール〉の株をあんなに早まってリッキーに譲渡するのではなかった。あれは、ぼくの持株の残り全部をあわせたよりも株価が出ているのだ。思ったとたんに、いやそうでないと思いなおした。もしあのとき、ぼくが株券を身につけていたら、あの強盗夫婦にまき上げられ、彼らに譲渡したように改竄《かいざん》されていたこと受け合いなのだ。そうならずにリッキーのものになったのだから、よしとすべし。もしリッキーがあれで金持ちになっていたとしたら、本望とすべきなのだ。

ぼくはリッキーの所在を確かめることを、なによりも先にしようと考えた。第一優先事項だ。彼女は、ぼくのかつて知っていた世界で、ぼくに残されたたった一人の身よりなのだ。リッキーの存在は、ぼくの心のうちで、いやが上にも大きくなっていた。かわいいリッキー！　もし当時、リッキーが十歳《とお》おとなだったら、ぼくは、ベルなぞに絶対に惑わされなかったろう……そして手痛い火傷もせずにすんだのだ。

待てよ。いま彼女はいくつになっているだろう？　四十か——いや、四十一だ。四十一になったリッキーの姿はぼくにはまるで想像もできなかった。しかし——そうだ、四十になっていようと、西暦二〇〇〇年のこのころでは、そんな年寄りではない。いや、あの当時だって、若く見える女性はいた。四十フィート離れて見れば、四十一だか十八だかわからないことがよくあったものだ。

もしリッキーが金持ちになっていたら、一杯奢《おご》らせて、世を去った哀れなわがピートのために献杯することにしよう。もしまた、なにかがまずくいって、あの株を持っていたにもかかわらず貧乏をしているとしたら、そのときは——そうだ、それこそ彼女と結婚してやろう！　そうとも、結婚するともさ！　十歳やそこらぼくより年上だろうと、そんなことは問題じゃない。むしろ、ぼくのふらふらした人生記録のぶざまさを考えてみると、ぼくには、誰かぼくの世話を焼いてくれる女《ひと》――必要なときはぼくのために〝ノー〟といってくれる年上の女が必要なのだ。そして、リッキーなら、その役には打ってつけだ。十歳にもならないうちから、小さな女の子の真剣さで、マイルズの身のまわりのことから家事いっさいをきりまわしてきたリッキーだ。四十のリッキーも、もちろん同じ働き者だろう。いや、年を取っただけに、酸《す》いも甘いも嚙みわけた、優しい女性になっていよう。ぼくは、西暦二〇〇〇年に目覚めて以来はじめての、心からなる安らぎを感じた。もう、見知らぬ土地に踏み迷った無力感は去っていた。リッキーこそは、あらゆる問題に対する答えなのだ。

だがそのとき――心のどこか奥底で、ひとつの声が聞こえたのだ。それはこういった。

「おい、おまえもよほどの間抜けだな。リッキーと結婚など、できるわけがないじゃないか。考えてもみろ。あんないい娘があのまま成長したとすれば、もう二十年も前に結婚して、子供の四、五人はいるはずだぞ。きっと、おまえよりうんと背の高い息子がいるだろう。そして彼女の夫は、ダニーおじさんなどというものが現われれば、きっといい顔はしないにきまっているんだ」

耳を傾けるうちに、顎のあたりの力が抜けてきた。しばらくして、内心の声にいいかけるぼくの言葉には力がなかった。「わかったよ、わかったよ——ぼくはまた船に乗り遅れたんだ。しかし、やはりぼくは彼女を探しつづけるよ。夫がいくら怒っても、せいぜいぼくを撃ち殺すのが関の山だ。それに、なんといっても、彼女はピートを理解してた、たった一人の人間なんだ」

いい切ると同時に、ぼくは、リッキーとピートとを、二人とも永遠に失ってしまったことを、改めてひしひしと思い知らされたのだった。ぼくは陰気な気分になった。そして、ぼくは、そのまま、ビーバー・ロボットが昼食を持ってきて起こしてくれるまで、新聞の上にもたれてぐっすりと眠りこんでしまった。

ぼくは奇妙な夢を見た。夢の中で、ぼくはリッキーの腕に抱かれ、彼女のおしゃべりに耳を傾けていた。「大丈夫よ、ダニーおじさん。あたしはピートを見つけたのよ。それ以来、ずっとここにいるの。そうだったわね、ピート?」

「ミャアーオ」

現代語を覚えるのは朝飯前だった。それよりもぼくは、歴史により多くの時間をかけた。三十年間には、およそありとあらゆることがおこり得る。ぼくは、大アジア共和国が、南アメリカ貿易からアメリカを閉め出そうとかかってるのを知っても、さして意外とは思わなかった。これはすでに台湾協定以来その兆《きざし》が見えていたのである。インドが、かつてのバルカン以上に国際紛争の中心と化していることもまた、驚くにあたらなかった。だが、イギリスを、カナダの一州と考えるのは、さすがにちょっととまどった。どっちが尻尾でどっちが頭だ？　一九八七年には、世界的な大経済恐慌があったらしい。そしてその結果、金《きん》は通貨の基礎的な位置を、永遠に喪ってしまった。その切り替え期には、なん千万という人々が破産の憂き目にあうという騒ぎがおこったのだ。

ぼくは本をおいて考えはじめた。金が安くなり、貴金属でなくなったとすると、これを利用して、じつにさまざまのことができるはずだ。金のもつ高い比重、電気の良伝導性、およびその驚くべき柔軟性をもってすれば……とぼくはふいと思いあたった。そうだ、なぜぼくはまず技術書を第一に読んでみようとしなかったのだろう。金が貴金属として無価値になっても、原子力技術の点から見れば無限の価値がある。金は他の金属と比較にならないほどあらゆる意味において優れた性質を持っている。とすればこれをミニチュア精密工業用に用いると——そこまで考えて、ぼくは再びはたと思いあたった。ぼくは、あのビーバー・ロボットの頭脳が金製の部品で埋まっていることに、すでに疑念を持たなかった。ぼくが氷詰めになっていた間に、技術は長足の進歩を遂げたのだ。早くそれを学んで追いつかなければ、とぼくは思った。

ソーテル冷凍場《サンクチユアリ》には、技術関係の図書はそなえつけてなかった。そこでぼくは、アルブレヒト博士に、もう大丈夫だから早く退院させてくれと申し出た。彼は肩をすくめ、ぼくのことを馬鹿だといったが、結局同意してくれた。だが、ぼくはもう一晩だけ入院していることにした。横になってブックスキャナーで文字を追っているうちにへとへとになっていたからだ。

翌日の朝、朝食がすむとすぐ、病院はぼくに現代式の衣服も支給してくれた。それはいいのだが、着ようと思うと着かたがわからない。やむなく手伝ってもらう羽目になった。服そのものは、それほどおかしくはなかった（といっても、裾が釣鐘型になった桜色のズボンなど、一生のうちにはくとは思っていなかった）が、ファスナーの締めかただけは、教えてもらうまではどうにもならなかった。おそらく、ぼくの祖父も、だんだんと馴れたからいいようなものの、そうでもなかったら、ジッパーの扱い方に、ぼくとおなじ苦労をしたにちがいない。これはスティックタイト繊維というやつだったのだ。この服を着ながら、スティックタイトの原理がよく頭に入るまでは、ボーイでも雇って寝起きに服の世話をさせなければならないなと思った。

それから、ベルトをゆるめようとしていたらズボンがするすると脱げて足もとに落ちてしまった。しかし、誰も笑わなかった。

それから、アルブレヒト博士がぼくに訊いた。「これからなにをしていくんです？」

「ぼくですか？　まず、市の地図を一枚買いますね。そして、どこか、雨露をしのぐかりの宿を探します。それから……しばらく、たぶん一年ぐらいは、なにもせずに専門の方面の読書をして暮らすつもりです。先生、ぼくは技術者として完全に時代遅れになってしまいました。しかし、このままの状態でいるつもりは毛頭ないんです」

「なるほどね。まあ、成功を祈りますよ。もしぼくにできることなら、なんでもするから、そんなときは遠慮せずに訪ねていらっしゃい」

ぼくは手を差し出した。「ありがとう、アルブレヒト先生。あなたの親切は身にしみました。これは、ぼくの保険会社の会計と話をしてみて、ぼくがどの程度裕福か調べてみるまでいうべきことではないかもしれませんが――先生、ぼくは、ただありがとうと言葉のお礼だけではすまさないつもりです。先生がぼくにしてくださったご配慮に対する感謝は、言葉より、もっと実のあるものでなくてはね。ねえ先生？」

博士は首を左右に振った。「お気持ちだけは喜んでちょうだいします。しかし、ぼくの料金は、この冷凍場《サンクチュアリ》との契約で支払われることになっています」

「でもそれでは……」

「だめです。受け取れないのですよ。もうその問題はよしましょう」そういうと彼はぼくの手を取って握りしめた。「お元気で。この滑走道路《スライド》に乗っていれば、本社のオフィスに行けますよ」それから、彼はややためらいがちにいった。「外へ出て最初のうち、もしあまり辛いと思ったら、保護契約条項に基づいて、あなたはまだ四日間ここで静養していく権利があるのだから、帰ってきてもいいんですよ。支払い済みの権利だから、使ったほうが得なんだ。自由に出入りしてもいいんだしね」

ぼくはにっと笑ってみせた。「ありがとう、先生。でも、ぼくは決して帰ってなんかきませんよ――いつか、先生にご挨拶《あいさつ》に来る以外はね」

ぼくは本社のオフィスのところで滑走道路《スライド》を飛びおり、オフィスの受付にいたロボットに名を名乗った。ぼくに封筒を一枚渡したので見ると、それは、またシュルツ夫人なる人物から電話があったという伝言だった。そういえば、まだぼくは彼女に電話をかけていなかった。誰かわからなかったからだ。それに冷凍場《サンクチュアリ》では、蘇生した患者本人が望まないかぎり、訪問者も、外からかかる電話も直接患者に取り継がない規則にしていた。ぼくはちらっと一瞥をくれただけでそれをシャツのポケットにつっこみながら、こんなことになるのだったら、ぼくのフランクをあまり万能《フレキシブル》に作るのではなかった、と考えていた。昔は、受付というものは、たいていかわいらしい女の子がすわっていて、機械なんぞではなかったのだ。

受付ロボットがいった。「こちらへどうぞ。会計担当重役がお目にかかるそうでございます」

望むところだ。ぼくはそちらへ踏み出しながら、ぼくの投資した株が、どのくらい稼いでくれたろうかと考えていた。八七年の経済恐慌で、ぼくの株も大暴落したことは疑いの余地がない。がそれも、いまは再び上昇したはずだった。事実ぼくは、タイムズ紙の経済欄を読んで、ぼくの買った株のうち少なくも二種類が、いまではかなりの価格を持っていることを知っていた。ぼくはその新聞を、ほかの株の状況も知りたくなった場合の用意にと思って持ってきていた。

会計担当重役は、まさに会計機械とでもいいたくなる男だったが、人間は人間だった。彼は機敏にぼくの手を握った。

「はじめまして、ミスタ・ディヴィス。ダウティと申します。どうかおかけください」

「こんにちは、ミスタ・ダウティ。貴重なお時間を潰していただくにはおよびませんよ。これだけうかがえばいいのです。ぼくの保険会社はこちらを通じて支払いをしてくれるのでしょうか。それとも、直接保険会社に行くんですか」

「どうか一応おすわりください。いろいろとあなたにご説明することがあります」

そこでぼくは腰をおろした。彼のオフィス・アシスタントが（これまた、わが懐かしのフランクだった！）書類ホルダーを取ってくると、ダウティ氏はいった。

「これがあなたの契約書の原本ですが、ごらんになりますか？」

もちろん、是が非でも見たかった。蘇生して以来、ぼくは合掌したいほどの気持ちで、ベルがあの支払保証小切手をどうにかしてしまったなどということがないようにと念じてきたのである。支払保証小切手は、個人振出しのとちがって、そう簡単に改竄《かいざん》するわけにはいかないが、ベルはその点、おそろしい腕を持った女なのだ。

彼女が、ぼくの支払委任の署名を変えずにおいてくれたことを発見して、ぼくは、安堵の胸をなでおろした。もちろん、ピートのための付属契約に関する項目は例外で、それだけはそっくりなくなっていた。おそらく、あとで問題がおこるのを避けるために、焼き棄てるかどうかしてしまったのだろう。ぼくは、ベルが〈ミュチュアル生命保険会社〉という字を〈カリフォルニア・マスター生命保険会社〉と書きなおした十数カ所におよぶ部分を注意深く調べてみた。

まったく、天才的な手並みというほかなかった。顕微鏡や比較実体鏡その他化学反応試験の器具を備えた犯罪学者ならば、これらの部分に改竄のなされた事実を見破れたかもしれない。しかし、ぼくにはまったくその痕跡もわからなかった。いったいどんなふうにして支払保証小切手に手を加えたのだろう。支払保証小切手は必ず消去不能の紙でできているというのに。おそらく彼女はインク消しも使わなかっただろう──人は他人のことをあまりかしこいとは考えないものだが、ベルはまさにかしこい女だった。

ダウティ氏が咳ばらいしたのでぼくは顔をあげた。

「ここで支払いが受けられるのですか？」とぼくは訊いた。

「そうです」

「それはありがたい、いくらになっています？」

「うむ……ミスタ・デイヴィス、その質問にお答えするまえに、もう一度、この書類に目を通していただきたいのです。そしてわたしの説明に耳をかしていただきたい。これは、あなたの冷凍睡眠《コールドスリープ》、およびその後の蘇生、保護契約に関し、わが冷凍場《サンクチュアリ》とマスター保険会社とのあいだに取り交わされた契約書です。ご覧のように、費用の全額は前金で支払われています。これは、あなたと、同時にわれわれの両者の利益を相互的に保護する目的でなされたものでして、これがあるために、冷凍睡眠から蘇生するまでの期間の、あなたの安全が、完全に保障されたのです。この場合、積立金は未交付捺印証書手続きに基づいて、高等法院が平衡法事項としてこれを取り扱い、各四半期ごとに、既経過時期についてわれわれに支払われるのです」

「なるほど。よくできた規則ですな」

「そうです。患者の安全はこれがあるがために保護されるのです。さて、これで、当冷凍場が、あなたの契約された保険会社と完全に別個の組織であることがわかっていただけたと思います。われわれの保護契約は、あなたの資産信託とはまったく別個の契約なのです」

「ミスタ・ダウティ——いったい、あんたはなにをいおうというんです?」

「ミスタ・デイヴィス。あなたは、マスター保険に信託されたもの以外に、なんらかの資産をお持ちですか?」

ぼくは考えてみた。そういえば、自動車があったっけ……が、その後どうなったかは神のみぞ知るのだ。ぼく個人の銀行の当座預金は、やけ酒を飲みはじめて間もなく残らず引き出して、あの日、マイルズの家でめでたく終焉《しゅうえん》を告げた忙しい日、すでに現金で、三、四十ドルしかポケットに残っていなかった。本や衣類や計算尺や、その他のがらくたは、いずれにせよ消えてなくなってしまったろう。

「バス代もありませんね」と最後にぼくはいった。

「それでは……ミスタ・デイヴィス、はなはだ申し上げにくいことではありますが、あなたは、いかなるかたちの資産も持っておられぬことになります」

頭の中で、なにかがひゅーんと旋回したかと思うとどかんと墜落した。「な、なんですって？　しかし、ぼくの投資した株のうちには、すごく調子のいいのがいくつかありましたよ。それは確かなんだ。ちゃんとここに出てるんだから」ぼくは手にしたタイムズ紙を突き出してみせた。

彼は首を左右に振った。「お気の毒です、ミスタ・デイヴィス。あなたはもう株をお持ちではないのです。マスター保険は破産してしまいました」

さっきすわらせてくれていたおかげで助かった。ぼくは、ふらふらと気を失いかけていた。

「どうして？　どうしてそんなことになったのです？　恐慌のためですか？」

「いえいえ。マニックス・グループの破産が原因でしたよ。ああ、もちろんあなたはご存知ないわけですな。恐慌の直後にマニックス・グループの破産が始まって……そうですな、そういう意味では、やはり恐慌が遠因をなしているともいえるでしょう。しかし、マスター保険は当時まで決して赤字経営ではなかったのです。もし同社が計画的な収奪行為を……不正な収奪行為を受けなかったら、破産の憂き目は決してみなかったはずです。俗ないいかたをすれば、経営者が保険者の財産を横領したのですな。しかもそれが、普通の状態の破産でしたら、資産管理を行なうことによって、ある程度のものは残ったでしょう。ところがそうでなかった。気がついたときはもう、会社にはびた一文残っていなかったのです。そして、こういう不正をあえてした連中は、すでに司直の手のとどかぬところに逃げていた。まあ、こんなことは、慰めにもならんでしょうが、現在の法律では、こういったことは二度と起こり得ないようになりましたよ」

まさに慰めにはならなかった。ばかりか、彼の言葉を信ずる気にもなれなかった。ぼくの親父がよくいっていた。法律が複雑になればなるほど、悪党どものつけいる隙も多くなるのだと。

親父はこうもいった。賢い人間は、いつでも荷物を捨てる用意をしておくべきだ、と。だが、これとてぼくの慰めにはならない。〝賢人〟と呼ばれるのは結構だが、そのためにいったい、なんど荷物を諦めればいいというのだ！

「ミスタ・ダウティ、たんなる好奇心から聞くんですが、ミュチュアル生命はどうですか」

「ミュチュアル生命ですか？　ああ、一流会社ですな。もちろん、恐慌の際は、他のどこの会社とも同様に危なかったけれども、よくがんばり抜きましてね。あの会社と、なにか関係がおありなのですな？」

「いいえ」ぼくは説明を試みなかった。したところでしかたがない。ミュチュアルに頼ることはできっこないのだ。ぼくは、あの社との契約をついに実行しなかった。といって、マスター保険を訴えることもできない。破産した会社の死屍《しし》を鞭《むち》うってみたところで、どうなるものでもないのだ。

訴えるなら、むしろベルとマイルズだ。もしあの悪党夫婦がまだこの世に生きていれば……いや、それもくだらん。証拠がなにひとつないじゃないか。

それに、ぼくはベルを訴えたりなんかしたくはなかった。ぼくはベルをつかまえて、ナマクラ針で、身体じゅうに〝人でなし〟という字を刺青《いれずみ》してやるのだ。ピートのことを想うとそれでも飽きたらなかった。と、とつぜん、ぼくは、二人がぼくを蹴り出したとき、〈ハイヤーガール〉が身売りする先を、マニックス・グループだといっていたことを思いだした。ぼくは訊いた。「ミスタ・ダウティ。マニックス・グループが一文なしだというのは確かなんですか？ 〈ハイヤーガール〉は彼らの所有《もの》じゃないんですか？」

「〈ハイヤーガール〉？ あなたのいうのはあの家電の製作会社のことですか？」

「もちろんそうです」

「それはどうですかな。いや、はっきり申し上げれば、そんなはずはありませんな。というのは、マニックス・グループなるものがすでに存在しないのですからね。もとより、〈ハイヤーガール〉社とマニックス・グループとの間に少しも関係がなかったと断言することはできませんよ。しかし、たとえあったにしてもたいしたものではありませんね。でなければ、当然わたしの耳にも入っているはずですからな」

ぼくはこの問題を打ち切った。マニックス・グループの崩壊にマイルズとベルが巻きこまれたとすれば、実にいい気味だ。だが一方、もしマニックス・グループが〈ハイヤーガール〉社を所有していて、これをも搾取したとすると、リッキーも、マイルズたちとおなじ目にあったことになる。ぼくはリッキーにそんな目にあっていてもらいたくなかった……たとえリッキーが、すでに二十年前に結婚して、四人の子持ちになっていようとも。

ぼくは立ちあがった。

「いろいろお心遣いをありがとう、ミスタ・ダウティ。それじゃぼくは、なんとかやっていきましょう」

「まだ行かないでください、ミスタ・デイヴィス。わが社は、わが社のお客様に対して、たんなる契約書の文言以上の責任を感じております。あなたの非運は、決してこの種のはじめてのケースではないのです。そこでわが社の重役会議は、少額ではありますが、無条件の資金をわたしの自由裁量に任せて、これによって、若干なりともお客様の非運を和らげる資とすることを決定したのです。これは――」

「施《ほどこ》しはごめんだ、ミスタ・ダウティ。お志はありがたいけど」

「施しではない、貸付けです。信用貸付けと呼んでよろしい。まったくの話、こうした貸付けから生ずる損失は取るに足らないものなのです。それに、いずれにせよ当社としては、当社のお客様が一文なしでここを出ていかれるのを見るに忍びないのです」

ぼくは考えた。確かにぼくは散髪代も持っていない。といって、金を借りるということは、両手に煉瓦《れんが》を縛りつけて泳ぐに等しい。そしてわずかな金というものは、百万ドル返すより借りにくいものである。ぼくはいった。

「ミスタ・ダウティ。アルブレヒト先生は、ぼくにはまだここに四日間いる資格があるといってくれましたが」

「あると思いますよ。あなたの書類を見てみないとはっきりはいえませんが。もっとも、たとえ契約書の期限が来ても、準備のできていない人をほうり出すようなことは、当社としてはいたしません」

「そうでしょうね。ところで、いまぼくの入っていた部屋の料金はいくらですか。部屋代と食事代とあわせて？」

「はあ？　いや、当社の病院は、そういうふうな入院は受けつけていないのです。病院は営業用ではなくて、当社のお客様の静養機関として設備してあるだけなのですから」

「もちろんそうでしょうが、でも、計算は出るはずでしょう。少なくとも原価計算はできるでしょう？」

「それはまあ……できるとも、できないともいえましょうな。計算といっても、そう簡単な問題ではありませんからね、減価償却費、運営費、予備費、賄い費、人件費、雑費……計算書を作ってもよろしいですがね」

「そんなのは結構です。それじゃ、あの程度の病室と食事つきだと、ふつうの病院ではどのくらいに相当します」

「それはまたわたしの専門ではないが——しかし、そうですな、まあ一日百ドル程度と思えばまず大過ないでしょうな」

「ぼくはまだ四日ここにいる権利がある。ミスタ・ダウティ、それじゃぼくに四百ドル貸してくれませんか？」

彼はなにも答えずに、ロボットのオフィス・アシスタントに向かって、一連の数字記号でなにか命じた。そして、八枚の五十ドル紙幣が数えられ、ぼくに手渡された。それをポケットにしまいこみながら、ぼくは心から、「ありがとう」といった。「全力を尽くして、この借りができるだけ帳簿から早く消えるように努力しますよ。利子は六分ですか？　それとも利子なしですか」

彼は首を振った。「これは貸付けではありませんよ。あなたのいわれたとおり、あなたの未使用の四日間を払い戻して差しあげたのです」

「なんだ、それじゃわるいな、ミスタ・ダウティ。ぼくはなにもあなたに無理をお願いするつもりじゃなかったんだ。もちろんぼくはこれを――」

「どうか、ミスタ・デイヴィス。わたしは金をお払いするようこれに申し付けたとき、帳簿にそう載せるように指示してしまいました。取るに足りない四百ドルばかりの金のために監査役連中に頭痛をおこさせたいのですか、あなたは。わたしは、もっとずっと多額の貸付けをするつもりでいたのですからね」

「そうですか……それじゃ、いまはもうなにもいいますまい。ところで、この四百ドルはどのくらい使いでがあるんですか？　貨幣価値はどうなっているのですか？」

「うーむ。これまた、難問ですな」

「ヒントだけで結構です。食事するのにどのくらいかかるんです？」

「食事はまあ高くなし、安くなしというところでしょうな。十ドルあれば、充分な料理が取れます――中ぐらいの値段のレストランを選べばですよ」

ぼくはダウティ氏に礼をいい、気分よく外へ出た。ダウティ氏はかつての軍隊時代の給与係下士官を思いださせた。給与係下士官には二種類しかない。一種類は、当然入るべき金を、なんのかのと規則にこじつけて減らそうとかかるタイプで、もう一種類は、規則書を端から端までほじくり返して、たとえそれだけの資格はなくても、必要なだけ取れるようにしてくれるタイプだ。

そしてダウティ氏は、この二番めのタイプだった。

冷凍場《サンクチユアリ》はウィルシャー滑走道路《ウエイズ》に面していた。前の広場のあちこちにベンチが置かれており、灌木の林や花園があった。ぼくはベンチのひとつにかけて、西へ行こうか、それとも東かと考えた。ダウティ氏には強そうなことをいったものの、内心、ぼくはひどく弱っていた。ズボンのポケットに、一週間ぶんの食費が入っているとはいえ、心細いかぎりであった。

だが、陽光は暖かく、ウィルシャー滑走道路の微かな唸《うな》りは心地よかった。ぼくはまだ若く(少なくとも生理的には)二本の丈夫な手と頭脳がある。口笛で流行歌(三十年前の)を吹きながら、ぼくはタイムズ紙の求人欄をひらいた。

ぼくは〝技術者――熟練者を求む〟という項目に目を通したい衝動に抵抗して〝未熟練者〟のページを繰った。

求人は皆無に近かった。

6

二日目に、ぼくは職にありついていた。西暦二〇〇〇年十二月十五日、金曜日である。だが、それまでにぼくは、比較的ゆるやかな法律との衝突をはじめ、新しいもののいいかた、ものの感じかた、もののしかたと、かなり紛糾した経験をしなければならなかった。西暦二〇〇〇年に生きることは、本で読むのとかなりちがった。それはセックスについて本で読むのに似ていた。

もしぼくがオムスクとか、サンティアゴとか、あるいはジャカルタとかいう遠いところへやられていたら、そうまで面くらわずにすんだと思う。知らぬ土地の知らぬ町に行く場合には、風俗習慣がちがうだろうと最初から考えてかかる。ところが、グレイト・ロサンゼルスでは、いくらこの目で変わったところを見ていても、無意識のうちに、昔ながらの変わりないロサンゼルスであることを期待しているのだった。もとより、三十年の推移はたいしたものではない。一生のあいだには、誰だってそれくらいの、いやそれ以上の変化を経験しているのだ。しかし、一晩のうちにそれだけの変化に遭《あ》うのは、おのずから別問題だった。

たとえば、ぼくがなんの気もなしに使った言葉ひとつにしてもそうだった。ぼくは、前にいた女性に、いきなり眉をつり上げて怒られて面くらった。もしぼくが、冷凍睡眠者《スリーパー》であることを大急ぎで説明しなかったら、その女の夫に、すごいアッパーカットをくっていたにちがいない。いまここではその言葉は引用しな――いや、しよう。ぼくは、説明するために引用するのだ。もちろん、ぼくの子供の時にも、良い意味で使われてはいなかった。しかしそのころの、その言葉を、歩道にチョークで書きなぐったりはしなかったのだ。

それは――〝異常な《キンク》〟という言葉である。

このほかにも、いまだにぼくがうまく使えない――使う前にちょっと考えなければならない言葉がいくつかある。それは必ずしも前述のようなタブーの言葉ではないが、意味内容がすっかりちがってしまったのである。たとえば〝主人《ホスト》〟という言葉だ。これは、コートをとってくれて部屋のハンガーにかけてくれる男のことで、出生率とはなんの関係もなかったのだ。

しかし、ぼくはどうにかやっていけた。ぼくのありついた職というのは、新品の自動車を、スクラップとして、ピッツバーグの自動車工業地帯へ送り返せるように、ぶち壊す仕事だった。キャデラック、クライスラー、アイゼンハワー、リンカーン——その他あらゆる型あらゆる種類の、立派な、大きな、強力なターボ・エンジンを備えた自動車、走行距離計が一キロも出ていない新車を、巨大な破砕機《ジョークラッシャー》の歯のまんなかへつっこんで、ぐわん、がちゃん、ぐしゃっ！　かくて熔鉱炉行きのスクラップができあがるという寸法なのだ。

これは、最初ぼくの気持ちをひどく傷つけた。ぼくはいつも滑走道路《ウエイズ》に乗って仕事に出ていたし、自分の自動車を持てる身分ではなかったからだ。ところがぼくは、そういう意味のことを口に出したおかげで、危うくせっかくの職をふいにするところだった。ぼくが冷凍睡眠者《コールドスリーパー》であったことを、職長が思いだして、ぼくには現代というものがよく理解できないのだと考えてくれなかったら、馘首《くび》はまちがいなかったのだ。

「ごく簡単な経済問題だよ、にいちゃん。この自動車は政府が生産費維持貸付金に対する保証として認めている余剰製品なんだ。二年前の自動車だから、絶対売れっこない。そこで政府がぶち壊して製鉄会社に売りわたすわけさ。熔鉱炉ってものは、原鉱だけやってたんじゃ、引き合わねえ。やっぱし、スクラップの鉄も作らなきゃならねえのさ。いくら睡眠者だからって、そのくらいの理屈は知ってなきゃしょうがねえぜ。まったくの話、程度のいい原鉱がいまじゃめったに取れねえんで、スクラップに対する需要は増える一方なんだ。鉄鋼業にはこの自動車がなくちゃならねえのさ」

「しかし、最初から売れないのがわかっているんなら、なぜわざわざ生産するんです。無駄な労力だと思いますがね」

「無駄のように見えるだけさ。それともなにか、おまえは労働者を失業させてもいいというのか？　生活水準を下げようってのか？」

「それじゃ、海外へ売り出したらどうなんです？　ぼくにいわせりゃ、スクラップにすることより、海外の自由市場に輸出したほうが、ずっと利潤があがると思いますがねえ」

「なんだと！　そんなことをして、輸出貿易をぶち壊しにしろってのか？　そればかりじゃねえ、もしこの自動車をそんな具合に海外へダンピングしてみろ——世界じゅうから文句をつけられらあ。日本も、フランスも、ドイツも、大アジア共和国も、みんなからよ。なにを考えてるんだよ、おまえは。戦争でもおっぱじめるつもりか？」職長は長歎息《ちょうたんそく》して、父親のような温情あふれる調子になった。「ちっとは図書館へでも行って本を読むんだな。もう少し勉強してからじゃなきゃ、おまえには、こういった難しい問題に口を出す資格はねえよ」

ぼくは口を閉じた。ぼくは、あえて、暇さえあれば市の図書館かUCLA図書館に入り浸って本を読んでいることは話さなかった。いや、ぼくは、自分がかつてエンジニアであったことをも隠すよう努めていた。いまぼくがエンジニアだと名乗ることは、あたかも、十六世紀の錬金術師が現代のデュポンへでも押しかけて、「これ、我輩《わがはい》は技術者様であるぞ。我輩ほどの術が使いきれるか」と威張り散らすようなものなのだ。

ぼくはそれ以上の口を慎んで、余計なことはいわぬように心がけたが、もう一度だけ、どうしても我慢できなくなって、この問題をいい出したことがある。ほかでもない、価格維持用の自動車の大半が、不完全な製品だったのを発見したからだ。仕上げは雑だし重要な部品――計器や換気装置の類がしばしばついていない。ところがある日、破砕機の歯が自動車をくわえたところを見ると、なんとフードの下に肝心のエンジンがついていないのを発見したのだった。ぼくはそのことを職長に告げた。

だが、ぼくは逆に職長から怖い顔で睨《にら》みつけられた。

「なにをいい出すかと思えば、馬鹿だなおまえは。余剰生産の自動車に念の入った仕事してなきゃいけねえとでも思っているのか？　この自動車は、組立工場にまわる前に生産費維持貸付金が取れたんで、もうそれ以上面倒なことをするのはやめたんだ」

かくてぼくは口を閉じ、これに関しては、それきり、二度とあげつらうことをやめた。結局ぼくは技術者なのだ。技術者は技術者らしく技術面のことだけを考えていればよい。経済学はぼくにとっては難解すぎた。

だが考える時間はふんだんにあった。ぼくのやっていた仕事は、ぼくにいわせれば仕事でもなんでもなかった。重要な仕事の大半は、おおむね、ぼくの〈万能《フレキシブル》フランク〉がさまざまに姿かたちを変えたロボットの手によってなされていた。フランク一族は破砕機を操作し、自動車を正位置に進め、スクラップになったその残骸を取りのけ、数をかぞえ、重さをはかる。そしてぼくは、狭い看視台上に立ち（すわることは厳禁だった）、なにか事故が起きたら、全作業にストップをかけるスイッチを入れるのが役目だった。そんな事故はちっとも起きなかったが、やがてぼくは、事故のあるなしにかかわらず、一交替中に少なくともひとつは、なにかロボットの失敗を見つけて、仕事を中止させ、修理班をそこへ差し向けること自体がぼくの仕事に含まれていたことを知ったのだった。

しかし、これでも一日二十一ドルにはなるし、それだけあれば食うにはこと欠かない。衣食足りて礼節を知るの理《ことわり》だ。

このうちから、社会保険、組合費、所得税、国防費、医療保険、厚生年金保険といろいろ差し引かれて、家へ持って帰れるのは十六ドル。ダウティ氏は食事一回に十ドルかかるといったが、あれは間違っていた。簡易食堂へ行って三ドルも出せば立派な飯が食えた。ただし、真物《ほんもの》の肉でなければなどと贅沢をいうのではだめだが、そんなことをいうやつにかぎって、ハンバーグ・ステーキが、タンクで作られた肉か、天然ものの肉か、区別できはしないのだ。しかも、密輸肉をうっかり食うと、放射能中毒になるという噂が流れているときだ。ぼくは人工肉で結構満足していた。

住むところを決めるのが、またちょっとした問題だった。ロサンゼルスは、六週間戦争中、スラム街撤去計画が施行されなかったため、驚くべき数の避難民が流れこんでいた。そして、戦争が終わったあとも立ち去ろうとしなかったのだ（ぼく自身も、そうした避難民の一人だった。もっとも、ぼくはその時はそうは考えなかったが）。帰っていく家を持っていた連中までもがだ。この都市は——グレイト・ロサンゼルスを都市と呼べるならばだが——ぼくが冷凍睡眠《コールドスリープ》についた当時ですら、窒息しそうなほどの人口過剰に悩んでいた。いまではそれが、女性のハンドバッグの中のような、想像を絶する混沌さを加えていたのだった。あるいは、スモッグをとりはらったのが、間違いだったのかもしれない。六〇年代でさえも、咽喉炎のためにロサンゼルスを離れる人は、ごく少なかったのである。

それが、今では、誰一人出ていかなくなってしまったのだ。

冷凍場《サンクチュアリ》を後にした日、ぼくは、いろいろなことを計画していた。まず第一に職を探すこと、第二に寝る場所を見つけること、第三に、エンジニアとしての遅れを取り戻すこと、第四にリッキーを見つけること、第五に、なし得れば——得るかどうかわからないが——自分の力で、エンジニアとしてやっていく方法を見つけること、第六にベルとマイルズとを見つけ、刑務所に放り込まれない程度に彼らをぶちのめすこと、第七にいくつかの細かいことを片づけること――たとえば、ビーバー・ロボットのオリジナル特許を見つけ出し、それが、〈万能《フレキシブル》フランク〉であるというぼくの第六感の正しさを確かめ（これは、利害関係ではなく、完全な好奇心からだ）、〈ハイヤーガール〉の社史を調査する等々である。

ぼくはこれらを、優先順にリストにした。というのは、なん年も前（あやうく落第しそうになった、工科大の一年生のころのことだ）、ぼくは、優先順をきめて物事をやらないと、まさに椅子とりゲームで音楽がとまったとき、立ちんぼうのままとりのこされるということを発見していたからだ。もちろん、優先順とはいっても、いくつかを同時に進行させることはある。たとえばぼくは、エンジニアとして努力しながらリッキーを探し、同時にベル一味を探そうと思っていた。だが、先のことは先に、後のことは後に、だ。職を探すことは、寝るところを探すよりも先にしなければならない。先立つものが、すべてに先行するのだ……しかもその、先立つものがないときは特に。

市内で六回めの求人先をはねられてから、ぼくは、サン・バナディノ・ボローまで、広告につられて出かけたが、十分着くのが遅かったために、それも逃してしまった。こんな時は、すぐにその場で、雑魚寝《ざこね》でもいいから宿をとるべきだったのだ。ところがぼくは、利口に立ちまわったつもりでまた市内へ舞い戻った。どこかその夜一晩泊まるところを探して、翌朝うんと早く起き、朝刊に載った仕事に一番に行って並んでやろうと考えたのである。

　それが愚の骨頂だったことを、知る由《よし》もないぼくだった。ぼくは、安宿を四軒歩きまわって予約申込書に名前を書き、ついに万策尽きて公園に来た。ぼくは公園に腰を落ち着けた。暖を取るために、ほとんど真夜中まで公園じゅうをぐるぐる歩きまわった。そして——ついに我慢しきれなくなってしまった。ロサンゼルスの冬は寒かった。ぼくはウィルシャー滑走道路《ウエイズ》のステーションの中に避難した。そして、午前二時ごろ、警官の一隊がやってきて、同じくステーションにたむろしていた浮浪者たちと一緒に、ぼくも狩りこまれてしまったのだ。

　監獄は改善されていた。少なくとも、戸外より暖かだった。

　ぼくの罪名は騒乱罪《バラッキング》であった。判事は若い男で、読みさしの新聞から顔をあげてみようともせずに、「みな初犯かね？」と警官に訊いた。

「そうです」

「三十日の禁固だ。でなければ労役後仮出所。つぎ」

　警官がぼくらを前進させようとしたがぼくは動かなかった。「ちょっと待ってください、裁判長」

「なに？　なにか不服があるのか？　おまえは有罪をみとめるか、否認するか？」

「それが、よくわからんのです。だいいち、ぼくは自分がなにをしたので捕まったのか、それさえわからないんですからね。つまりぼくは──」

「つまりおまえは官選弁護士が望みなんだな？　それだと、弁護人がおまえの事件を扱うことのできるまで、豚箱入りになるぞ。早くても六日はかかるが、しかし、それはおまえの権利だ。望むようにしよう」

「そういわれても困るんです。ぼくの望むのは労役後仮出所というやつかもしれないが、それがどんなものかがわからないし……ぼくの一番ほしいのは、裁判長閣下の忠告なのです」

判事は看守にむかって、「ほかの者を連れていけ」と命じてからぼくのほうをふりかえった。

「では話せ。念のためいっておくが、本官の忠告はおそらくおまえの気に入らんぞ。本官は充分な経験を積んでいるから、たいがいなでたらめは聞いただけでわかるし、でたらめに対しては非常な嫌悪を感じる習慣がついているのだからな」

「ぼくの話はでたらめではありません、裁判長。調べていただけばわかります。実は、ぼくはきのう冷凍睡眠《コールドスリープ》から蘇生したばかりなのです、そして──」

だが、彼はたちまち嫌悪の情を顔にみなぎらせた。

「おまえもあの連中の一人なのか？　いったいなんでまたわれわれの祖父たちは、自分のくずどもをわれわれのところへ送りつけようなどと考えたものかね。ロサンゼルス市がおよそ世の中でもっとも歓迎しないものがなんだか教えてやろうか、ええ？　これ以上の人間だよ。ことにおまえらのような、自分の生まれた時代でもやっていけなかっただらしのない連中だ。まったく、できることなら、おまえの首に、〝あんたがたの夢みる未来の世界にも黄金の舗装道路はありません〟という手紙をくっつけて、おまえの来た年へ蹴り返してやりたいくらいだ」彼は歎息ひとつして、つけ加えた。「が、そんなことをしてもはじまらないだろう。それでおまえは本官になにをしてほしいというのだ？　もう一度だけ機会を与えてやるのか？　そして、一週間も経たないうちにまたここに舞い戻ってこさせるのか？」

「判事さん、そんなことにはなりませんよ、きっと。ぼくは、なんとか職にありつけるまでの金は持っているし、それに──」

「なに？　金を持っているものが、なんのために集団騒乱の仲間に入っていたのだ？」

「それなんです、判事さん。ぼくは、その言葉の意味がまずわからないんです」そういうと、今度は彼は、ぼくに説明の機会を与えてくれた。そしてぼくが、マスター保険で全財産をなくしたところへ話が来ると、彼の態度ががらりと変わってしまった。

「ろくでなしどもめが！　ぼくの母も、二十年契約をして保険金をやられたんだ。なぜそれをはじめからいわなかった」そういって彼はカードを一枚とり、そのうえになにか書きつけて、「これを持って余剰生産調節局の求人受付へ行ってみたまえ。もしそこでも職がなかったら、今日の午後ここへ来てぼくに会う。わかったね？　二度と、集団騒乱などしちゃいかんよ。犯罪と悪徳の巣になっているだけじゃなくて、きみ自身が、ゾンビ組織の秘密勧誘員の手に陥ちる危険があるんだ」

こうして、ぼくは、新車をぶち壊す仕事にありついたのだった。しかしぼくは職探しを第一にしようと決めたことに間違いはなかったと思っている。銀行にたっぷり預金のある男のための家はどこにでもあるし、警察も放っておいてくれる。

そして、ぼくの予算の範囲内で、なかなか住みやすい部屋をみつけた。前はもっと大きな部屋の衣装部屋だったらしい部屋であった。

こんな有様だったからといって、ぼくのこの西暦二〇〇〇年を、一九七〇年のころに比べ、気に入っていなかったと考えてもらっては困る。ぼくは二〇〇〇年が決していやではなかったし、蘇生して二週間めに巡ってきた二〇〇一年も同様に気に入った。時おり、ほとんど耐えられないようなホームシックの発作に悩まされながらも、ぼくは二十一世紀の夜明けのグレイト・ロサンゼルスを、かつて見たこともないすばらしい都市だと思っていた。能率的で清潔で刺激の強い大都会、ただ、人間が充満しすぎているのが難だったが、それすらも、いまや、マンモスのように巨大で大胆な規模の都市計画によって解決されつつあったのだ。ロサンゼルスの新都市計画地域は、技術者の夢をいやが上にもそそるものだった。もし市当局に、今後十年間新規の転入者を阻止する法案を可決させるだけの実力があれば、住宅問題もなんとか片がつくところだが、それがないので、せめてできる範囲で浮浪者の群をくいとめようとしていたのだった。

世の中から風邪というものが一掃されて、水っ洟《みずぱな》をたらす者が一人もいなくなったのも驚異だった。これだけでも、優に三十年間眠りつづけた甲斐はあるというものだ。少なくともぼくにはこれが、金星に探険隊を送るより、ずっと有意義な問題に思えた。

さらに、二つの事柄がぼくに深い感銘を与えた。ひとつは、いうまでもなく重力制御法《ヌルグラヴ》の発見である。一九七〇年代にも、すでに、バブスン研究所で重力研究が盛んに行なわれていたが、ぼくには、成果があがるとは思えなかった。事実、この重力制御法《ヌルグラヴ》の根本をなす場の基礎的理論は、バブスンでなく、イギリスのエディンバラ大学の研究に基づくものであった。ぼくはかつて学校で、重力を制御する方法などというものはあり得ないと教えられてきた。なぜなら、引力は宇宙の在りかたそのものに本来備わっているものだからである。

ということは、人類がついに宇宙の在りかたそのものをすら変えてしまったことを意味する。もちろんそれは、局部的、一時的なものであり、そしてまた、あくまで地球上での場の相関関係にとどまっているので、これを宇宙船の動力として使用することは、少なくとも二〇〇一年の現在の段階ではできないのだが、重い物体を地球上の一地点から他の地点へ動かすという目的のためならば、これで充分なのである。たとえば、サンフランシスコから、グレイト・ロサンゼルスへ物を運ぶにも、その物体を空中のある高さまで持ちあげておき、これにわずかな力を働かせば、物体はちょうど氷上スケートのように、まったく動力なしですするすると滑走してくるという具合なのだ。

すごい！　ぼくは舌を巻いた。

ぼくは、この理論を勉強しようとした。が、その数学は、テンソル解析が終わったところから始まっている。とてもぼくの手に負えるものではなかった。しかし、考えてみれば、だいたい、技術者というものは数理物理学者である必要はないし、また、たいていの場合そうではない。ぼくら技術者は、実際面に応用できる程度に、表面をかすめておけば、用は足りるのだ。

もうひとつのほうは、スティックタイト繊維の完成が可能とした、女性の服装の変わりかただった。ぼくは海水浴場で女性が一糸まとわぬヌードになることには、さして驚きもしなかった。この傾向は、一九七〇年ごろからあった——いや、もっと以前から今日あることがしめされていた。だが、スティックタイト繊維の密着性を利用した女性のスタイルの奇怪さには……ぼくは、あいた口がふさがらなかった。

ぼくの祖父は一八九〇年の生まれだが、もしこの祖父が一九七〇年まで生きていたら、おそらくこの気持ちをわかってくれたろう。

だが、こうした世界の極端な変貌にもかかわらず、もしぼくが、あれほどきびしい孤独感に、あれほどしばしば襲われなかったら、この力強い若々しい新世界は、非の打ちどころなくぼくの気に入っていたのだ。ぼくは淋しかった。耐えられないほど孤独だった。そして時おり、ぼくには、(たいていふと目覚めた真夜中など)一匹の傷だらけの猫とでも——あるいは、ただ一度かわいいリッキーを動物園につれて行くためだけにでも——あるいはまた、かつて、モハーヴェ砂漠で、毎日、淡い希望と辛い仕事に明け暮れていたころのマイルズとの友情を、一日取り戻すためだけにでも、全世界をなげうっても惜しくない気持ちになることがあったのである。

こうして、ぼくが失業対策のための水増し雇用の職につくづく愛想をつかし、一日も早く懐かしい製図板の前へ帰りたくなったのは、二〇〇一年もまだあまり日数を重ねていない春のころだった。現在の技術水準をもってすれば、一九七〇年代には現実不可能だった多くのことが、わけなくやれるのだ。ぼくは、なんとかして仕事に取りかかりたかった。アイデアはぼくの頭脳の中に、数ダース渦巻いていた。たとえばぼくは、自動秘書《オートマチック・セクレタリ》機がもう実用の段階に達しているものと信じていた。人の力をいっさいかりずに、それにむかって口述しさえすれば、綴りから句読点からフォーマットまで、完璧な手紙を書いてくれるような機械である。ところが、現実にはそれらしいものもないのだ。もちろん、口述タイプライターと称するものを誰かが発明してはいた、がそれは、たとえばエスペラント語のような発音と文字が一致する言葉にしかつかえない。複雑な英語などでは、まったく役に立たないしろものだったのだ。

発明家の都合にあわせて人々が英語の非論理性を放棄するなんてことはないだろう。モハメットは山に行かなければならないのだ。だが、女子高生でも、かなり面倒な英語の綴りを区別できるし、たいていはタイプもきちんと打てるのだ。これが機械に教えこめないはずはないとぼくは思った。

「そんなことができるものか」といわれるむきがあるかもしれない。人間は判断力と理解力を持っているからこそ、高校生にでもできるのだと。しかし、まさにそこにこそ発明家の舞台があるのではないか。発明とは、それまで不可能であったものを可能にするという意味である。そのために、政府が特許権を保護するのだ。

〈万能《フレキシブル》フランク〉に使ったメモリチューブと、現在の技術水準が可能とした超小型精密化の技術と（ぼくの思ったとおり、これを可能にしたのは黄金を材質としたためだった）この二つをもってすれば、一立方フィートの空間に十万個の反応装置を詰めること——言葉を換えていえば、ウエブスターの大学生用辞典にのっているあらゆる言葉を収容することだって、簡単なことなのだ。しかも、そこまでの必要はぜんぜんない。せいぜい一万語も入れば充分役に立つのだ。人間の速記タイピストにだって、ある程度以上専門的な言葉を正しくタイプしろなどと要求する人はいないだろう。たとえば〝kourbash（革鞭）〟や〝pyrophyllite（葉蠟石《ようろう》）〟といった言葉だ。どうしても使いたければ、そのたびに、口述者が綴りを教えてやればいい。

よろしい。この機械には、必要な場合は綴りを受け入れる能力も備えよう。句読点は音声コードで対応し、さまざまなフォーマットをととのえる。そして、ファイルを調べて住所を知る能力、コピーを何通とったらよいか決める能力、発送の能力などもみな備える——それから、仕事や事務に用いうる特別なボキャブラリーのためには、少なくとも千個の空白欄を設け、使用者が、そのたびに彼自身で綴ってみせられるようにする。こうすれば、使用者は、一度だけ、記憶装置用のボタンを押してその言葉を機械に綴ってみせれば、それ以後その言葉は秘書機の語彙《ごい》に加えられるというわけだ。

じつに簡単明瞭である。すでに市場に出ている機械を組み合わせ、それから生産モデルにするだけでよいのだ。

ただひとつの困難は同音異語《ホモニム》の問題だった。この口述機は、かなり似通った綴りの単語でも、音がちがっているかぎりは類別できる。しかし、「彼らは（They're）」と「彼らの（their）」や「正しい（right）」と「書く（write）」などの場合がどうしても混同されるのだ。

ロサンゼルス図書館へ英語同音異語辞典を探しに行ってみると、あった。ぼくは早速どうしても避けられない同音異語の数をかぞえ、文脈によって識別する方法と、特別の記号をつけて識別する方法とを考え出した。

こうして仕事は進んだものの、ぼくは、だんだん、いらいらしはじめた。一週三十時間も、愚にもつかない労働に費していることがいやだったばかりでなく、図書館の読書室では、ろくな仕事もできなかったからだ。むしょうに自分の製図室がほしかった。部品のカタログや工業日誌や計算機や、その他必要なもののそろった、仕事のしやすい製図室が。

ぼくは、心ひそかに、近いうちに必ず多少なりとも技術に関係のある仕事にありついてやるぞと決心した。もちろん、ぼくとても、自分が再びエンジニアといわれるだけのものになったと自惚《うぬぼ》れるほどの馬鹿ではなかった。ぼくがまだ学びきれていない――自由自在のものとしきれていないことは、それこそ山ほどあった。新しく身につけた技術を使って、ああもできる、こうもできるぞと内心得意で図書館の本を見ると、すでに誰かが、その同じ問題を、ずっとスマートに、見事に、しかも安く、もひとつおまけに十年も十五年も以前に考え出しているという事実にぶつかったことも、二度や三度ではなかった。

ぼくは、どこかの工業関係のオフィスに雇われて、そうした技術を、骨の髄にまで浸透させたかった。そのためには製図工の見習いの職にでもつければ一番いい。

しかし、最近そういったオフィスでは、製図工の見習いなど置かず、たいてい、一種の半自動的な製図機を用いて仕事の能率をあげていた。癪《しゃく》にさわる機械ができたものだと思ったが、その製図機の写真を見たとき、ぼくはなにかはっとした。この製図機なら、機会さえ与えられれば、二十分とかからずに、操作法をマスターしてみせるぞと思った。というのはほかでもない――その製図機は、三十年前のある日、ぼくが考えついた製図機のアイデアに、じつによく似ていたからである。製図者が椅子にすわってキーを押すだけで、ダイーゼルの上の任意の箇所に、直線なり曲線なりを描き出すことができるところなど、まるで、ぼくのアイデアを模倣したとしか思えないほどなのだ。

しかし、これにかぎっては、〈万能《フレキシブル》フランク〉の場合のように、ぼくのアイデアが盗まれたのではないことは確かだった。なぜといって、製図機は、ぼくの頭脳のなか以外には、まだ存在していなかったのだから、これほど確かなことはない。誰かがぼくとまったくおなじアイデアを持っていて、それを、ぼくがやったらおなじことをしたにちがいない過程を経て実現させただけなのだ。

ビーバー・ロボットの製作元アラジンが、こうした製図機のうちでももっとも優秀な〈製図機ダン〉を作っていた。そこである日、ぼくは、一計を案じ、貯金を総ざらいして新しい服とセコハンの書類鞄を買いこみ、鞄の中には新聞紙を詰めこんでふくらますと、アラジン商会のショウルームへ出かけた。

ぼくは応対に出たセールスマンに、〈製図機ダン〉を見せてもらいたいといった。

待望のダンに近づいたとき——ぼくは、思わずあっと声をあげそうになった。後にも先にも、あんな奇妙な印象を受けたことはない。心理学者のいういわゆる既視感《デジャ・ヴュ》だ。来たことのあるはずがない土地に、確か来たことがあると考える心理的倒錯。それは、まさしくぼくの頭脳の中にあったとおりの形——もしぼくが、やつらの奸計にひっかかって、冷凍睡眠《コールドスリープ》に送りこまれなかったら、そして、それからいままでの時間を、この機械のために費していたら、そうもしたであろうような形をしていたのだ。

なぜそんな、と理由を訊かれても答えようはない。自分の仕事は、自分にはわかるのだ。

美術批評家は、筆さばきの具合ひとつから、あるいは光線のあてかたから、構図の取りかたから、絵具の選択からでさえ、これはルーベンスであるとか、レンブラントであるといったような見わけがつく。エンジニアの仕事もおなじことで、ある意味では芸術だ。ひとつの技術的な問題を解くにも、それぞれの流儀と方法がある。エンジニアは、絵描きとおなじように、その流儀の選びかたで、自分の仕事にはっきりと署名するのだ。

ダンは、あまりにも明瞭に、ぼく独得のテクニックの個性を持っていた。ぼくはしばらく呆然として立ちつくした。テレパシーというものが、やはりこの世に実在するのだろうかと思っていた。

やがて、気を取りなおしたぼくは、ダンの特許を調べてみた。その最初の日付が一九七〇年となっているのを見たときは、もう前ほど驚かなかった。見る前からわかっている気がしていたのだ。だれがこれを発明したのか、つきとめてやるぞと心に誓った。ことによったら、ぼく自身が現在のスタイルを学び取った、ぼくの先生がたの一人かもしれない。それとも、かつて一緒に仕事をしていたことのある同僚かもしれない。

おそらく、この機械の発明者はまだ生きているにちがいない。もしそうなら、いつかその人に会いに行ってみよう。自分とまったくおなじ心の動きを持った人物に会うのは、怖いような気がするが。

ぼくはセールスマンに、機械を操作して見せてもらった。だが、その必要もないほどだった。ダンとぼくとは、生命あるもの同士のように、最初から息があったのだ。十分と経たないうちに、ぼくはそのセールスマンよりずっとうまくダンを使いこなせるようになっていた。しばらく夢中で使ってみたのち、ぼくは未練たっぷりに操作盤をはなれ、それから定価を訊き、値引きやアフター・サービスの話を取り決めたあとは契約書にサインするばかりにしておいて、すぐ電話するからといって出てきてしまった。汚いやりかただが、結局相手に与えた損害は、一時間ばかり時間を潰させただけなのだ。

アラジンを出ると、ぼくはすぐその足で〈ハイヤーガール〉の本社に行き、就職したいと申し出た。

そのときまでに、ぼくは、マイルズとベルとが、すでに〈ハイヤーガール〉株式会社にいないことを確かめていた。毎日の仕事と、現在の技術水準に一日も早く追いつくための自分の勉強とで、一日の時間のほとんどは費されたが、それ以外のあらゆる余暇を利用して、ぼくはマイルズとベルと、とくにリッキーの行方を探していたのだ。三人とも、グレイト・ロサンゼルスの電話登録名簿を調べたかぎりでは、とうとう発見されなかった。さらにぼくはクリーヴランドにある連邦事務局に調査費まで払って、合衆国じゅうの電話登録者名簿を調べてもらったが、それもついに無駄におわった。

ロサンゼルス郡《カウンティ》の投票者登録局への問い合わせも、おなじ結果しかもたらさなかった。

ぼくは〈ハイヤーガール〉株式会社に手紙を書いた。折り返し第十七代の副社長から、この種の愚にもつかない質問に答えるありきたりの文面の返信が来て、三十年以前にはその名の重役もいることはいたが、現在はいない、お役に立てなくて残念であると書いてあった。

こうなれば、自分で探してみるしか手はないが、三十年も昔のことを調べるのは、暇も金もろくにない素人探偵の手に負える仕事ではない。専門の探偵事務所に頼んで、莫大な賞金でもつければ、書類を調べたり過去の新聞を漁《あさ》ったりして、ついには探しあててくれるかもしれないが、莫大でなくとも、賞金などぼくに出せるわけがなかった。

ぼくは、ベルとマイルズの行方を探すことを諦めてしまった。ただ、少しでも余裕ができたら、さっそく専門家を雇ってリッキーの行方だけはどうしてもつきとめよう、と決心した。リッキーが〈ハイヤーガール〉の株を持っていないことはほぼ確実だった。ぼくは、バンク・オブ・アメリカ宛に手紙を書いて、その名前の人物が信託預金をしているか、でなければばしていた事実が過去においてあったかどうかを確かめたのだ。バンク・オブ・アメリカからはやがて返事があって、そうした事柄はいっさい秘密だから当事者以外に洩らすわけにはいかないと書いてきた。ぼくは折り返し手紙を送った。ぼくは冷凍睡眠者《コールドスリーパー》で、彼女はぼくのたった一人の肉親だから、例外を設けて教えてくれ、といってやったのだ。すると今度は、前よりずっと丁重な手紙が来た。それには、銀行の重役の一人のサインがしてあって、信託預金に関する情報は、ぼくの場合だけ例外をつくって教えるわけにはいかないが、フレデリカ・ヴァージニア・ジェントリーという名前の人物が、バンク・オブ・アメリカ本店を含む傍系のどの銀行にも、信託預金を預けたという事実は過去にも現在もないようです、と書いてあった。

やはりあの悪党夫婦は、なんらかの方法を用いて、リッキーからあの株を取りあげてしまったのだ。ふつうだったら、その株券は、ぼくが手配しておいたとおりに、バンク・オブ・アメリカを通じてリッキーに譲渡されていなければならないはずなのだ。可哀そうなリッキー。憎むべき強盗夫婦め。ぼくだけでは飽きたらず、リッキーのものまで盗みとったのか。

それでも、ぼくはもうひと押し押してみた。モハーヴェ郡の教育監督局には、フレデリカ・ヴァージニア・ジェントリーの名の小学校児童が存在したという記録が残っていた。だが、同児童は一九七一年転校の手続きを取り、それ以後の消息は不明であると書類は告げていた。

誰かが、どこかで、リッキーの実在を認めてくれたのが、せめてもの慰めだった。だが……そのリッキーが合衆国じゅうになん千、なん万と数知れぬパブリック・スクールのどこへ転校していったのか、それは皆目見当もつかないのだ。もし学校へいちいち手紙を出していたら、どのくらい時間がかかるだろう？　それに、こんな問い合わせに答えられるほど学校の記録は整っているのだろうか？
三十年前に、二億五千万の人々の中に飛びこんだ女の子一人——それは、大洋に投げこまれた一個の小石にもひとしいのだ。

だが、こうした探索が空《むな》しく終わったことは、ひとつだけ有意義な成果を生みだした。このおかげでベルとマイルズが〈ハイヤーガール〉の経営者でないことがわかり、ぼくは〈ハイヤーガール〉に職を求めに行く気になったのである。ほかにもロボット業界の製造会社は百以上もあったが、アラジン商会と〈ハイヤーガール〉は、家庭用ロボット業界ではもっとも知られたメーカーで、その業界の占める地位は、ちょうど陸上自動車全盛期の自動車工業におけるフォードやゼネラル・モーターズにも匹敵していた。ぼくは、感傷的な気持ちで、アラジンよりも〈ハイヤーガール〉を選んだ。ぼくは、ぼくの古巣がどう発展したか見たくてならなかったのだ。

二〇〇一年の三月五日月曜日、ぼくは〈ハイヤーガール〉の求人課の事務所に出かけた。技術部門となんら関係のない事務系統の臨時の求人しかなかったので、仕方なしにその列に入ったが、面倒な書類を一ダースも書かされたあげく、「追ってご通知します」という例の挨拶《あいさつ》で、みんな追い返されてしまった。

ぼくは係員のあとを追いまわして、とうとう求人課の課長代理に会うことができた。彼は面倒くさそうに書類をめくっていたが、やがて、三十年もブランクがあったのでは、技術者としての前歴もなんの意味もないですなといった。

ぼくは冷凍睡眠者《コールドスリーパー》であることを彼に念をおした。

「なおわるいね。いずれにしても、うちでは、四十五歳以上の人は雇わない方針なんだ」

「だって、ぼくは四十五じゃないですよ、まだ三十になったばかりだ」

「一九四〇年生まれでかね。お気の毒だが、だめだな」

「それじゃ、ぼくはどうすればいいんだ？　自殺でもするのか？」

彼は肩をすくめた。「わたしなら、養老年金を申請するね」

ぼくは急いで事務所を飛び出した。そして四分の三マイル歩いて、本社の建物の正面玄関からあがりこんだ。GMの名前はカーティスだった。ぼくはカーティスに面会を申しこんだ。

ぼくは前から待っていた弁護士二人を、急用だからといって飛ばして前へ進んだ。〈ハイヤーガール〉株式会社はロボットの製作会社のくせに、受付ロボットを使っていなかった。受付嬢はきれいな人間の女の子だった。ぼくは何十階かでエレヴェーターを降りた。あと二つくらいでGMの部屋というところまできて、ぼくはこわもての女性の秘書にとっつかまった。秘書は用件をいえといってきかない。

ぼくはあたりを見まわした。そこは大きな部屋で、およそ四十人ぐらいの人間の事務員と、かなりの数のロボットが仕事をしている。秘書が鋭くいった。「さあ、早くご用件をおっしゃってください。わたくしがカーティス様の来客係の秘書に連絡してさしあげますわ」

ぼくはわざと周囲のみんなに聞こえるような大声を張りあげて、怒鳴った。「ぼくの女房をどうする気だといってくれ!」

六十秒後に、ぼくは首尾よく彼の私室に通されていた。カーティスはぼくを見あげた。

「いったい、あのでたらめはどういう了見なんだね?」

ぼくは、三十分あまりかかって、ぼくには妻と名のつく女などいず、実は、何を隠そう、ぼくこそこの会社の創設者だということを彼に納得させた。昔の記録類が引っ張り出された。とたんに、待遇は一変した。飲みものが出されるやら葉巻をすすめられるやら、彼は営業部長とチーフ・エンジニアその他、さまざまの部の部長たちを呼び寄せてぼくに紹介した。

「わたしたちは、もうあなたは亡くなったとばかり思っていましたよ」と、カーティスがいった。「事実、社の記録には故人になったと載っていたんですからね」

「デマですよ。どこかほかのD・B・デイヴィスでしょう」

営業部長のジャック・ギャロウェイが唐突に口をはさんだ。「ミスタ・デイヴィス、あなたはいまどういうことをやっていらっしゃるのです？」

「たいしたことはやってません。自動車工業のほうにちょっと関係してましたがね。近日中に辞めようと思っています。なぜですか？」

「なぜとおっしゃるんですか？　一目瞭然じゃありませんかね」ギャロウェイはチーフ・エンジニアのマクビーをふりかえると、言葉を継いだ。「聞いたかい、マック。きみたち技術屋ってものは、みんなおなじだね。きみたちときたら、決して販売という面から物事を見ようとしないから、すごい好機がむこうからやって来ても、まるで気がつかないんだよ。なぜかといいますとね、ミスタ・デイヴィス、あなたが宣伝効果そのものだからですよ。あなたはロマンスなんだ、英雄なんだ！　創設者故郷に帰る！　世界最初のロボット発明者、輝かしきロボット工業の発展に感激」

ぼくはあわてて口をはさんだ。「ちょっと待ってくださいよ——ぼくは宣伝用のマネキン人形でもなけりゃ、映動《グラビー》スターでもないんだ。ぼくは人から騒ぎたてられたくないんだ。そんなつもりでやって来たんじゃなくて、技術関係の職がほしくてやって来たんだ……」

マクビー氏の眉がぴくりとあがったが、なにもいい出さなかった。

いっとき、言葉の応酬が続いた。ギャロウェイは、それが、ぼくの創設した会社への義務だといってぼくを説き伏せようとする。一方、マクビーはあまり口をきかなかったが、彼はぼくの入社をあまり歓迎していないこと、ことに彼の部門には、あまりプラスになりそうもないと思っていることが、ありありと見てとれた。話の途中で、彼はぼくに、ソリッド・サーキットの設計についてどう思うかと訊いたが、ぼくは、その知識についてあまり専門的でない本をすこしかじった程度であることを認めなければならなかったのだ。

最後に、カーティスが妥協案を提案した。「ねえ、ミスタ・デイヴィス、あなたの立場はきわめて微妙だ。ある者は、あなたが、この会社の創設者のひとりであるばかりか、この種の工業全体の創始者だというでしょう。たしかにそうです。がしかしだ、ミスタ・マクビーがさっきちょっと触れられたように、ロボット工業は、あなたが冷凍睡眠《コールドスリープ》に入られて以来、不断の発展を遂げてきたのです。さてそこで、あなたを会社の幹部として迎える際の地位だが……そうですな、名誉技術研究室長というのはどうです?」

ぼくはためらった。「それはどういう役柄なんです?」

「あなたの好きなように考えてくだされば結構。ただし、率直に申しあげると、あなたにはおもに営業部門でミスタ・ギャロウェイに協力していただくことになると思います。われわれはロボットを作るだけでなく、売るのが目的なのですからな」

「技術部門のこともやらせてもらう機会はあるんですか?」

「それはあなた次第だ。設備も便宜《べんぎ》もあるのだから、あなたの好きなことをやっていただければいい」

「技術部門の設備と便宜ですね」

カーティスはマクビーの顔を見た。チーフ・エンジニアが答えた。

「もちろんですよ、もちろん、もっともな理由さえあればね」それ以上は形容詞だらけの(二〇〇一年のだ)いわゆるグラスゴー式スピーチというやつで、ぼくは少しも理解できなかった。

ギャロウェイが調子よく、「よっしゃ、それで決まった。ぼくはちょっと失礼させていただきます。いや、行かんでください、ミスタ・デイヴィス。いま、〈ハイヤーガール〉の第一号モデルと一緒に写真を一枚撮らせてもらいますからね」

彼は文字どおり能率的だった。だがそれよりぼくは、〈ハイヤーガール〉の第一号モデルに再会できたことが嬉しかった。ぼくが、この二本の腕で、汗水流して組み立てたわが子だ。ぼくは、彼女がまだ働くかどうか試してみたかった。だがマクビーはどうしてもぼくに彼女を操作させてくれなかった——彼は、ぼくが〈ハイヤーガール〉の操作法を知っているということが、信じられないらしかった。

三月と四月を通じて、〈ハイヤーガール〉におけるぼくの生活は楽しかった。今までほしくてたまらなかったさまざまの道具や業界専門誌、必要欠くべからざる商品カタログの類、工業図書館ほど揃った参考書籍類、それに例の〈製図機ダン〉（〈ハイヤーガール〉は製図機は製作していなかったので、市場でもっとも優れているアラジンの製品を使っていた）。なかでも嬉しかったのは、職場でつれづれに聞く同僚技術者たちの専門的な会話だった。それはぼくの耳に、こよなき天上の音楽としてひびいた。

技術者仲間でも、組立部のサブチーフ・エンジニア、チャック・フロイデンバークとは、特に仲良しになった。ぼくの貯金にかけて、チャックは〈ハイヤーガール〉の技術者中、ただ一人の真の技術者といえる男だった。のこりの連中は教育過剰の大風呂敷屋で、その点ではマクビーも例外ではなかった。このチーフ・エンジニアどのは、大学で学位を取って、技術者らしいスコットランド訛りをおぼえればいっぱしの技術者に見えると思っている、これらの技術者たちの好見本だったのだ。のちに、もっと親しくなってから、チャックに話したら、彼も同じように思っていることを認めた。「マックは正直なところ新しいものはなんにによらず好きじゃないんだ。できるものなら、彼のじいさんが、昔クライド海軍工廠でやってたような具合にやりたいところなんだろうよ」

「彼はチーフ・エンジニアとしてどういう仕事をしているんだ？」

フロイデンバークにも詳しいことはわからなかった。現在の会社は、以前は〈ハイヤーガール〉から特許の使用権を借りて製作するだけの製作会社だったのが、二十年ほど前、一連の税金対策の一環として〈ハイヤーガール〉の株と現在の会社の株とが交換され、現在の会社が、ぼくの創設した〈ハイヤーガール〉の名前を継承することになった。マクビーはそのころ会社に入ったらしいとチャックはいった。「だから、彼も株の一部は持っているだろうよ」

チャックとぼくは夕方になって会社が退《ひ》けると、酒場へ行ってビールをくみ交わしながら、工業技術についての話や、会社の今後の方針や、その他もろもろの問題について語りあうようになった。彼がぼくに興味をおぼえたのは、ぼくが睡眠者《スリーパー》だったからであった。その前からぼくは、睡眠者《スリーパー》だというとたいていの連中が（まるでぼくが怪物ででもあるかのように）あくなき好奇心を発揮するのが嫌だったので、できるだけぼくが睡眠者《スリーパー》だということを知らせないようにしてきた。だが、チャックの場合はほかの連中とちがって、冷凍睡眠が可能とする時間的な跳躍《ジャンプ》そのものに興味を持っていたので、純粋な知的興味から、自分の生まれる以前の世界がどんなふうだったか、その世界を、あたかも昨日のことのように経験して知っている人間の口から聞きたがっていたのだった。

そのかわりに彼のほうは、ぼくの頭のなかで渦巻いていた新しい機械類についての知識欲を充《み》たしてくれ、ぼくが、二〇〇一年にあってはすでに無価値になってしまったものに引っかかろうとするたびに（ぼくはしばしばこれを繰り返した）ぼくの方向を是正してくれた。こうした彼の親しい導きを得て、ぼくは急速に現代科学の水準に追いつき、現代の技術者になっていたのである。

だが、ある四月の夕方、ぼくが例の自動秘書機の設計について話すと、チャックは急に改まった口調でいった。

「ダン、きみはその仕事を会社の時間にやったのか？」

「え？　いや、そうじゃないけど、なぜだ？」

「きみの雇用契約はどうなっている？」

「雇用契約だって、そんなもの、ぼくにはないよ」

カーティスがぼくの名前を給料簿に載っけてくれ、ギャロウェイがぼくの写真をなん枚か撮らせて、そのあとで広告部のコピーライターをぼくのところによこし、愚にもつかない質問をさせた。それきり、そんなことはまったく触れられなかったのだ。

「なるほど……。ねえダン、ぼくだったら、自分の立場がはっきりするまで絶対口外はしないね。それはすごい発明だ。きっと成功すると思うよ」

「その点については、心配はしてないんだ」

「とにかく、もうしばらくのあいだそっとしておくんだな。きみは会社の現状を知っているだろう。会社は黒字だし、製品もいい、ただ、この五年間、ぼくらが会社にもたらした新製品は、すべてぼくらの独力で強引に会社に通したものばかりなんだ。およそマックを通してちゃ、なにひとつ成就《じょうじゅ》したためしがない。きみもマックを通り越して、直接ボスに持っていける機会を待つんだよ。でなきゃ、ぜんぜん黙っているかだ——きみがその発明を、会社の給料のうちだと考えて、会社に渡してしまうつもりでなかったらね」

ぼくはこの忠告をききいれた。そして、設計は相変わらず続けたが、これでよしと思った部分の設計図は片端から焼き棄ててしまった。一度頭に入れてしまえば、そんなものの必要はなかったからだが、こうしてもぼくはべつに罪の意識は感じなかった。彼らはぼくを技術者として雇ったのではない。ギャロウェイの宣伝用のマネキン人形としてぼくに給料を払っているのだ。もしぼくの宣伝効果がなくなったら、彼らは一カ月分の給料を退職金としてよこし、サヨナラグッドバイと馘首《くび》にしてしまうにきまっているのだ。

だが、そのころまでには、ぼくは立派な現代技術者になっているから、いつでも自分の会社を創ることができる。もしチャックに一か八かやってみるつもりがあれば、彼と一緒にやりたいと思っていた。

ジャック・ギャロウェイはぼくの話を新聞に渡してしまわずに、全国的な大雑誌に掲載して効果を引き延ばすことを考えた。そして、ライフ誌に話を持ちこみ、三分の一世紀ほど前、〈ハイヤーガール〉がはじめて市販されたときと同様のタイアップ広告をしようと持ちかけた。ライフはこの餌に乗ってこなかったが、彼はそのほか何種類かの雑誌にタイアップ広告を載せることに成功した。

ぼくは恥ずかしくて、鬚《ひげ》でも生やしてやろうかと思った。そして、世間の誰一人もぼくを知らないことを思いだした。いや、知っていても、気にかけないだろうことを。

事実ぼくは、この宣伝のおかげで、妙な手紙をひと山ほども受け取った。そのうち一通などは、神様のみ心に叛《そむ》いて、自分勝手に人生を扱った罰で、おまえは必ず地獄に堕ちて業火に焼かれるぞと書いてあった。ぼくは噴きだした。もし神がほんとうにぼくの身におこったことに反対されるならば、冷凍睡眠《コールドスリープ》に入れられたとき、あれを阻止してくださらなければならなかったはずだ。ところが事実はそうではなかった。そうでなければ、それ以外のことは、ぼくの知ったことではないのだ。

ところが、思いがけないことがおこった。二〇〇一年五月の三日、木曜日、ぼくのところへ、ある電話がかかってきたのである。

「ミセス・シュルツからお電話です。お出になりますか、デイヴィスさん？」

ミセス・シュルツ？　ああ、そうだった、あのシュルツ夫人か。ぼくは冷凍場《サンクチユアリ》のダウティ氏を最後に訪ねたとき、そのことはぼくが処理すると約束したことを思いだした。しかし、どうも気が進まないのでずるずると引き延ばしていたのだ。どうせ、冷凍睡眠者《コールドスリーパー》といえば後を追いかけてくだらない質問をする物好きな婆さんにきまっているのだ。

だが、ダウティ氏の話によると、この女は、ぼくが去年の十二月に冷凍場の病院を退院してから、もうなんども電話をかけてきたらしかった。冷凍場の方針にしたがって、彼は、ぼくの住所を女に教えずに、ただ伝言を伝えておく、とそのたびに答えてくれたのだ。

仕方がない。これ以上ダウティ氏に面倒をかけるのはわるいから、ぼくが出て黙らせてやろう。そう思って、ぼくは交換手にいった。「つないでくれ」

「ダニー・デイヴィスなの？」女の声がした。ぼくの事務所の電話はテレビ設備がないから、むこうにもこっちの姿は見えなかったのだ。

「デイヴィスです。シュルツさんとかいわれましたね」

「まあダニー、ダニー！　あなたの声ね！　うれしいわ」

ちょっとのあいだ、答えようにも声が出なかった。女の声はつづけた。

「あたしがわからないの、ダニー？」

わかっていたのだ。それは、ベル・ジェントリーの声だった。

7

ぼくはベルと会う約束をした。

あのとき、ぼくは反射的に、消えてなくなれと怒鳴りつけて電話を切ってしまいたい衝動にかられた。久しく前から、ぼくは、復讐という行為が、大人気《おとなげ》ないものだという結論に達していた。復讐を遂げたところでピートが生き返ってくるわけのものでもなし、発作的な怒りにまかせて彼らを殺したりすれば、こっちが牢獄入りになるばかりなのだ。二人の行方を探すことを思い切って以来、ベルとマイルズのことは、ほとんどぼくの念頭を去っていた。

だが、ベルはリッキーの居場所を知っているにちがいない。ぼくはとっさに考えた。そして、ベルと会うことにしたのである。

ベルはディナーに誘ってくれといった。もちろん、ぼくにはそんな気は毛頭なかった。食事を一緒にするのは、絶対親しい友だちにかぎる。会うには会っても、ベルと飲んだり食べたりするのは、まっぴらだ。ぼくは彼女の住所を訊き、その晩八時に訪ねていくと約束した。

行ってみると、そこは、まだ、新都市計画に含まれてない市街の、見るからに安手なアパートだった。ぼくはベルに会う前から、彼女が、ぼくからふんだくっていた財産を、いまはすでに失くしてしまっていることを知った。でなくて、こんなところに住んでいるベルではない。

そして、迎えに出たベルを見たとき——ぼくは、復讐がすでに遅きに失していることを知った。三十年という年月が、ぼくの代わりに、はるかに無慈悲な復讐をベルの上に与えていたのである。

ベルは、以前彼女が自称していたとおりに考えても五十三以下ではないはずだった。おそらく事実は、六十近くになっていたろう。高齢者医学《ジェリアトリクス》と内分泌学《エンドクリノロジー》の発達によって、面倒さえ厭《いと》わなければ、三十を過ぎても最低三十なん年かは、三十ぐらいにしか見せない方法があるはずだった。事実多くの女性たちがそうしていたし、映動《グラビー》スターの中には、孫ができてもまだ無邪気な少女役ができるのを誇りにしている女優もいたぐらいだ。

だが、明らかにベルはその面倒を厭うたのだ。

肥《ふと》るだけ肥って、きいきい声を張りあげ、妙な媚態《びたい》を見せてはしゃぐベルを見たとき、ぼくはわが目を疑った。それでも、まだ彼女が、身体を自分の財産と考えていることは明らかだった。スティックタイトの部屋着《ネグリジェ》を、肌も露わな格好に着ているのだ。それはしかし、彼女が女で、哺乳動物で、食べ過ぎで、運動不足である事実を、露《あら》わに見せるにすぎなかった。

しかも彼女はそれに気がついてさえいなかった。かつてあれほど鋭敏だった頭脳も、いまはかすんでしまったのか――ただ残っているのは、昔ながらの自惚《うぬぼ》れと扱いきれないほ《の》どの自信だけだった。ベルは喜びの喚声をあげると、ぼくにむしゃぶりつき、払い退ける隙も与えずキスしようとした。

ぼくはベルの手首をつかんで押し戻した。「静かにしてくれ、ベル」

「だって、ダニー！　あたし、あんまり嬉しくって！　あんまり興奮しちゃったもんだから、あなたに、ほんとにあなたに逢えたのね……夢のようだわ！」

「そうだろうさ」ぼくは、ここへ来る前、癇癪《かんしゃく》をおさえて、聞きだすことだけ聞きだしたらすぐに出ていこうと固く決心していた。だが、それは決して容易ではなかった。「最後に会ったときのことを覚えているか？　きみはぼくをむりやり冷凍睡眠《コールドスリープ》に送りこむために、ぼくに妙な薬をうってくれたっけね」

ベルは困惑し、傷つけられたような表情を見せた。「だって、ダニー！　あれは、あなたのためを思えばこそだったのよ！　あなたは病気だったし」

ベルは本気でそう思いこんでいるように見えた。

「わかったよ、ベル。マイルズはいま何をしているか知らないか？　きみは、いまはシュルツ夫人なのだろう？」

ベルは目を見開いた。「あなたは知らなかったかしら？」

「なにを知らなかったって？」

「可哀そうなマイルズ……気の毒な、愛するマイルズ。あのひとは、あれから二年しか生きてくれなかったのよ、あなたがあたしたちを捨てていってから」といったとたん、なにを思いだしたのか、彼女はいきなり顔色を変えた。「あの嘘つき！　あたしはあいつにだまされたんだわ！」

「それは気の毒にな」ぼくはどうしてマイルズが死んだのだろうと考えた。崖から足でも踏みはずしたのか、それとも突き落とされたのか？　青酸カリのスープを飲まされたのか？　ぼくは、詰問したくなる気持ちを抑えて、ベルが横道にそれるまえに、本筋の問題にとりかかることにした。「それでリッキーはどうなったんだ？」

「リッキー？」

「マイルズの子供だよ。フレデリカさ」

「ああ、あの小憎らしいちびのこと！　そんなこと、あたしが知るもんですか。お祖母《ばあ》ちゃんのところへ行ったわ」

「それはどこだ？　そのお祖母さんというひとの名前はなんというんだ？」

「どこだって？　ツーソンだったか――ユマだったか――どこか、なんでもそんなつまらないところよ。インディオだったかもしれないわ。ねえダニー、あたしはあんな嫌らしい子供のことなんか話したくないのよ。あたしたちのことが話したいわ」

「ちょっと待て。あの子のお祖母さんの名前はなんといった？」

「ダニーったらあなた、なんだってそんなくだらないことばっかりいってるの？　そんなことを、このあたしがなぜ憶えてなきゃならないのよ」

「なんといった？」

「ううん！　ヘノロンだったか……ヘイニーだったか……ハインツだったかしら。それとも、ヒンクリーだったかもしれないわ。ダニー、もうつまらないことをいうのよして。お酒でも一杯飲みましょう。そして、あたしたちの素晴らしい再会を祝って乾杯しましょうよ」

ぼくは首を振った。「ぼくは酒は飲まないんだ」

これは嘘ではなかった。酒が危急に際して頼りにならない友であることを覚《さと》った日から、ぼくは、アルコールといえばチャックとともに酌み交わすビールだけに制限していたのだった。

「つまんないのね、あなた。あたしは飲んでもいいでしょ」いいながら、ベルはもう酒を注いでいた。ジンのストレート、孤独な女のお決まりの友だ。彼女は口へ持ってゆく前に、プラスチック製の薬壜を取りあげて、中からカプセルを二つ掌《てのひら》に載せた。

「ひとついかが？」

カプセルから取りだした中身は、ユーホリオンだった。一種の興奮剤だ。副作用がなく習慣性がないことになっていたが、意見は賛否まちまちだ。モルヒネやバルビツル塩酸に類似の刺激があるのである。「ぼくは結構。そんなものを飲まないでも充分幸福だよ」

「あら、素敵ね」彼女は二つとも口へ入れると、それをジンで流しこんだ。彼女から情報をとるつもりなら、早くしなきゃいけないとぼくは思った。まもなくベルは酔っぱらってしまうだろう。

ぼくはベルの腕を取って長椅子へすわらせると、彼女と斜めに向かいあってすわった。

「ベル、きみのその後のことを話して聞かせないか。きみとマイルズはマニックス・グループとタイアップしたんだろう？　あれはその後どうなったんだ？」

「え？　だってタイアップはできなかったわよ！」ベルは突然怒りに燃え立った。「あなたのせいだわ！」

「なに？　ぼくのせい？　しかしぼくはいもしなかったんだよ」

「あなたのせいにきまってるわよ……あなたが車椅子《ウィール・チェアー》のお古の上に作った化物よ、マニックスじゃ、あれを欲しがってたんだわ。それがなくなっちゃったんだもの」

「なくなっちゃった？　どこへ？」

ベルは豚の細い目のような疑いぶかい目でぼくを盗み見た。

「知ってるはずよ。あなたが取ったんだもの」

「ぼくが？　おいベル、しっかりしてくれよ、ぼくが取っていけるわけがないじゃないか。ぼくはそのころ冷凍睡眠《コールドスリープ》にたたきこまれてコチンコチンに凍っていたんだぜ。どこへいったんだろう？　いつ消えてなくなったんだ？」もしベルとマイルズでないのなら、ぼくの〈万能《フレキシブル》フランク〉は、誰かほかの人間がかっさらっていったのだ。だれだろう？　だが、地球上になん十億といる人間のうちで、ぼくでないことだけは絶対だ。ぼくは、彼らに会社を追い出されたあの呪わしい夜以来、一度もフランクを見たことがないのだ。

「話してくれ、ベル。あれはどこにいったんだ？　なぜぼくが取っていったと思ったんだ？」

「あなたでないはずはないわ。だって、あなた以外に、あんなものが大切だなんて、知ってた人はいないんだもの。あんなガラクタ！　だからあたしはマイルズに、ガレージなんかに置いといちゃだめだっていったんだわ」

「しかし、たとえ誰がフランクをかっぱらったにしても、そう簡単には操作できなかったはずだぜ。そしてきみたちは設計図やノートを持っていたはずじゃないか」

「それが、持ってなかったのよ。マイルズが馬鹿なもんだから、あれを安全なところに保管するためにガレージに移したとき、設計図やなんかを一緒にあれん中へ入れておいたのよ」

　ぼくは、〝安全なところへ保管する〟という言葉にはこだわらなかった。それより、フランクの中へあれだけの量の設計図やノートを入れられるはずがない、と反論しようとして、ふっと思いだした。仕事中に道具類をしまっておくために、ぼくは車椅子の基部に棚を作っておいたのだ。気のせいていたマイルズが、そこへ書類をつっこんでおくということは、大いにあり得ることではないか。

　だが、まあこんなことはどうでもいい。いずれにしろ三十年も前のことなのだ。それよりぼくは、〈ハイヤーガール〉がベルたちの手からずり落ちてしまった経緯を知ろうと考えた。

「マニックス・グループとの取引がうまくいかなくなってからあとはどうした？　会社は

だれが経営したんだ」

「もちろんあたしたちよ。でも、それからしばらくして、ジェイクが会社を辞めたとき、マイルズがもう会社を解散しようといいだしたの。マイルズは弱虫だったのよ。あたしは前っからあのジェイク・シュミットという男が気にくわなかったんだわ。ここそしてて。しょっちゅう、あんたがなぜ会社を辞めたんだってしつっこく聞いて……まるで、あたしたちが、本気であんたをとめようとしなかったっていうみたいにさ！　冗談じゃないわ！　あたしは、もちろん、新しい工場長を雇って会社をやっていきたかったわ。会社はそれだけの値打ちがちゃんとあったんですもの。でも、マイルズが、どうしてもきかなかったのよ」

「それでどうなった？」

「どうなったって、〈ハイヤーガール〉の特許使用権を、ギアリー工業に売ったんじゃないの。それは知ってるでしょ。あなたがいま勤めている会社ですもの」

そういえばそうだった。ぼくが雇われているいまの〈ハイヤーガール〉は、世間の通り名はただ〝〈ハイヤーガール〉〟といっているが、正式の名称は〝〈ハイヤーガール〉家庭用品工業ギアリー株式会社〟というのだ。これで、この締まりのないぶよぶよの女の残骸から聞けるだけのことは聞いてしまったとぼくは思った。

だが、ぼくはもうひとつついでに訊いた。「すると、特許使用権を売ったあとで、きみとマイルズは株もギアリーに売ったんだな？」

「ええ？　なんだって、そんなへんなこと考えついたのよ？」ベルの表情がみるみるうちに崩れたと思うと、おいおい声をあげて泣きだした。そして、ハンカチを出そうと身体じゅう探しはじめたが、そのうち諦めて涙を流れるにまかせた。

「あいつ、あたしをだましたのよ！　このあたしをだましたのよ！　汚らしいペテン師の山師のたかりの……ちきしょうが……。あたしをおっぽり出したのよ」ベルはしゃくりあげると、なにやら感慨深げにつけ足した。「あんたたちは、みんなあたしをだましたのねえ……でも、あんたがいちばん悪いひとよ、ダニー。あたしがあんなによくしてあげたのに、あたしを棄てていったんですもの」いい終わると、ベルは再びおいおいと泣きだした。さすがのユーホリオンの効果もないらしい。でなければ、彼女は泣くのを楽しんでいるのだ。

「マイルズが、どんなふうにきみをだましたんだね、ベル？」

「え、なに？　ひどいのよ！　あいつ、あの汚らしい娘に、なにもかもくれてやったのよ……あんなに固い約束をあたしにしておきながら……怪我したときだって、あたしがあんなに看病してあげた恩も忘れてよ。だいたいあの子は自分の本当の娘じゃないのに。とんでもない意地悪だわ」

その夜聞いたニュースのうちで、これは何よりもいいニュースだった。胸のすくビッグ・ニュースだった。これなら、たとえその前にぼくがリッキーに譲った〈ハイヤーガール〉の株を二人に奪われていたとしても、結局、結果的には良かったのだ。ぼくは胸をなでおろすと、改めて肝心の質問にもどった。

「ベル、リッキーのお祖母さんの名前はなんといった？　そして、いまどこに住んでいる？」

「誰がどこに住んでいるかって？」

「リッキーのお祖母さんだよ」

「リッキーって誰さ？」

「マイルズの娘のリッキーだよ。思いだしてくれ、大切なことなんだ」

これがベルに火をつけた。彼女は指をぼくにつきつけると金切り声をあげた。「知ってるわ！　あたし知ってるわ、あんたはあの子に惚れてたんだ！　だからなのよ、あの嫌らしい泥棒猫が……」

ピートのことがいい出されたとたん、ぼくは猛烈な憤怒の爆発を感じた。だが、危うくそれを抑制すると、ベルの両肩をつかまえて、少し手荒く振りまわした。「しっかりしろ、ベル。ぼくはこれだけ知りたいんだ。二人はいまどこに住んでいる？ マイルズが彼らに手紙を書いたとき、宛名はどこになっていた？ 思いだせ！」

彼女はぼくを蹴とばした。「教えてなんかやるもんか！ 出ていけ！ おまえが入ってきてから、どうも臭い臭いと思ってたら、おまえのにおいだったんだよ！」いったとたんに気を取りなおしたのだろう、たちまち平静を取りもどして、「知らないのよ、ダニー。お祖母さんの名前は、確かヘィニカーとかなんとかいったわ。あたしは、一度しか会ったことがないのよ。裁判所でよ。遺書《ゆいごん》のことでやってきたときに」

「それはいつだ？」

「マイルズが死んですぐよ、もちろん」

「マイルズが死んだのはいつだ？」

ベルはまた癇癪をおこした。「しつっこい人ね、あんたって人は！ 保安官とよく似てるわ、なにがどうした、なにがどうした、ああしたこうしたってうるさい！」そこでベルはぼくの顔を見あげ、訴えるような目つきになった。「ねえ、ダニー、そんな他人のことはもう忘れてしまって、あたしたちだけのことを話しましょう。もういまは、あたしとあなたっきゃいないのよ。二人だけになれたのよ。あたしたちだって、まだまだ将来《さき》は長いわ。女の三十九というのは、決して年寄りじゃない……亡くなったシュルツがよくいったわ——おまえはこの世でいちばん若々しいって。あたしたち、幸福な家庭が持てるわよ、ダニー、あたしたち二人っきりで——」

これ以上はどうにも我慢ができなかった。ぼくは立ちあがった。「お別れだ、ベル」

「ど、どうして？　だって、まだ早いじゃないの……まだひと晩じゅう話し合えると思ってたのよ、せっかくあたしが——」

「せっかくもなにもない。たったいまさよならだ」

「まあそんな——悲しいわ、ダニー。それじゃ、こんどはいつ会える？　あした？　あたしすごく忙しいんだけど、前の約束はぜんぶ取り消してもあなたのご都合に——」

「もう二度とお目にはかからないよ、ベル」ぼくはいい棄てて外へ出た。

ふりかえって見ることもしなかった。

家へ帰ってくると、すぐに熱い風呂に入って、身体じゅうをごしごし洗った。それから、椅子にすわりこんで、今日見聞きしてきたことの意味を考えはじめた。ベルはリッキーの祖母の名前がHの音で始まると考えたらしい。ただし、これは、ベルのだらしのない話が多少とも真実を伝えていると想定してのことだ。同様に、ベルは彼女がアリゾナ州か、あるいはカリフォルニア州の砂漠地帯の都会のどこかに住んでいると考えたらしい。これだけの手掛りがあれば、専門の探偵を雇って調べさせれば、あるいははっきりつかめるかもしれない。

それとも、つかめないかもしれない。いずれにせよ、それは時間と金のかかることだろう。ぼくは費用を払えるようになるまで待たねばならない。

このほかに、わかったことはないだろうか？

マイルズは一九七二年ごろに死んだ（とベルはいった）。もし彼がこの郡内《カウンティ》で死んだのなら、二時間もあれば、その正確な日付を調べることができるにちがいない。さてそれがわかれば、マイルズの遺言の検証の記録《ヒアリング》は、比較的容易に見つかるだろう。もし裁判所がそういった記録を三十年も保存しておくものとしたら、その書類によって、当時リッキーがどこに住んでいたかがわかる。だが……ぼくはふといいようのない無力感に襲われた。こんな苦労をして費用をかけて、三十年という年月を二十八年に縮めてみたところで——そんなはるかなむかし彼女の住んでいた町がたとえわかったところでなんになるのだ？

いや、だいいち、現在四十一にもなった、そしておそらくは結婚して子供もいるだろう女性を見つけることそれ自体に、どんな意味があるというのだ？　かつてあれほどの美と魅力とを発散させていたベル・ダーキンの、見るも無惨な今日の姿は、ぼくをしんそこ震えあがらせた。三十年という年月の恐ろしさが、今さらのようにぼくの心に浸透してきた。いや、ぼくは、リッキーが年をとってしまっていることがおそろしかったのではない。彼女は年を重ねて、ますます人の善い情け深い女性になっているだろう。だが、果たしてリッキーはぼくを憶えているだろうか？　もちろん、彼女がぼくの存在を忘れてしまうとは信じられない。しかしぼくは、彼女の追憶の中で、たんなる抽象的な〝ダニーおじさん〟――すてきな猫を飼っていた優しい〝ダニーおじさん〟になり終わってしまったのではないだろうか？

するとぼくは……ぼくはベルを笑えはしないのだ。ぼくだって、ベルと同様、過ぎ去った昔の夢の中で生きてきたことになるのだ。

……

それなら、それでもいいじゃないか。リッキーの所在をつきとめること自体は、ちっとも悪いことじゃない。いずれにせよ、毎年暮れになれば、クリスマス・カードをやり取りすることぐらいはできる。まさか、それまでいけないとは、リッキーの旦那《だんな》さんだっていいはすまい。

8

翌日は五月四日、金曜日だった。ぼくは会社へ行くのをやめて、郡の記録保存局《ホール・オブ・レコーズ》へ出かけた。折悪しく局では大整理中でごったがえしていて、来月にならないと仕事にならないという。そこでぼくは、今度はロサンゼルス・タイムズの本社を訪れ、首に記録走査用のマイクロ・スキャナーをかけてもらって、古い新聞の縮刷版を調べはじめた。ぼくの発見したことは、マイルズの死が、もしぼくが冷凍場《サンクチュアリ》に送りこまれてから十二カ月めから三十六カ月めまでのあいだに起こったとしても、それはロサンゼルス市内ではない、ということでしかなかった。

もちろん、彼がなにもロサンゼルスで死ななければならないという法律はない。どこで死んだって構わないわけだ。

おそらく、サクラメント（カリフォルニア州の州都）へ行けば、あそこにはもっと完全な資料がとってあるだろう。今日はだめだが、いつか行って確かめてやろう。そう思うと、ぼくはタイムズの図書係に厚く礼をいい、それからランチを食べに出かけて会社へ出たのは昼をだいぶまわったころだった。

電話が二本に伝言がひとつ来ていた。みなベルからだ。ぼくは〝最愛のダン〟と書かれた伝言の紙を捨てると、今後シュルツ夫人からといってかかってきた電話は、絶対取りつがないでくれと命じた。つぎに、ぼくは経理部を訪れて、会計課長に会い、会社の過去の株主について調べる方法がないものかどうか相談してみた。会計課長が、なんとかやってみましょうと答えてくれたのでぼくはかつてぼくのものだった〈ハイヤーガール〉のオリジナルの株券の番号を、記憶を頼りに書いて渡した。思いだすのは造作なかった。ぼくらははじめちょうど千株を発行しており、ぼくはその最初の五百十株を持っていた。そのうち十株を〝婚約の贈物〟としてベルに与えたのだ。

ぼくが自分の部屋に帰ってみると、そこに、マクビーが、じりじりしながら待っていた。

「いままでどこにいたんです?」彼はさっそくくってかかった。

「あっちこっちですよ。なぜ?」

「それでは答えにならんでしょう。ギャロウェイさんが朝から二度もきみを探しにきた。いいたくはなかったが、ぼくはとうとう、きみがどこへ行ったのか知らないといわざるを得なかったんだ」

「またかい、冗談じゃない！　そんなに後を追いかけまわさなくても、いつかは出てくるんだからいいじゃないかね。だいたい、ギャロウェイは、妙な新しがりのプランなんか立てているひまがあったら、その半分の時間でもいいから、うちの製品を、実物の持ってる性能で売ることを真剣に考えればいいんだ。そのほうが、よっぽど営業成績だってあがるんだがね」

ギャロウェイには、もうかなり前からうんざりしていたのだ。彼は販売部長のはずだったが、そんなことはそっちのけで、製品の宣伝を扱ってる広告代理店にお節介ばかり焼いていた。しかしそれは、彼に反感を持っているぼくの偏見かもしれない。ぼくが興味を持っているのは技術だけだ。他の連中はみんな、ただ書類をあちこち動かしているだけにしか思えなかった。

その日だって、ギャロウェイがなんの用でぼくを探していたのか、実をいうと知っていた。ぼくに一九〇〇年代の服装をさせて写真を撮るつもりだったのだ。ぼくは、彼の望む効果をあげるためなら、一九七〇年代の服装でも充分おもしろい写真が撮れるといった。一九〇〇年代では、いくらなんでもひどすぎると。冗談じゃない、一九〇〇年といえばぼくの親父が生まれるよりまだ十二年も前のことじゃないか。ところが彼は、どうせ誰にもそんなちがいはわかりはしないのだから構わないとがんばる。ついに業をにやしたぼくは、嘘をつくと地獄へ堕ちるぞといってやった。するとギャロウェイは、それは上司に対する正しい態度ではないといってのけた。だいたい、この連中は、自分たち以外の人間は読み書きができないぐらいに考えているのだ。

マクビーが妙に改まった様子でいった。

「ミスタ・ディヴィス。その態度は不遜《ふそん》ですぞ」

「そうかね。そりゃすまなかった」

「あんたの立場はとても微妙なんですよ。あんたはぼくの部に籍を置いている、しかしぼくは、営業部であんたを必要とする場合、セールスと宣伝の役に立ってもらうようにする責任を持っているんだ。これからは、あんたにも、ほかの従業員とおなじように、タイムレコーダーを押してもらうことにしよう。それから、もし勤務時間中に外へ出る場合には、必ずぼくにその旨《むね》いってからにしてもらう。かならずこれは実行してくれないと困るよ。いいね?」

ぼくは二進法でゆっくりと十かぞえてからいった。

「マック、きみはタイムレコーダーを押しているか?」

「なに? ぼくはもちろん押さないさ。ぼくは会社の重役でチーフ・エンジニアだからね」

「そのとおりだ。そのとおりドアの上に書いてある。しかしだ、よく考えろよ、マック。ぼくは、おまえさんがまだ鬚《ひげ》もはやさないころすでにこの会社のチーフ・エンジニアだったんだよ。おまえさんあたりにいわれたからといって、おめおめタイムレコーダーの列に並ぶぼくだと思っているのか？」

マクビーは真っ赤になった。「思わんね。しかし、このことだけはおぼえておけよ、もしぼくのいうとおりにしなければ給料の小切手が引き出せなくなるんだぞ」

「そうかね？　ぼくはきみに雇われたんじゃない。きみから馘首《くび》にされるわけはないぜ」

「うーむ」マクビーは唇をかんで唸った。「まあ、いまのうちはいい気になっているがいい。少なくとも、ぼくはきみをぼくの部から追い出して、営業部へ押っつけてやるからな」彼はぼくの製図機にじろりと一瞥《いちべつ》をくれて、「こんなものがあったって、きみにはなにも作り出せっこないんだ。これ以上、費用のかかる機械を無駄に遊ばせておくわけにはいかないんだから、そう思っていたまえ、いいか」マクビーはえらくきびきびとうなずいてみせた。「失礼する」

ぼくはマクビーをドアから送り出した。ちょうどそこへオフィス・ボーイ・ロボットが入ってきて、ぼくの手紙受けに大きな封筒を一通入れていった。が、ぼくはそんなものを見ている気持ちになれず、部屋を飛び出して、階下の従業員専用喫茶室に行ってコーヒーを飲んだ。たまらなくむしゃくしゃした。マックは型どおりにやれば創造的な仕事ができると思っている。あんなマックみたいなやつがチーフ・エンジニアをしているうちは、会社が画期的な新製品を生み出せるはずはないんだ。

いずれにしろ、もうそう長くこんなところにへばりついている気はなかった。ぼくのあの計画は着々と進んでいたのだ。

一時間ばかりして部屋に戻ってきたとき、例の封筒のほかにもう一通、社内連絡用の封書が来ていた。早くもマクビーのやつが戦端を開いたのかと思ってまずそれを開けてみた。が、そうではなかった。それは経理部からの手紙だった。それにはこうあった。

デイヴィス殿

お訊ねの株券の件

調査の結果、当該株券は大小二つのブロックに分かれ、うち大のブロックの株券はハイニックなる人物の所有で、一九七一年第一・四半期より一九八〇年第二・四半期にわたたって配当金が当該人物に宛て支払われています。本社の再建は一九八〇年に行なわれたため、手元の資料は当時の混乱を反映して不明瞭ですが、再建後同数の株がコスモポリタン保険会社に信託された事実があり、同社は現在もこれを保管しています。一方小額の株券は、貴下のお話のとおりベル・D・ジェントリーなる人物の手に一九七二年まで所有されたのちシェラ株式信託会社に譲渡され、のち同社の解散によって証券会社間直接取引で売買されました。その後の同株券の行方に関しては、必要ならば調査可能ですがなお若干の時間を要します。

以上、お役に立てば幸いと存じます。

経理部会計課長

Y・E・ロイター

ぼくはロイターに電話をかけ礼をのべた。これでぼくの知りたいことはすべてわかったようなものだった。想像どおり、ぼくがせっかくリッキーに譲渡しようとした〈ハイヤーガール〉の株は、何者かに横領されていたのだ。記録に載っているハイニックという人間には心当たりはないが、ぼくには、ベルのにおいがするような気がした。おそらくそれは、ベルの別の共犯者か、さもなければまったくの架空の人物かだ。きっとベルは、その当時すでに、こうした影武者を用意して、マイルズをだまし討つべく計画していたにちがいない。

そしておそらく、マイルズの死後間もなく、ベルは金に困って株を手放したのだ。そこまで考えたとたん、マイルズの株について調べれば、あるいはリッキーの所在をつきとめる材料になるかもしれないと思いついた。もう金曜の午後だから今週はだめだ。来週月曜にまたロイターに頼もうと思って、もう一通の大型の封筒に手をのばした。差出人の住所に見覚えがあったからだ。

ぼくは三月の初めごろ、ビーバー・ロボットと〈製図機ダン〉のオリジナルの特許について知らせてくれと特許局に手紙を出しておいた。〈製図機ダン〉のことがあって以来、ビーバー・ロボットが、ぼくの〈万能《フレキシブル》フランク〉の改造型にちがいないというぼくの確信は、すっかり動揺してしまっていた。〈製図機ダン〉がいかにぼくのアイデアに似ているにしろ、ぼくの発明でないことは確かだ。なにしろぼくはそれを頭の中で考えただけなのだから、そのダンを、こうして、誰かがぼくのアイデアそっくりに作ったという事実がある以上、ダンを発明したそのおなじ人物、あるいは他の発明家が、偶然にぼくの〈万能フランク〉とまったく同じ着想のロボットを考えだし、製作したという可能性も、またあり得ないとはいえないのだ。二つの特許が、両方ともおなじ年の出願で、しかも二つともおなじアラジン工業の所有になっているところからも、この想像には根拠がありそうに思えた。

ぼくはこれをつきとめたかった。そして、もしこの未知の発明家がまだ生きていたら、ぜひ会ってみたかった。彼はぼくにいろいろと教えてくれるはずだ。

ぼくがはじめ特許局に手紙を出した時には、期限切れの特許の記録は今すべてカールズバード洞窟の国立公文書館に保管されているという返事が返ってきただけだった。そこで公文書館に手紙を書くと、手数料一覧表つきの手紙が返ってきた。そこで、三回目にぼくは二つの特許についてのすべての記録——説明書、権利書、設計図、来歴——を送ってくれるよう手紙に書き、料金を送ったのだ。この厚い封筒はその返事だった。

上にあったのはビーバー・ロボットに関する書類だった。特許番号は4307909。ぼくはほかの書類は無視し、設計図を引き出してながめた。ぼくにとっては、面倒な文字を読むより、設計図を見たほうがずっと手っとり早いのだ。

ひと目見て、ぼくは、ビーバーがぼくの〈万能《フレキシブル》フランク〉に、思ったより似ていないことを認めざるを得なかった。フランクよりずっと能率的だし、連動装置も簡素化されている。基本的なアイデアは同じだが、トーセン・チューブを使っているかぎり、基本的アイデアが同じになるのは当たりまえだ。

ふとぼくは、いつかぼくがフランクの改造型を作ろうと思ったことを思いだした。もしあれが実現していれば、ちょうどこんな形になったのではないか……？　召使用としての制限をなくした〈万能《フレキシブル》フランク〉を、ぼくはたしか、これによく似た設計にするつもりだったのでは……？

ぼくは書類をひっくり返して発明者の名前を探した。あった。D・B・デイヴィスとなっている！　やっぱり、これはぼくのだったのだ！

ぼくは静かに調子っぱずれの口笛を吹きはじめた。それじゃ、あれもベル一流の嘘だったのか。いったい、彼女がぼくに話して聞かせたことのなかに、少しでも本当のことがあったのだろうか？　もちろん、ベルの嘘つきは一種の病気だ。だが、病的な嘘つきにはたいていひとつの型があって、初めは真実から出発して、それに尾鰭《おひれ》をつけるもので、まったくの空想の場合はめったにないという。すると……おそらくは、ぼくのフランクの試作品は結局盗まれたのでなく、誰かほかの技師に改良のためにまわされて、完成したとき、改めてぼくの名前で、特許出願の手続きをとったのではあるまいか？

しかし、それではなぜマニックス・グループとの取引が失敗したのだろう。取引の失敗は、ぼくが記録で確かめたのだから間違いのない事実なのだ。ベルは、契約であった〈万能フランク〉の生産の失敗が、マニックス・グループとの取引をだめにしたのだと言っていた。

マイルズがフランクを隠しておいて、ベルには盗まれたように見せかけたのかな？　そして、また盗まれたのかな？　だとすると……。いや、わからん。

ぼくは臆測をやめた。それを知ることはリッキーを探すよりもはるかに望みがうすい。アラジン自動工業へでも勤めれば、彼らがどこでこのオリジナルの特許を手に入れたのか、その取引で誰が利益を得たのか、探り出すことはできるだろうが、そんなことはしてみてもしようがない。特許はすでに時効になりかかっているのだし、マイルズはとうの昔に死に、ベルは、かりに一度はなんらかの利益を得たとしても、はるか以前に手放してしまっている。ともかくも、ぼくの確かめたかったことはわかったのだ。オリジナルの発明者はやっぱりぼくだったのである。それで、ぼくの職業的なプライドは救われた。ぼくはそれで満足だった。

そう考えながら、ぼくはつぎの〈製図機ダン〉の特許書類をめくりはじめた。

特許番号 4307910。じつにみごとな設計だった。ぼくは、他人事《ひとごと》とはいえすっかり嬉しくなった。ぼく自身がやったにしても、とうていこれ以上立派な設計をすることは望めない。連鎖操作の巧妙さ、可動装置を最小限におさえるための回路の巧みな配置、キーボードに、電動タイプライターのキーを利用した点の思いつきの秀逸さ——ぼくは設計者の頭脳の冴えを、しばしほれぼれと見つめていた。

これはすごい、これこそ技術というものだ。ひとの発明を盗んだなどというものじゃない。天才の仕事だ。

ぼくは慌《あわただ》しく書類を繰った。この天才の名前を一刻も早く知りたかった。

そしてその天才の名は――〝D・B・デイヴィス〟と記されていたのである。


かなりの時間が経ってから、ぼくはアルブレヒト博士に電話をかけていた。ぼくのオフィスの電話はテレビ電話になっていなかったので、ぼくは博士に名前をいった。

「声であなただとわかりましたよ」と彼は答えた。「その後どうです。新しい仕事はうまくいっていますかな？」

「まあまあです。会社ではまだぼくに重役になれといい出しませんがね」

「あせらずに時期を待つんですな。それ以外は満足ですか？　もう、現代生活に馴れましたかな？」

「馴れましたとも！　二〇〇〇年がこんなにすばらしいと最初からわかっていたら、もっと早く冷凍睡眠《コールドスリープ》に入るんでしたよ。一九七〇年に戻れとおっしゃられても、ぼくはごめんこうむりますね」

「そうかねえ――。ぼくはあのころのことをよく憶えてますよ。ぼくはそのころまだほんの子供で、ネブラスカのある農場にいてね。毎日、猟や釣りばかりして、とても楽しかった。いまよりずっと楽しみが多かったな」

「ひとそれぞれですからね、ぼくはいまのほうが好きですよ。ところで先生、ぼくは哲学を語るためにお電話したんじゃないんです。ちょっとした問題がありましてね」

「それじゃ、そいつを聞かせてもらいましょう。ちょっとした問題でよかった。ふつうたいした問題を背負いこむことが多いんだから」

「ねえ先生。長期の冷凍睡眠《コールドスリープ》は、記憶喪失症をおこすことがあるのですか？」

彼はしばらくためらってから答えた。

「原則的にはあり得ますよ。ぼく自身は、そういう患者を扱ったことはないが」

「記憶喪失症はどんな場合におこるのですか？」

「それはいろいろとありますよ。いちばん普通なのは、その人自身の潜在意識的な願望ですな。ある事実がその人にとって耐えがたいものである場合、彼のその一連の出来事を忘れ、あるいは再整理するのです。これが、もっとも自然な機能的記憶喪失です。つぎには、頭を強く打った場合におこるのがある――いわゆる衝撃記憶喪失症です。これは、暗示とかあるいは麻薬、催眠術にかけられた場合にもおこります。どうしたんです？　小切手帳でも見つからんのですか？」

「そうじゃないんです……いまのところは、きわめて正常なんだけれども……つまり、冷《コー》凍睡眠《ルドスリープ》に入る前のことで、どうも納得のいかないことがあるんで……それで、急に心配になったものだから」

「ふーむ。いまぼくがいった原因の中に、なにか心当たりはあるかな？」

「そうですね」とぼくは考え考え、「ほとんど全部があてはまりそうだな——頭をぶつけたことだけはないつもりだけど……でも、酔っぱらって前後不覚だったときはどうかわからんし……」

「うっかりしていたが、酒も重大な原因のひとつだな」アルブレヒト博士がいともぶっきらぼうに遮《さえぎ》った。「アルコールの影響下にあるあいだ、一時的な記憶喪失になることは、これはもっとも一般的な現象ですよ。ダニー、なんだったら、ちょっと会いに来てみませんか。そして、詳しく話を聞かせてごらん。もしぼくにきみの心配の原因がさぐり出せなかったら——ご存知のようにぼくは精神分析医じゃないからね——優秀な催眠分析医を紹介してあげる。この男にかかったら、どんな古い記憶でも玉葱《タマネギ》の皮をむくようにくるくるとひき出されてしまうんだからね。小学校二年生の年の二月四日に学校に遅れたのはなぜかってことまでわかるよ。ただこの男の代金は高いから、まずぼくにひととおり話してみたほうがいい」

「先生、ぼくはもうあなたに充分迷惑をかけているのに……それなのに金のことまで心配してくれるなんて」

「ダニー、ぼくはいつも患者のことを気にかけているよ。患者はみんなぼくの家族なんだ」

ぼくは、もう少し様子をみて、もしどうしても納得がいかなければ、来週早々に訪ねるといって電話を切った。

社内の灯火はおおむね消えて、ぼくの部屋だけが煌々《こうこう》と明るかった。清掃係型の〈ハイヤーガール〉が部屋をのぞきこんで、まだ内部《なか》に人がいるのを覚《さと》ると、静かに引っ込んでいった。ぼくはじっとすわっていた。

またしばらくして、チャック・フロイデンバークが頭を突き出した。「おや、もうとっくに帰ったと思ったよ目を覚まして、夢の続きは家へ帰ってみろよ」」

ぼくはふと顔をあげた。「チャック、きみに少し話があるんだ。ビールを飲みに行こう」

「今日は金曜だな。酔っぱらってもよしと。よかろう」

ぼくは書類鞄に設計図その他を詰めこんで、二人して外へ出た。

ぼくらはまずビールを飲み、それから食事のごときものをし、ついで音楽のいいビヤホールへ出かけてまたビールを飲み、最後に音楽のない、防音装置つきのボックスのあるバーへ行った。一時間に一回ぐらいなにか注文しておけば、ここほど邪魔の入らないところはちょっとないのだ。ぼくらは本題に入った。ぼくは彼に特許の記録を見せた。

チャックはビーバーの原型を興味深くながめた。

「これはたいしたものだ。ダン、きみのような友人を持って嬉しいよ。いまのやつより、ぼくはこのほうが気にいった」

「ところがだ。これを見てくれ」ぼくはそういって製図機の特許書類を見せた。

「ふむ。ある意味ではこれのほうがまだいいな。ダン、きみは、自分が、現代科学工業に、おそらくはかつてのエジソン以上の影響を与えた人間だということがわかっているか？　きみはたいしたものなんだよ」

「茶化さないでくれ。これは真面目な問題なんだ」ぼくは複写写真にむかって、性急な身振りをしてみせた。「このうちのひとつだけは、確かにぼくの仕事だよ、それは間違いない、しかし……しかし、両方ともぼくの発明であるはずがないんだ。だってぼくは、その製図機のほうを発明したおぼえはないんだからな。ぼくが冷凍睡眠《コールドスリープ》に入る前のことをすっかり忘れてしまったんでないかぎり……つまりぼくが記憶喪失症にかかっているのでないかぎりだ」

「きみはこの二十分ほどそのことばかりいっているぞ。大丈夫だよ、エンジニアはどっちみち少し狂っているんだが、きみもその程度にしか狂っちゃいないよ」

ぼくはテーブルを平手でばんと叩いた。陶器のビールのジョッキが飛びあがった。「確かめたいんだ！　でなきゃ気がすまないんだ」

「しっかりしろよ。どうしようというんだ、それじゃ」

ぼくは考えこんだ。「精神分析医のところへ行って、ぼくの過去を掘り出してもらおうかと思ってる」

チャックが溜息《ためいき》をついた。「そういうだろうと思ったよ。いいかい、ダン、きみのいうとおり、頭脳屋のおっさんのところへ行って、精神分析をやってもらった結果、きみの記憶は狂ってない、どこも悪いところはないといわれたらどうするんだ？　それこそ、中継線は切れちまうんだぜ」

「そんなことはあり得ない」

「コロンブスもそういわれたのさ。だいいち、きみは、一番あたりまえの説明をしてみないじゃないか」

「え？　どんなことだ？」

チャックはぼくの問いに答えずに、ウェイターを呼んで、電話帳を持ってこいと命じた。

ぼくはいきりたった。

「なにをする気なんだ、チャック。ぼくを神経内科へでも送ろうっていうのか？」

「いや、まだだね」彼はウェイターの持ってきた分厚い電話帳をしばらく繰っていたが、やがて指を止めるといった。「ダン、ここをよく見てみろ」

ぼくが見ると、彼の指はデイヴィスという項目を押さえている。いろんなデイヴィスの名前がずらりと並んでいる中に、彼の指さすところには、ダブニーからダンカンに至るD・B・デイヴィスが、優に一ダースは続いていた。

ダニエル・B・デイヴィスも三つあった。そのうちのひとつはぼくだった。

「人口七百万以下のロサンゼルスでさえこれだ。二億五千万のアメリカ全体だと、どういうことになると思う？」

「そ、そんなことは関係ないさ」とはいったものの、いまさっきの意気ごみはなくなっていた。

「そうだ、関係はない」チャックは同意した。「確かに、偶然の一致にしても、あまりに符合することが多すぎる。おなじような才能を持った二人の技術者が、たまたま、おなじような機械をおなじ時期に発明していて、しかもその二人の頭文字と苗字がおなじだというのは偶然といいきれない気がする。統計学によってみると、そんなことのおこる機会がいかに少ないかがよくわかる。だが、人は重大なことを忘れがちだ——とくに、きみのような、頭脳のある人間にかぎってそれが多いんだが——そのおなじ統計学上の法則が、そういった偶然は少ないことは少ないが、にもかかわらず依然として存在するという厳然たる事実を教えていることをだ。きみの場合は、まさにそうだとぼくは思う。いずれにしろ、ぼくはそう思いたい。唯一のビール友だちの頭のタガがはずれていたとは思いたくない。良きビール友だちとは得がたいものだからね」

「きみはどうしたらいいと思う?」

「第一は、精神分析医なんかのところへ行って時間と金を無駄にしないことだ。それはとでもできる。第二はこの特許を取ったD・B・デイヴィスなる人物のファースト・ネームを調べあげること。それにはいくらでも方法がある。おそらく、それはデクスターとか、ことによったらドロシーだったなんてことになるよ。しかし、かりにそれがダニエルであっても、早合点しちゃいけない。まだミドル・ネームがある。うっかり喜んで、そいつが社会保障番号のちがうバーゾフスキーとかいうやつであってみろ。それから第三はだ、いまのところそんなことは忘れて、ビールをもう一ラウンドいこうじゃないか」

そこでぼくらはまた飲んだ。そして、ほかの話を——もっぱら女の話をした。チャックは、女について、女は機械に似ているが、論理ではわりきれないという持論を持っていた。彼はテーブルの上にビールでグラフを描いて彼の仮説を証明した。

しばらくののち、ぼくはいきなり話題をもとへ戻した。

「もしこの世に時間旅行というものがほんとうにあれば、ぼくの問題もわけなく解決がつくんだがな」

「え？　なんの問題だって？」

「さっきの問題さ。いいかいチャック、ぼくは、古めかしい二輪馬車みたいな方法でとこ、とことここへ——現在という意味だよ——来た。ところが、困ったことには、後戻りがきかない。そして、三十年前におこったことが、いまぼくを悩ませているんだ。だから、もしここにタイムマシンというようなものがあったら、そいつに乗っかって過去にもどり、真相をつきとめてくることができるんだがなあ」

チャックは急にまじまじとぼくの顔を凝視《みつ》めた。

「あるさ」

「なにっ？」

彼はとたんに正気にもどって、しまったという顔をした。

「いっちゃいけないことだった」

「いけなかったかしれないが、もういっちゃったんだ。話せチャック。ぼくがこのビールをきみの頭にぶっかける前に話せ」

「よせダン、忘れてくれ。口がすべったんだ」

「は・な・せ！」

「それが話せないんだ」彼はそっと周囲に目を配った。あたりには誰もいなかった。「軍の機密なんだ」

「時間旅行が軍の秘密だって？　なぜだい？」

「なぜって……きみは役所勤めをしたことがないのか？　やつらは、必要とあれば、セックスだって機密にしちまうよ。理由なんかなくてもいいんだ。それが、役所の方針だ。とにかくぼくはそれに縛られてる。話すわけにはいかない。あきらめろ」

「しかし……おいチャック、ごたく並べるのはやめてくれ。ぼくにとっちゃ、一世一代の重大事なんだ」彼が答えようとせず、むっつり黙りこんでしまったのを見て、ぼくはいった。「話しても大丈夫だよ、チャック。ぼくはQ等官だったんだ。休職にもなっていない。いまは政府と関係がないだけなんだ」

「Q等官てなんだ？」

ぼくが説明すると、彼はうなずいた。「ああ、つまり、アルファ級の官吏だったというわけだな。するときみは、相当のお偉方だったわけだ。ぼくはベータ級だからな」

「だから話せないわけはあるまい」

「え？　だって、Q等官ならそれはわかってるはずだろう。国家機密はその官職等級にかかわりなく、その必要性によって、知らせられたり、られなかったりする。きみには、この秘密を〝知る必要性〟がない」

「知る必要性がないだって？　冗談いうな、それこそ、おれがいちばんたくさん持ってるものじゃないか！」

だが彼は口を割らない。とうとうぼくは仏頂面《ぶっちょうづら》でいった。

「いいよ、わかったよ、そんな秘密なんてないんだ、げっぷがいわせたほらなんだろう」

チャックは、しばらく厳粛な顔でぼくを睨《にら》んでいたと思うと、やがていった。「ダニー」

「なんだ？」

「話してやろう。きみがアルファ級であることを忘れるなよ。ぼくがこれを話すのは、きみの問題の解決になんの役にも立たないということを、わかってもらうためだ。いいか。時間旅行というものは確かにある。だが、実用にはならないものなんだ。使えないんだよ」

「なぜ使えないんだ？」

「黙って聞けよ。時間旅行はできたが、重大な欠点がどうしても調整できないのさ。論理的にも、調整できる見込みはないんだ。だから、実用にならないだけじゃない、研究目的のためにも無価値なんだ。これは重力制御法《ヌルグラヴ》の副産物として偶然できたもので……そのため機密になっているんだ」

「だって、重力制御法は機密指定を解除されてるじゃないか」

「それとこれとは関係がない。商業用だって、機密になるじゃないか。まあ、だまって聞け」

ぼくはだまらなかったが、だまって聞いたことにして話をしたほうがわかりやすいだろう。チャックの話はつぎのようなものだった。チャックは、コロラド大学にいたころ、大学研究所の助手として、学資を稼いでいた。ここには、大規模な低温工学《クライオジェニックス》の研究室もあって、彼は最初そこに勤めたが、そのうち大学がエディンバラ大学と契約を結んで、場の理論を専門に研究する新しい研究所をコロラド山中に建てた。チャックはここのトウィッチェル教授――ヒューバート・トウィッチェル博士の助手になるよう転任を命ぜられた。博士はこの年のノーベル賞を取り損ねて、憤慨している最中だった。

「トウィッチェルは重力制御法の研究で第三軸を成極させれば、重力場をゼロにするかわりにこれをマイナスに持ってゆくことができる、という理論を立てたんだ。ところが、実験の結果はさっぱりうまくいかない。そこで彼は、やけになってそれまでの実験のすべてを計算機にぶっこんでみたが、その結果えらいことに気がついた。もちろん、ぼくには教えてくれなかったが、とにかく、ある日彼はタイムマシンのテスト用の檻の中に銀貨を二つぼくにしるしをつけさせてから置いて——そのころはまだ硬貨を使っていたんだ——彼がボタンを押すと……銀貨は二つとも目の前で消えてなくなったんだ。

これだけなら、たいしたことじゃない」とチャックは言葉をつづけた。「これが、奇術なら、このあと彼はお客さんに向かって、誰か舞台にあがってきてくださいといって、志願者の鼻の穴から銀貨を取り出して見せるところだが、彼は銀貨を消しただけで満足だったらしい。ぼくも、パート・タイムだったから、種あかしを見るために時間潰しはしたくなかった。

一週間後、そのうちひとつの銀貨が現われた。ひとつだけだった。ところがその前に、ある日の午後、トウィッチェルが家へ帰ったあとでぼくが研究室の掃除をしていると、テスト檻の中にモルモットが一匹現われたんだ。研究室のモルモットじゃなさそうだし、だいいち、前に一度もモルモットなんか研究室内で見たこともないので、ぼくはそのモルモットを家に帰る途中にある生物研究所に持っていった。だが、そこでも、モルモットを数えてみたが一匹も足りなくなってはいないという。そこで家へ持って帰って飼うことにした。

それから例の銀貨が戻ってきたんだが、その後しばらく、トウィッチェルは、鬚《ひげ》も剃らずに仕事に猛烈にうちこんだ。そして次の実験のとき彼は生物学研究所からモルモットを二匹もらってきて使った。そのうち一匹は、おそろしくぼくのやつによく似ていた。だが、確かめる前に彼がボタンを押したので、二匹とも消えてしまった。

十日後、そのうち一匹――ぼくのに似ていないほうの一匹が戻ってきたんだよ。つまり、こっちの一匹は未来へ、そしてぼくの見つけたほうのやつは過去へ飛んだわけなんだよ。これで、トウィッチェルはすっかり確信を得た。するとしばらくして、国防省の管区配属将校がやってきた。もと植物学の教授だった大佐だ。これがえらく軍隊式の男で、とうていトウィッチェルなどの手におえる相手ではなかった。大佐はぼくとトウィッチェルに、ぼくらの資格にかけてこの機密を守ることを誓わせた。彼は、それこそシーザーがカーボン紙を発明して以来の大変な兵站学《へいたんがく》上の発明を手に入れたと考えたらしい。彼は、負けた戦闘の、あるいは負けそうな戦闘の場所へ、前もって援軍を送っておいて、その戦闘を勝利にしてしまうことを考えたんだ。敵は、なにがどうなったかわからないうちに負けてしまうわけだ。彼は狂喜した、ところが……結局、戦争が終わるまで、彼はあれほど欲しがっていた肩の星《スター》を、増やすことができなかった。そして、彼のくっつけた〝軍事機密〟というレッテルだけは、ぼくの知るかぎり、それから現在に至るまで解除されていないんだ」

「それはまだ軍事目的の役に立つからだろう」とぼくがいった。「ある時間に、軍隊をある場所に送れる仕組みにしておけば……と、ちょっと待てよ。わかったぞ。きみらは、いつも送る対象を対《つい》にしていたな。すると二個中隊必要なわけだ。一個中隊は前へ、一個中隊は後ろへ行く。そして、必ず一方は捨て石になる。どうももったいない話だな。正しい場所へ、正しい時間に一個中隊だけ送れるようにすれば、ずっと実用的になると思うけどな」

「そのとおりだよ。ところが、実際にはそれが不可能なんだ。対にするのは、要するに質量を釣り合わせるためさ。モルモットだって銀貨だってそうだ。だからたとえば、片方は兵隊一個中隊にして、片方はそれと同じ質量の石でもいいわけだよ。つまり、作用反作用の法則さ、ニュートンの第三法則と同じ系統の」彼はまたビールのしずくを指の先につけて式を描きだした。

「MV＝mv……ロケットの動力のもっとも基本的な公式だ。時間飛行の公式もこれと同系列すなわちMT＝mtとなる」

「どうもわからんね。なぜそれで実用に使えないんだ？　石は安いじゃないか」

「頭脳《あたま》を使えよ、ダン。ロケットの場合は方向を定めて飛ぶことができる。しかし、時間の場合はどうだ？　先週とはどっちの方向だ！　わかるもんなら、指さしてみてくれ。させないさ。だからだよ、どっちの質量が過去へ行って、どっちの質量が未来へ行くのか、誰にもわかりゃしないんだ。それを調節する装置がないんだよ」

ぼくは完全に考えこんでしまった。なるほど、援軍が来ると期待している現地の司令官のところへ、砂利かなにかがどかどかっと到着されては困るだろう。例の大佐が昇進できなかったのもむりはない。チャックはなおもしゃべりつづけた。

「ところがまだ悪いことがある。いちばんまずいのは、過去でも未来でも、行ったが最後戻ってこられないことなんだ」

「戻ってこられなくてなぜ悪い？」

「おいおい——戻ってこられないじゃ、研究用にもなんにもならんじゃないか。もちろん、商業用にもならない。過去へ行こうと、未来に行こうと、持ってる金は使えなくなるし、といって出発した時代への連絡の方法はぜんぜんない。設備も、そうだ。それに電力もない。タイムマシンを動かすには、強力な電力がいるんだよ。大学の研究所はアルコ原子力発電所から電力を得ていたが、これがすごく金がかかる。これまた、大きな障害のひとつだよ」

「帰ってこられるじゃないか」ぼくは思いついていった。「冷凍睡眠《コールドスリープ》というものがある」

「過去へ行った場合にはね。しかし、未来へ行っちまったらどうする？　行かないとはかぎらないんだよ。それに、過去に行ったにしてもだ、冷凍睡眠《コールドスリープ》があるぐらい近い過去に行ければいいが――もしそれ以上――六週間戦争より前じゃだめだよ――前へ戻ってしまったら、なにもかもだめになる。きみの狙いはなんだった？　きみは一九八〇年前後のなにかが知りたかったんだろう。それなら誰かに訊くなり、古い新聞を調べるなりすれば用は足りるじゃないか。とにかく、時間旅行なんてだめだよ。現在へ帰ってこられないだけじゃない、そんな大きな電力の消費を禁ずる法律があるんだ」

「にもかかわらず、時間旅行を試みようとする人間はきっとあるんだ。いままで、タイムマシンに乗った人は一人もいないか？」

チャックはまたあたりを見まわした。「もうぼくはしゃべりすぎるほどしゃべった」

「だからもう少しぐらいしゃべってもおんなじだよ」

「いままで、三人いたと思う。思うんだよ、いいか。そのうちの一人は大学の講師だった。ぼくが研究室にいると、トウィッチェルとそのカモが――レオ・ヴィンセントという男だ――入ってきた。トウィッチェルがぼくにもう家へ帰っていいといった。ぼくが、研究所の外でぶらぶらしていたら、しばらくしてトウィッチェルが出てきたが、ヴィンセントは一緒じゃなかった。そして、いまだに出てこないんだ。とにかく、それ以後その講師は大学で教鞭をとっていない」

「ほかの二人はどうなった？」

「学生だった。トウィッチェルと一緒に三人して研究室に入ってったが、出てきたときはトウィッチェル一人だった。しかし、そのうち一人は、あくる日の講義に出ていた。もう一人は、一週間行方不明だった。わけはきみのご想像にまかせる」

「きみ自身は行きたいと思ったことはないか？」

「ぼくが？　ぼくの頭がそんなぺたんこに見えるか？　トウィッチェルは、科学の学徒として、すすんで志願するのがぼくの義務みたいなことをいったが、ぼくは結構ですといって断った。しかし、彼が行くときスイッチを押す役なら、喜んでするつもりだったよ。残念ながらそこまでぼくを信用してくれなかったがね」

「ぼくだったらやったな。少なくとも、そうすればぼくの悩みは確かめられるんだ。そして、冷凍睡眠《コールドスリープ》でまた現在へ帰ってくればいいんだ。やってみるだけの価値はある」

チャックは長歎息《ちょうたんそく》した。「きみにはもうビールを飲ませないぞ、ダン。きみは酔っぱらってる。ちっともぼくのいってることを聞いてくれないんだな。いいか、第一にだ」彼は数えあげはじめた。「きみは過去に戻れるとはかぎらない。未来へ行ってしまうかもしれない」

「そのくらいの危険は冒すさ。ぼくは、三十年前に現在を好いていた以上に、現在が好きだ。いまから三十年さきはきっともっと好きになれるだろう」

「それこそ、冷凍睡眠《コールドスリープ》で行けばよかろう。そのほうが安全だ。でなければ、ぼくみたいに、おとなしくすわって二〇三一年になるのを待っているかだ。余計な口をはさむなよ、混乱するから。第二に、かりに過去に行けたとしても、一九七〇年をかなり大幅にはずれる危険がある。ぼくの知るかぎりにおいて、トウィッチェルのテストは闇夜に鉄砲なんだよ。ぜんぜん狙いが定まらないんだ。第三に、あの研究所は松林のあとに建てられたもので、完成したのは一九八〇年だ。密生した松林のどまんなかに、研究所が建つ十年前にぴょこんと飛び出してみたまえ、どうなると思う？　きみの身体はコバルト爆弾みたいに大爆発してけし飛んじまうかもしれないぞ」

「し、しかし——どうもわからないな。どうして研究所のもとの場所に飛び出すとかぎるんだ？　三十年前に研究所のあった位置に該当する宇宙空間に飛び出すんじゃないのか？　つまり、その——」

「つまりもそのもない。今いる世界を飛び出すわけにはいかないんだよ。数学は忘れて、実験につかったモルモットを思いだすんだ。とにかく、研究所が建つ以前に戻ったら、松林の中で一命を落とすと思えば間違いなしだ。さて第四。かりにうまくいったとして、正確に三十年前に到着し、生命も無事だったとしても、どうやって冷凍睡眠《コールドスリープ》にはいるつもりだ？」

「どうやって？　ぼくはもう一度経験ずみだ。勝手はいささか心得てるよ」

「金はどうするつもりなんだよ？」

口を開きかけて、ぼくはまた閉じた。とつぜん、計画全体が馬鹿げて見えてきたからだ。確かにそうだ。前のときはぼくは金を持っていた。それが、いまはまるきりないのだ。貯金をしてためたって……それを持っていくわけにはいかないのだ。冗談じゃない、かりに銀行強盗を働いて（どうしてやればいいか皆目わからないが）百万ドル手に入れたところで、それを一九七〇年へ持っていって使うわけにはいかないじゃないか。ニセ金を使おうとした罪で警察につかまり、一生を牢獄の中で終わるのが関の山だ。札の続き番号がちがうのはもとよりのこと、日付も色もデザインも形さえすっかりちがってしまっている。しかし……「むこうへ着いてから働いてためりゃいいさ」ぼくは口の中でいった。

「結構なことさ。充分たまるころには、冷凍睡眠なんかしなくたって現在へ帰ってきてるよ。ただし、髪が白くなって歯が抜けてね」

「いいよ、わかったよ、しかし、ちょっと変じゃないか。あそこで三十年前に大爆発のあったことがあるのか？　研究所のあったあたりでだよ」

「ないね。ないと思うね」

「それじゃぼくが松林の中で一命を落とすってはずもないよ。現に落としてないんだからね。わかるかい？」

「そうは問屋がおろすもんか。そんな古くさい逆説なら、ぼくのほうが上手《うわて》だよ。いいか、爆発はおきず、きみは木の中で一命を捨てなかった。なぜなら、きみは時間旅行に出かけなかったからだ。わかるか？」

「だって、ぼくがやったとしたらどうする？」

「きみはやらないよ。それがぼくの第五の要点だ。これが肝心だから聞き洩らすなよ、きみは時間旅行には出かけない、なぜなら、時間旅行自体が軍事機密になってるからだ。いくらきみがじたばたしても、軍が許可をしてくれないよ。な、だからあきらめろ、ダニー。おかげさまで大変におもしろい知性的な夕べを迎えることができまして、明日の朝はぼくは連邦警察のお尋ねものになってるだろうよ。この世の名残《なご》りにもう一杯ずつ乾杯といこう。これで、月曜の朝になっても牢獄に入れられてなかったら、アラジンのチーフ・エンジニアに電話をかけて、このもう一人のD・B・デイヴィス先生のフルネームと、この先生が生きてるか死んじまったかを聞いてみよう。ことによったら、この会社で働いてる男かもしれないや。そしたら昼飯でも一緒に食いながら話をするとしよう。いずれにしろ、このアラジンのチーフ・エンジニアのスプリンガーには、会っておいてもらいたいんだ。なかなか話のわかる男だよ。な、とにかく時間旅行のなんのというタワゴトはやめにしよう。タイムマシンは絶対実用にはなりっこない。あーあ、こんなことをしゃべるんじゃなかったぞ……もしきみが、おれがしゃべったなんて白状しやがったら、きみの目の前で、おまえは大嘘つきの馬鹿野郎だといってやるからそう思え」

そこでぼくらはもう一杯ずつビールを飲んだ。それからそれぞれ家へ帰って、シャワーをあび、飲んだビールの一部を体外へ排出してしまうころには、チャックのいうとおりだとぼくも思いはじめていた。過去を明らかにするために時間旅行に出かけるなどということは、頭痛を癒すために咽喉《のど》をかき切るにひとしい。それにチャックが、アラジンのミスタ・スプリンガーから、ぼくの知りたいことを聞き出してくれるといったのが効いた。これなら、たかだか昼飯のサラダとチョップをおごる程度で、金もかからず、危険もなく、汗もかかないですむわけだ。

ベッドにもぐりこむと、ぼくは一週間ぶんの新聞の束に手をのばした。タイムズ紙は毎朝配達チューブでぼくの部屋に届く。いまや、ぼくはれっきとした二〇〇一年のアメリカ市民になったのだ。ぼくは新聞をあまり熱心には読まなかった。というのが、ぼくの頭は絶えずなにか技術的な問題に捕われているのがふつうだったから、毎日のニュースにあるごちゃごちゃした事件の類は、退屈で読むに耐えないか、あるいはおもしろすぎて、ぼくの思案を逸らせてしまう怖れがあったからだった。

にもかかわらず、ぼくは一応新聞の大見出しと、人口動態統計欄をひととおりながめないではいられなかった。統計欄は、出生、死亡、結婚などの項目を飛ばして、冷凍睡眠《コールドスリープ》から蘇生する人々の告知欄だけを見る。つまりぼくは、いつの日か、三十年以前の世界でぼくの知っていた誰かの名前をそこに発見する望みを捨てきれなかったのだ。もしそうした誰かの名前が見つかったら、飛んでいってその人に会い、せめてご機嫌ようの挨拶《あいさつ》をして、握手ぐらいは交わしたいと、その考えがつねに頭を離れなかった。もちろん、そんな機会はまだ一度だってなかったのだが、ぼくは望みを捨てなかった。そうやって統計欄を見終わると、甲斐はなくとも、一種の満足感を感ずるのだった。

ぼくは、無意識のうちに、冷凍睡眠者《コールドスリーパー》全体を、一種の血縁のように考えていたのだ。軍隊で、おなじ部隊にいたもの同士が、おたがいに親友――すくなくとも、再会したとき一杯飲みかわすぐらいの友だちになるのと、おなじ気持ちなのだ。

新聞にはたいしたことは出ていなかった。火星航路の定期宇宙船が、いまだに行方不明になっているぐらいのものだった。最近蘇生した睡眠者の中にも、見知った名前はなかった。ぼくは横になって電気の消えるのを待った。

夜中の三時ごろ、ぼくはいきなり目が覚めた。同時に起きあがっていた。電気がついていた。ぼくは明るさにまばたきした。いやな夢を見ていたのだ。悪夢というほどではなかったが、それに近かった。リッキーの消息を、その日の統計欄のなかで見落とした夢だった。

そんなばかなはずはなかった。だが、ぼくは、新聞の束がまだそこに置いてあるのを見てほっと安堵の胸をなでおろした。眠りにつく前に、習慣的に新聞をダストシュートの中へほうりこんでしまっていた可能性があったからだ。

ぼくは新聞を引き寄せて、もう一度動態統計欄に目を走らせた。こんどは、念入りに、あらゆる項目を読んだ。出生、死亡、結婚、離婚、養子縁組、姓名変更——いつもは、リッキーがあるいは結婚するか、子供を生むかしていないかという考えから、走り読みするだけだった。こうした欄で、ぼくがリッキーの名前を読みながら気がつかなかったのではないか。そんな予感めいたものが、いきなりぼくの胸に浮かんできたのだった。

そしてぼくは、危うくそれを……ぼくに悪夢を見させたものを見落とすところだったのだ。タイムズ紙の二〇〇一年五月二日水曜の新聞に載っていた蘇生者リストのなかの、「リヴァーサイド冷凍場《サンクチュアリ》——F・V・ハイニック」という名前であった。

F・V・ハイニック！

リッキーの祖母の名がハイニックだったのだ！　まちがいない！　なぜまちがいないと思ったのか、なぜいきなり確信できたのか、理由はわからない。だがそれは、記憶の底深く埋もれていたものが、いまこの目で読んだとたんに浮かびあがってきたような感じだった。おそらくぼくは、以前リッキーかマイルズからこの名前を聞くか、あるいは見るかしたことがあるにちがいない。

そうだ！　あのロイターが調べてくれた株券の所有者の名がハイニックとなっていたことを思いだせ！

ぼくはもう疑わなかった。その名は、ぼくの記憶の環の喪われた部分にぴたりとあったのだ。

あとはただ確かめてみるだけだ。F・V・ハイニックが、フレデリカ・ヴァージニア・ハイニックであるかどうかを確かめてみるのだ。

興奮と期待と、そして恐怖に全身が震えた。もうすっかり馴れたはずのスティックタイト服の着かたを忘れて、縫目をあわせればいいものを、一生懸命ジッパーをかける手つきをしていた。おかげで、ぶざまな格好になったが、それでも数分後には、テレビ電話のある玄関ホールまで駆けおりていた。あまり使わないので自分の部屋には電話を置いていなかった。ぼくはただ呼び出しで電話のリストに載っているだけだった。とたんに、電話用のIDカードを忘れてきたのを思いだして、身悶《みもだ》えしながら再び部屋へとって返さなければならなかった。ぼくは完全にまいあがっていた。

いよいよカードを手にして電話の前に立ったときは、手がひどく震えて、スロットルの中へそれを入れることができないほどだった。だが、ようやく入ると、ぼくは〝サービス〟の信号を送った。

「サービス・ステーション。回路をどうぞ」

「リヴァーサイド冷凍場《サンクチユアリ》をたのむ。リヴァーサイド・ボローにある」

「サーチング──ホールディング──サーキットフリー。おつなぎします」

テレビ・スクリーンがぱっと明るくなって、眠そうな目をした男の姿が現われ、ぼくをねめつけた。「かけちがいじゃないですか。こちらは冷凍場ですよ。夜間は受けつけておりません」

「切らないでください、リヴァーサイド冷凍場なら、まちがいじゃない、ぼくはおたくへかけたんだ」

「いったいなんの用です。こんな時間に？」

「そちらのお客さんでF・V・ハイニックというひとがいる。今度蘇生したひとだ。ぼくはそのひとの──」

男は首を左右に振った。「わたくしどもでは、電話でお客様についてのご質問にはお答えしないことになっています。ことに、こんな真夜中のご質問ではね。あした十時以後に電話をかけるなり、できれば直接こちらにおいでになるなりしていただきたいですな」

「かけますよ、行きますよ。しかし、ぼくの知りたいのはひとつだけなんだ。F・Vのフルネームを教えてくれませんか？」

「いまも申し上げたように――」

「たのむ、ちょっとでいいから聞いてくれ。ぼくはそこいらにいる物好きじゃない。ぼくも睡眠者《スリーパー》だったんだ。ソーテル冷凍場《サンクチュアリ》だ。つい最近蘇生したばかりなんだ。だから、冷凍場の規則や制度についてはよく知っている。しかし、この患者の名前はもう新聞に発表になっているんだ。しかもふつうは蘇生者の名前はフルネームで発表される。この場合頭文字だけになっているのは、新聞のスペースが足りなかったからにちがいない。あんたもそう思うだろう？」

男はややしばらく考えてから、「そうかもしれない」と答えた。

「だったら、このF・Vという頭文字の綴りをぼくに教えてくれたって、べつに害はないだろう？」

彼はまだしばらくためらっていたが、やがていった。

「まあ、害はないでしょうな。もしあなたの知りたいとおっしゃるのがそれだけなら。待ってください」

彼はスクリーンから姿を消した。一時間も経ったかと思うほどの時間が経過した。彼は一枚のカードを手にして戻ってきた。「灯りが暗いんでね」といいながら彼はカードに目を近づけた。「フランセス——じゃない、フレデリカだ。フレデリカ・ヴァージニアです」

耳がごうごうと鳴るような気がした。気が遠くなりかけて、ぼくはいった。「神様!」「だいじょうぶですか?」

「だ、だいじょうぶ。ありがとう、ほんとうに、心からありがとう。もうだいじょうぶだよ」

「もうひとつの事実をお知らせしても差し支えないだろうな。あなたも、わざわざ来ないですむかもしれないし」と男がつづけていった。「この患者はもう出ていきましたよ」

9

すぐにリヴァーサイドへタクシーを走らせれば時間の節約になったのだが、あいにく、手元に現金がおいてなかった。ぼくのアパートはウエスト・ハリウッドにあった。いちばん近い終夜銀行は滑走道路《ウエイズ》のグランド・サークルにある。そこでぼくは、まず滑走道路に飛び乗って銀行へ向かった。このときまで、恩恵にあずかることがなかったために気がつかなかったのだが、この全国共通小切手制度は、おそらくもっとも大きな社会的改革のひとつといってもよかったのだろう。たった一台のサイバネティック・ブレーンが、ロサンゼルス全市の手形交換所の用を足して、親銀行から振り替える面倒なしに、どの銀行でも小切手を現金にすることができるのだ。

現金を手にすると、ぼくはリヴァーサイド行きの急行滑走道路《エクスプレス》をつかまえた。冷凍場《サンクチユアリ》についたのは、すでに夜がしらじらと明けるころだった。

冷凍場には、さっきぼくと電話で話した夜勤の技師と、その細君で夜勤の看護師をやっている女性と二人しかいなかった。ぼくはあまりよい印象を与えなかったにちがいない。鬚《ひげ》は剃っていないし、目は血走っている、吐く息は、ビール臭いときている。おまけにぼくには、首尾一貫した嘘をつく用意もできていなかった。

だが意外なところから助け船が出た。夜勤看護師の細君のほうが、意外にぼくに同情してくれて、なにくれとなく気を遣ってくれたのだ。彼女はファイルから写真を一枚持ってきていった。

「これがあなたの従妹《いとこ》さんですか、ミスタ・デイヴィス？」

リッキーだった。疑いの余地はなかった。確かにリッキーだった！　もちろん、ぼくの知っていた昔のリッキーではない。写真のリッキーは、すでにちいさな少女ではなく、二十か二十一に成長した若い女性のリッキーだった。大人の髪かたちに、大人の、そして、はっと胸打たれるばかりに美しい顔をしたリッキー。彼女はかすかに笑っていた。

だがその瞳は変わっていなかった。少女時代の彼女を、あれほど明るい愛らしい子供に見せたあの妖精のような性質は年をとらなかった。それは成熟し成長し美しい娘となったリッキーの、しかし見紛《みまが》うべくもないおなじあのリッキーの顔だった。

立体写真がぼやけて歪んだ。涙が、ぼくの両眼にあふれた。「そうです」ぼくは曇った声でようやくいった。「リッキーです。まちがいありません」

技師が横から口を出した。「ナンシー、写真なんか出して見せちゃだめじゃないか」

「なにいってるんです、ハンク。写真を見せるだけの、どこがいけませんか」

「規則は知っているはずだ」というと、ぼくにむきなおった。「電話で申し上げたように、患者さんの消息はお知らせしないことになっているのです。十時になると事務所が開きますから、そのころもう一度いらしてください」

「八時でもいいんですよ」と細君がつけ足した。「ベルンシュタイン博士がいらっしゃるから」

「ナンシー、すこし黙っていられないか、この方が患者の消息を知りたいんなら、重役に会ってもらわなきゃならないんだ。ベルンシュタインだって、われわれ以上のことを答える権限はないじゃないか。それに、あの患者はベルンシュタインの受持ちでもないし」

「ハンク、どうしてそんな難しいことばかりいうの。あなたたち男って、規則のための規則が好きなんだわ。この方が早く従妹さんに会いたいなら、十時まで待つあいだに、ブローリーへ行ったほうがいいじゃないの」彼女はぼくをふりかえった。「八時にもう一度ここへいらっしゃい。それがいちばん早道よ。夫もあたしも、これ以上はなにもお話できないのよ」

「ブローリーがどうこうというのはなんのことです？　従妹はブローリーに行ったんです

か?」

もし夫がその場にいなかったら、もっと詳しく教えてくれたのだろうが、彼女はそこでためらった。夫が厳しい顔をした。彼女がいった。「とにかく、ベルンシュタイン博士にお会いなさい。それから、もし朝ご飯がまだなら、この道をくだったところに、それはよいお店がありますよ」

そこでやむなく、ぼくはその〝それはよいお店〟に行き、朝食をとったあとで、そこの洗面所を使わせてもらった。洗面所に備えつけの自動販売器から鬚《ひげ》剃りクリームを出して鬚を剃り、もうひとつの自動販売器からワイシャツを出して、それまで着ていたのと着替え、前のは捨てた。洗面所を出たときには、りゅうとした紳士になっていた。

だが、おそらく技師は、ぼくのことをベルンシュタイン博士に偏見をもってしゃべったらしい。年の若い博士は、恐ろしく堅苦しい態度でぼくを迎えた。「ミスタ・デイヴィス、あなたは、ご自身も睡眠者だったとおっしゃった。それなら、当然、蘇生したばかりの睡眠者専門に、そのだまされやすい傾向と、新しい環境に不馴れなのにつけこんで、悪事を働くもののいることをご存知でしょう。睡眠者《スリーパー》はおおむね、かなりの資産を持っている。しかも、彼らの全部が、蘇生した世界の勝手がわからず世間ばなれして、たいていはひどく孤独を感じ、恐怖心さえ抱いている。犯罪者にとっては、申しぶんない獲物なのです」

「しかし先生、ぼくが知りたいのは彼女の行先だけですよ？　ぼくは彼女の従兄です。彼女より前に睡眠《スリープ》に入ったし、彼女が睡眠することを知らなかったから……」

「彼らはたいてい狙う獲物の親戚だというんですよ」彼はぼくにぐっと顔を近づけた。「あなたには、どこかで会いませんでしたかね？」

「そんなことはないでしょう。たまたま滑走道路《ウェイズ》の上かなんかですれちがいでもしないかぎりは」ぼくは、じつによく、人から前に会ったことがないかといわれるのだ。ぼくの顔はきっと、ピーナツかなんぞのように、どこにでもある標準型の顔なのだろう。「先生、それでは、ソーテル冷凍場《サンクチュアリ》のアルブレヒト博士に電話して、ぼくの身分を問い合わせてもらえませんか」

彼は裁判官のようなもったいぶった顔をした。「まあ、あとで重役に会いにきてください。彼が、ソーテル冷凍場でも――あるいは警察でも、適当と思ったところへ電話をかけるでしょうから」

ぼくは諦めて冷凍場をあとにした。そして心せくあまり、しなくてもいい失敗をしてしまったのだ。十時まで待って、重役に会い、おそらくはアルブレヒト博士の口添えで、知りたかったすべてを聞かせてもらえただろうかわりに、その足でいきなりブローリーへ飛んでしまったのである。

ブローリーで、リッキーの足跡をみつけるのに三日かかった。リッキーは祖母と一緒にここに住んでいたのだった。祖母は二十年前に死に、リッキーはそのとき冷凍睡眠《コールドスリープ》に入ったらしい。ここまでは、わけなくわかった。グレイト・ロサンゼルスの人口七百万に較べて、ブローリーはわずか十万にすぎない。二十年前の記録を調べあげるのに手間はかからなかった。ところが、逆に、たった一週間前の彼女の行動を追及する段になって、ぼくははたと行きづまった。ぼくは必死に彼女の行動のあとを追った。

気になったのは、リッキーが、誰かと一緒らしいことだった。彼女が、何者とも知れぬ男と一緒だということを知ったとき、ぼくはそれが、ベルンシュタインがいった、冷凍睡眠者専門の詐欺師の一人ではないかと怖れた。いそげ！　ぼくはさらに気をひきしめた。ぼくは間違った手掛りをつかんでカレクシコまで行ったあげく、またブローリーに舞いもどり、もう一度はじめからやりなおした。今度は正しい手掛りらしかった。ぼくはこれを追ってユマへ飛んだ。

だが、ユマへ来て、ぼくはリッキーを追うことをついに諦めた。なぜならリッキーは、ああ、ここで結婚していたのである！　郡役所の登記係のところで、その事実を確かめたとたん、ぼくは手にしたものをなにもかもその場に取り落として、デンバー行きの定期便に飛びのっていた。飛行機が飛び立つ前、ぼくはチャックに、ぼくの机を整理して、ぼくの部屋のものをまとめてしまってくれと葉書を書いた。

デンバーに来たのは、歯科医療器具店で買い物をするためだった。ぼくは、デンバーがアメリカの首都になって以来——六週間戦争で、東部の大都市は壊滅してしまったのだ——一度も行ったことがなかったので、その変わりように目をみはった。目抜き通りだったコルファックス・アヴェニューさえもわからない始末なのだ。重要な官庁その他は、すべてロッキー山脈の山間《やまあい》の地下にもぐってしまったはずだったが、こうして見たところ、無数の官公庁の建物がまだ地上に残っている。グレイト・ロサンゼルスよりも、もっと乱雑な印象をうけた。

歯科医療器具店で、ぼくはアイソトープ一九七の金の十四番針金を十キロ買った。工業用の金は、キロ七十ドルで売られているのに、この店ではキロ八十六ドル十セントだったのだから、ずいぶん高価な買い物だった。おまけに、この買い物のおかげで、千ドルしかない持ち金は、むざんに残り少なになってしまった。だが、工業用の金は自然の鉱石としては絶対出てこない合金であるか、それともアイソトープ一九六、または一九八、あるいは用途に応じてその両方を含有している。ぼくの目的には、そうでない純粋の金——自然の鉱石から精錬されてできた金——アイソトープ一九七の金でなければいけなかった。それに、持って歩いているあいだにズボンが焦げたりするのはありがたくなかった。サンディア兵器廠《しょう》での放射能中毒以来、それにはこりごりしていたのだ。

ぼくは純金の針金を腰に巻きつけて、ボールダーのコロラド大学へむかった。十キロというと、ちょうど週末旅行用に充分詰めこんだボストンバッグぐらいの重さはある。それだけの金は、一クォート入りの牛乳壜ぐらいかさばる。針金にした場合は、金塊の場合よりもっとかさばるのだ。とても腰バンドむきとはいえないが、少なくとも金塊の場合よりは持ち運びが楽だし、いつも身につけていられる利点がある。

トウィッチェル博士はまだそこに住んでいた。もっとも、いまは講義は持っていないで、大学の名誉教授におさまり、昼の時間の大部分を、大学の教授クラブのバーで過ごしていた。ぼくは博士を、ほかのバーで待つこと四日、ようやくつかまえることができた。教授クラブは会員制で、ぼくらのような部外者は入れなかったからである。しかし、いざつかまえてみると、彼に酒をおごるのは簡単だとわかった。

彼は、古代ギリシャ的な意味で——悲劇の人の風貌をそなえていた。偉大な——見るからに偉大な人物の、いまや破滅せんとする姿である。本来なら、アインシュタインやボーア、ニュートンなどとともに、現代科学の偉大な模範とあおがれてしかるべき彼なのだ。にもかかわらず、いまの彼の名を——彼の仕事の真の意義を知っているのは、場の理論を扱う少数の専門家でしかない。そしていま、ぼくが会ったとき、彼の天才的な頭脳は、失意にうちひしがれ、寄る年波に曇り、ひたりきりのアルコールに毒されて見る影もなかった。それは、なにか、かつての壮麗な寺院が、屋根は落ち、柱はなかば朽ちこぼたれて、つる草がその上を一面に覆いつくしている——そんな廃墟を訪れたような感じだった。

にもかかわらず、彼は最盛期のぼくなどよりよほど優れた頭脳《あたま》の持ち主なのだ。ぼくは、真の天才を遇する道を心得ていた。

はじめて彼に会ったとき、彼はぼくを見とめると、かっと目を見ひらいて見つめた。

「またあったな」

「はあ?」

「きみはぼくの講義をきいていた学生だろう?」

「いいえ、先生、不幸にして、ぼくはその名誉にあずかりませんでした」どうも、よくひとはぼくを見たと思いこむらしい。ぼくは余計なことを考えるのをやめて、これに便乗することにした。「でも、おそらく先生は、ぼくの従兄弟《いとこ》のことを考えられたんじゃないでしょうか。八六年の卒業生です。一時、先生の講義をうかがっておりました」

「なるほど、そうかもしれんね。そのひとは何を専攻した?」

「それが、学位を取らずに学校をやめなければならなくなりましてね。従兄弟は先生の大崇拝者でした。いつでも、先生のもとで研究していたと自慢して話をしてましたっけ」

　母親にかわいいお子さんですねといって嫌われるはずはない、トウィッチェル博士はぼくが彼の横にすわるのを許し、やがてぼくのおごった一杯を快く受けてくれた。この偉大なる廃墟の、最大の弱点は、彼の持つ職業的虚栄心だった。ぼくは彼と面識を得るまでに費した四日間の一部を、大学図書館で彼についての文献を調べることに費やしていた。そのためぼくは、彼がどんな研究論文を書き、それがどこに提出されたか、彼がどんな学位や名誉を持っているか、そして彼がどんな本を書いたかなどをすべて知っていた。ぼくは彼の著書の一冊を読みかけてみた。ただし、九ページあたりですでにわけがわからなくなってしまったが、それでも、ある程度の知識はそれから拾いあげることができた。

　ぼくは、ぼく自身、科学の非戦闘従軍者であることを話した。そして、現在、『埋もれた天才たち』と題する本を執筆中であるというと、彼はすぐに反応を示した。

「それはどういうものなのかね？」

　そこでぼくは、実はこの本を、先生の人と作品という章から書きおこしたいと思ってやってきたのだと告白した。もちろんそのためには、先生が、その有名な世間嫌いの殻から、少しは気軽に出てきて、いろいろ話をしてくださらなければならない。

　彼はそんな人気取りみたいなことはいやだと、最初いった。だがぼくが、それを彼の後代に対する義務ではないかと指摘するに及んで、彼の態度は変わってきた。その日は、考えておこうということで別れたが、さて次の日になると、彼はすでにぼくが彼の伝記——一章ぐらいではなく、一冊の本として書くものと決めてかかっていた。さあそれからというもの、彼は猛烈に話しまくった。ぼくはいやでもノートを取らざるを得なかった。というのは、うっかりノートを取るマネなどをしていると、時おり彼が読みなおして聞かせろと要求するので、危険この上なかったからだ。

だが、いつまでたっても彼は肝心の時間旅行については触れようとしない。しびれをきらしたぼくは、きっかけを見つけていった。

「先生、以前ここに駐在していたある軍人の邪魔さえなかったら、先生はノーベル賞を獲得していたはずだという噂がありますが、あれはほんとうなのですか？」

博士は、たっぷり三分間ほど、堂々たるスタイルの呪詛《じゅそ》を吐きつづけた。「そんなことを、だれに聞いてきた？」

「ええとその、それは——ぼくが国防省のためにある記事を書いていたときのことで……このことはお話ししてありましたね？」

「いや聞いておらん」

「書いていたのです。で、そのとき、国防省のほかの課にいたある若い博士号持ちの男から、いっさいの真相を聞いたのです。その男の話では、もしあなたが、例の研究を公けに発表しておられたら、おそらく、先生の名前は、現代物理学におけるもっとも著名なものとなっていただろう——こういってました」

「ふん！　まあ、嘘ではないな」

「しかし、その件は機密になっているとかでしたね、そのなんとか大佐……プラッシュボタン大佐とかの命令で」

「トラッシュボータムだ。あのデブの、ハッタリ屋の、頭に打ちつけてでもおかねば自分の帽子も探せん大タワケだ」

「それはどうも残念で」

「なにが残念だな？　トラッシュボータムのやつが低能なことが残念なのか？　それは自然のなせる業《わざ》で、わしの罪ではないぞ」

「いや、ぼくのいうのは、この話を世間が聞かされないできたことが残念だという意味です。確か、先生はこれについて口外を禁じられているのでしたね？」

「だれがそんなことをいった？　わしはいいたいことはいうぞ」

「ぼくも先生はそういう方だと聞きました……その国防省の友人からです」

「ふむ！」

その夜は、これが彼から聞きだし得たことのすべてだった。彼が研究室をぼくに見学させる気になったのは、それから一週間後のことだった。

研究所の建物の大部分は、いま、ほかの研究のために使われていたが、彼の時間研究室だけは、長いこと使用せぬまま、彼が断固として権利を留保していた。彼はその機密指定を楯にとって誰も手を触れることを禁じ、タイムマシンを分解してしまうことも絶対許さなかった。彼の案内でそこへ入ったとき、研究室は、なん年間も閉めきってあった地下室のような臭いがした。

彼はかなり酔っていたが、それでもしっかりしていて、肝心なことはちっとも洩らそうとしなかった。彼の知能指数は非常に高かった。彼は時間の理論や時間転位（つまり時間旅行だが、彼は決してこの言葉を使おうとしなかった）の理論をぼくに講義してきかせたが、ノートを取ってはいけないと注意することを忘れなかった。ただしそれは、「かかるがゆえに以下のことは明瞭である、すなわち――」ではじまって、説明する彼自身と、おそらく天にまします神様にしか明瞭ではないおそらく難解な問題へと進むのだから、ノートなど、取っても取らなくても、わからないことはおなじだったのだ。

彼がようやく話をやめたすきにぼくはいった。「友だちの話ですと、先生の天才をもってしても、ついに、タイムマシンの目盛を正確にあわせることだけはできなかったそうですが？　つまり、時間転位の射程が正確に測定できないのだというのですが、そうですか？」

「なんじゃと？　ば、ばかな！　測定のできないものが、どうして科学といえるか」彼は、しばしのあいだ沸騰《ふっとう》するヤカンよろしく泡をふいて怒っていたが、やがて続けた。「よろしい、きみに見せてやろう」そして彼は機械のほうに向きなおって、タイムマシンの目盛を操作しはじめた。タイムマシンとはいっても、外に出ているのは、彼が〝転位台〟と呼ぶ、低い台の周囲に檻のように柵をめぐらしたものと、蒸気機関か、低圧室についている操作盤のような設備の二つだけだった。この程度なら、ちょっと調べるだけの時間さえあれば、ぼく一人だって操作できるにちがいない。だがぼくは、前もって博士から、絶対にそばへ寄ってはいけないといいわたされていた。ぼくは、八ポイントのブラウン管、非常に強力な電圧に耐えるスイッチ、そのほか、一ダースほどの、この種の設備によく見かける計器が並んでいるのを見てとった。だが、回路の図式がわからなければ、ぼくにはどうしようもない。

彼はぼくをふりかえっていった。「きみは小銭を持っているか？」

ぼくはポケットを探って、ひとつかみほどの貨幣をとりだした。彼はそれを一瞥《いちべつ》すると、中から、その年発行されたばかりの、六角形をした緑色のプラスチック製の五ドル貨幣を二つえらび出した。ぼくはそれを見ながら、せめて二ドル半のやつにしてくれればいいのにと思っていた。というのは、ぼくの懐《ふところ》具合はすでにだいぶお寒くなっていたからだ。

「ナイフは持っているかね？」

「あります」

「この金に、それぞれきみの頭文字を彫ってごらん」

ぼくはいわれたとおりにした。それから彼はぼくに、その二つを、台の上へ並べて置くようにといった。「時間をよく見ておきたまえ。いま、目盛をいまから正確に一週間前、プラス・マイナス六秒の誤差で過去に合わせる」

ぼくは時計を見つめた。トウィッチェル博士が秒を読みはじめた。「五——四——三——二——一秒——そら！」

ぼくは時計から目をあげてみた。五ドル貨は二つとも姿を消していた。わざと目をむいてみせる必要はなかった。チャックから話には聞いていたが、百聞まさに一見にしかず。ぼくは仰天していたのである。

トウィッチェル博士のきびきびした音声がぼくを我に返らせた。「今日から一週間めの夜、ここへ来てみれば、いまの五ドル貨のひとつが戻ってくるのが見られる。もうひとつについては——よいか、きみは、二つともその台の上にあったのを見たね？　きみは自分で台の上にあれを置いたことを認めるね？」

「もちろんです」

「わしはどこにいた？」

「操作盤の前においででした」確かに彼は少なくともテスト台から十五フィートは離れたところにいた。そこに立ってから五ドルが消えるまで、一歩も近寄らなかったのだ。

「よろしい。ここへ来たまえ」ぼくが行くと、彼はポケットに手をつっこんだ。「これがもう一方の五ドルだ。そして片方は今日から一週間めに戻ってくる」彼はいいながら、緑色の五ドル貨をぼくの手の上に置いた。それに、ぼくの頭文字が彫られていた。

ぼくはなにもいわなかった。顎がガクガクして、うまくものがいえなかったのだ。彼はまた語を継いだ。

「実は先週、わしはきみの話を聞いてひどく心を動かされた。そこで水曜日に久々にここを訪ねてみた。そうだ、もうずいぶん長く――一年あまりも来なかったここをだ。すると、この台の上でわしはその五ドル貨を発見した。そこではじめて、わしは、わしがこのタイムマシンを使った――というのは、使うであろうことを知ったのだよ。そして今夜、わしはきみにこの事実を教えてやろうという決心をしたのだ」

ぼくは掌《てのひら》の上の五ドル貨をながめてそっと触れてみた。

「これが――これが、今夜、先生とぼくがここへ来たとき、すでに先生のポケットの中にあったのですか」

「もちろんだ」

「しかし、ひとつのものが、ぼくのポケットの中と、先生のポケットの中に同時にあったなんて、そんなことがどうしてあるのです？」

「おいおい――きみのその目は節穴なのかい？　きみは、たんにそれがきみの取るに足らん実在の外にあるというので、この単純きわまる事実が飲みこめんというのか？　よいか、きみは、それをきみのポケットから出してここへ置いた。そしてわれわれはそれを一週間前の過去へ送った。きみの見たとおりじゃ。さてわしは今日より数えて一週間前、それをここで発見した。わしはそれをこのわしのポケットへ入れた。そして今夜、それをここへ出して見せた。おなじ五ドルじゃろうが――正確にいえば、四次元的構造としては一週間ぶん消耗し、一週間ぶん以前より鈍くなったおなじ貨幣じゃ。ただしそれは、赤ん坊が成長して大人になった場合、その赤ん坊と大人とが同一人と見わけられるほどに見わけやすくないが、要するに一週間年をとっているわけだ」

ぼくは貨幣を見つめた。「先生……ぼくを、一週間前に戻してみてくれませんか」

彼は憤然としてぼくを睨《にら》みつけた。「とんでもない」

「なぜいけません？　人間には効かないのですか？」

「なにい？　もちろん、人間とておなじことだ」

「それなら、なぜやってみてくださらないのです。ぼくはちっとも恐くない。しかも先生、この経験がぼくの本にどれほどすごい効果を与えるか考えてみてください！　トゥウィッチェル時間転位法が真実であることを、著者自身が体験で確かめることができるんですよ！」

「そんなことをせずとも、きみ自身の経験で本を書けるじゃないか。それをたったいまきみは見たはずだ」

「そりゃ見ました」とぼくは静かに肯定した。「でも、あんなことでは、ぼくがいくら書いても信じられませんよ。あんな貨幣ぐらいの実験では、そりゃ、ぼくは実際見もしたし信じてもいます。しかし、ぼくの記事を読むだけの連中は、おそらくぼくがだまされやすくて、先生に手品を見せられて真実と思いこんだにちがいないと考えるにきまってます」

「ばかな！」

「そうなんです。世間というものは、つねにそうした考えなのです。世間の連中は、実際にぼくが見て書いたのだということを決して信じてくれないのです。しかし、もしぼく自身が一週間過去にもどれたら、ぼくは自分の体験をもとにして、世間の連中の納得するような記事を――」

「すわりたまえ、きみ。すわってわしのいうことをきいてくれ」博士はそういって腰をおろした。ぼくはすわろうにもすわる椅子がなかったが、彼はそれに気がつかない様子だった。「わしは、かなり以前、人体実験をしてみたことがあるんだ。その実験の結果、わしは、二度とそれを繰り返すまいと決心したのだ」

「なぜですか？　死んだのですか？」

「死んだ？　ばかをいうな」彼はすごい目で睨んでからまたいった。「これは、本に書いてはいかんよ」

「そうしましょう」

「それ以前の数回の小実験で、生物にも、まったく害を与えず時間転位を行なわせることが可能であることが証明されたのじゃ。そこでわしは、ある男――建築学校で絵画などを教えておったある若い教師に、内々にこの話をした。科学者というよりは、技術者というべき男であったが、しかしわしはこの男が好きじゃった。彼は活力にあふれた精神の持ち主じゃった。この若い男――そうじゃ、彼の名前を挙げても、べつに害はなかろう――レナード・ヴィンセントは、ぜひにとテスト台に乗ることを望んだ。それは熱心なものであった。しかも彼は大きな時間転位をと望んだ。五百年にしようというのだ。わしは彼の熱意に負けて、その願いを容れた」

「それからどうなりました？」

「知るものか。五百年じゃぞ！　とうてい、生きてそれを確かめるわけにはいくまい」

「しかし――それじゃ先生は、彼が五百年未来へ行ったと考えておられるのですか？」

「未来か、さもなくば過去かだ。彼は十五世紀の世界へ行ったかもしれん。あるいは二十五世紀かもしれんのだ。比率は正確に五分五分で、そのいずれとも決めにくい不確定性がある。まったく均等の方程式が……わしは時おり、ふっと……いや、そんなことがあるものか。ただ名前が偶然似ておるだけにすぎん」

彼がなにをいおうとしたのか、訊く必要はなかった。そのとき、ぼくにも、いきなり彼のいった類似点が、なまなましくわかってきたからだ。一瞬ぼくは総毛立った。だが、ぼくはその考えをあわてて頭から押し出していた。ぼくにはぼくの問題がある。それに、おそらくこれは偶然の類似にすぎないのだ。だいいち、十五世紀のアメリカ大陸のどまんなかのコロラドから、イタリアへ行けるはずなどないではないか。

「じゃが、これを最後として、わしは二度と生物実験をしようとは思わなくなった。つけ加えるべきデータがなければ科学とはいえん。もし彼が未来へ行ったものとすれば問題はない。が、もし過去へ戻ったとすると……わしは友人を、先住民に殺させるためにテスト台に乗せたことになる。あるいは、野獣の餌食になってしまったかもしれぬ」

でなければアメリカ先住民族の〝白い神〟になったかもしれないといおうと思ったが、やめにした。

「でも先生、ぼくの場合はそんな長い時間転位をしていただく必要はないのですよ」とぼくはいった。

「もうこの話はやめてくれ」

「先生がどうしてもおいやなら」ぼくはいったが、もちろん諦めたわけではなかった。

「ぼくにひとつ案があるんですが」

「なんだ、いってみたまえ」

「リハーサルをやるんです。真物《ほんもの》とほとんどおなじ効果が得られますよ」

「どういう意味かね、それは」

「なにもかも、真物そっくりにしたリハーサルをやるんです。つまり、先生が生物を使った時間転位の実験をやるときと、そっくりそのままの準備をしてみる——ぼくが、その生物実験台になる。先生は、ぼくをほんとうに時間転位させるようなつもりで、最後のボタンを押す直前のところまで、正確に実験そのままにやってみる。そうすれば、ぼくにも、時間転位のプロセスが飲みこめると思うんです。どうも、その実感がないので、固執しているわけですからね」

彼はなおぶつぶつ口の中でいっていたが、所詮《しょせん》最初から、彼はこの玩具を操作してみたくてうずうずしていたのだ。彼はぼくの体重を計り、ぼくの体重、百七十ポンドにひとしい金属のおもりを取り出した。

「これはヴィンセントのときとおなじおもりだ」

ぼくは博士に手をかしてテスト台の上におもりを移した。

「転位時間はどのくらいにするかね」と彼がいった。「きみのショウだ、きみが決めたまえ」

「そうですな……先生はさっき、正確に決められるとおっしゃいましたね？」

「いった。疑うのか？」

「いえいえ！　疑いやしません。それじゃあと、今日は五月の二十四日だから、たとえば……これではどうでしょう、三十一年と三週間と一日七時間十三分二十五秒では？」

「くだらん。ギャグにもなんにもなっとらんよ。わしが正確といったのは、十万分の一までの精密度であって、とうてい九億分の一までの正確度を期すわけにはいかんのだ」

「ああ、なるほど。なにしろ、まるで見当がつかないものですからね。これでも、正確なリハーサルの必要性がおわかりになったでしょう、先生。それでは、三十一年と三週間ではどうです。まだ細かすぎますか?」

「それなら大丈夫だ。最大の誤差も二時間を超えることはあるまい」彼は操作盤にむかって計器を調節した。「これできみがテスト台に乗ればすべて完了だ」

「なにもかもですか?」

「そうだ。電力以外はなにもかもだ。実際は、さっき五ドル貨幣の場合に使った程度の電圧ではこの時間転位はできないのだが、これは練習で実際やるわけではないのだから、そこまで気にする必要はあるまい」

ぼくはがっかりしてみせたが、心の中でもそれに劣らず失望していた。「なんだ――それじゃ実際は、ああした時間転位に必要な電圧がここにはないわけなんですか。先生がさっきから話してくださったのは、あれは理論的な仮説なんですか?」

「な、なにをいうか! わしは、仮説など弄《ろう》しはせん」

「でも、電力がなければ――」

「それほどいうなら、電力も用意して見せてやろう。ちょっと待ってろ」彼は研究室の隅へ行って電話機を取りあげた。それはこの研究室がまだできたばかりのころに設備されたものなのだろう、ひどく旧式で、二〇〇〇年の世界に蘇生して以来一度もお目にかかったことのないしろものだった。しばし博士と大学の変電所の夜勤の管理者とのあいだで、てきぱきした言葉のやりとりが続いた。トウィッチェル博士の戦術は、罵詈《ばり》雑言《ぞうごん》に依存するというやりかたでなく、むしろそれを完全に避けて、ごくふつうの言葉を使いながら、まずたいていその道の芸術家よりも凄い効果をあげる術を心得たものであった。「わしはきみの考えなぞに全然興味は持っとらんよ。とにかく通告書をもう一度読んでみたまえ、通告書を。わしが、必要な場合にはどんな要求でもできるということがちゃんとうたってあるだろうが。それとも、きみは字が読めんのか？　読めんなら、明日午前十時に学長のところでおちあって、学長からきみに読んできかせてもらおうか？　なに？　読める？　ほう読めるのか。それじゃ、字も書けるかな？　それとも、わしの注文は無理すぎるかな？　書けるなら、いまわしのいうとおり書きたまえ。ソーントン・メモリアル研究所宛、母線総電圧を厳密に八分間緊急送電せよ。復唱したまえ」

博士は受話器をもとに戻して、「ばかどもが！」と吐き棄てるようにいった。

それから操作盤の前に行くと、二、三の計器を修正して待った。やがて、テスト檻の中にいるぼくのところからも、操作盤の上に並んだ三つのメーターの長針がぐるぐるっとひとまわりして、その上についていた赤電球がぱっとともるのが見えた。「電圧が来た」と博士がいった。

「これからどうなるんです？」ぼくはとっておきの台詞にかかった。

「どうにもならんさ」

「ははあん。そうだろうと思った」

「なんだ？　なにがそうだろうと思っただ？」

「いったとおりの意味ですよ。どうせ、なにもおこりっこないんだ」

「どうもきみのいうことはわからんな。いや、わかりたくないような気がするな。わしのいった意味は、わしがこのパイロット・スイッチを入れんかぎり、なにもおきないということだ。入れたが最後、きみは三十一年と三週間時間転位してしまう」

「どうだかな。ぼくは、スイッチなんか入れても入れないでもおなじことだと思いますがね」

　博士の顔は暗くなった。

「きみは故意にわしを怒らす気か」

「なんとでもおっしゃい。博士、いまだからいいますがね、じつは、ぼくは博士の有名な噂話の真偽を確かめる目的でここへやって来たんですよ。調べてみれば案の定だ。どうです、そのきれいな色の電球がたくさんくっついた操作盤は。映動《グラビー》の中によく出てくる、悪魔に魂を売った科学者の研究室かなんかにそっくりじゃありませんか。それからあの結構な手品、五ドル貨二つ使ってあなたがやったあれですよ。そのトリックだって、たいしたトリックじゃない。あんたが自分で選んで自分でこう彫れってぼくにいったんだから、ごまかすのはわけありゃしないですよ。あの程度なら、どんな手品師だって、もっと手際よくやりますよ。そりゃ、いろいろお話はうけたまわりました。しかし、口で話すことなんか当てにはならない。あんたが発見したといっていることは、全然不可能なんですよ。ついでだからいうけれど、国防省でも、そのことはみんな知ってた。あんたの論文は、あれは発禁になったのでもなんでもない、役に立たん屑《くず》論文をつっこむファイルに綴じこまれたんですよ。そして、国防省の連中が、ときどき引っ張り出しちゃおもしろがってまわし読みしてるんだ」

ぼくは一瞬、わがトウィッチェル博士が発作をおこしてその場にぶっ倒れるのではないかと思った。むごいとは思ったが、仕方がなかった。彼を刺激するには、彼に残った唯一の反射作用——虚栄心を利用するしかなかったのだ。

「出てこいきさま、出てこい！　八つ裂きにしてやるぞ！　この両手で、八つ裂きにしてくれる！」

すさまじい激怒だった。年をとっているし肥りすぎて身体の自由もきかない博士だが、この怒りようでは、下手《へた》をするとほんとにやられかねないぞとぼくは思った。しかしぼくはまたいった。

「脅かしたってだめだよ、じいさん。そのスイッチ――インチキ手品の小道具がこわくてたまるかい。くやしかったら、そのスイッチを押してみろ」

彼はぼくを見、スイッチを見た。だが、すぐには動こうとしなかった。ぼくはここぞと嘲笑した。

「そうらみろ、やっぱりインチキだ。国防省の連中のいうとおりだったんだ。トウィッチェル、あんたは見かけ倒しの安ペテン師だな。ええ？ ろくでなしのごくつぶしめ。トラッシュボータム大佐はよくいったよ」

これが効いた。トウィッチェルは、急にスイッチを入れたのだ！

10

トウィッチェルがスイッチにつかみかかったとき、ぼくは反射的に、待ってくれ、スイッチを入れないでくれと叫びかけた。だが、時すでにおそかった。つぎの瞬間、ぼくはすでに奈落めがけて転落しつつあった。ぼくの頭脳《あたま》に最後に閃《ひらめ》いた想いは、ただもう、苦痛にみちた悔恨のそれだった。ぼくは自らあらゆる機会を投げ打ったのだ。ぼくはなにをしたわけでもない罪咎《つみとが》もない老人を、死ぬほどいためつけた罪で、自分が未来へ進んでいるのか、過去へ戻ってゆくのか――いや、果たしてどこかへ着くことすらできるのかもわからないまま、まっさかさまに落ちていった。

つぎの瞬間、ぼくの身体は、いやというほど、なにか堅いものにぶつかった。落ち切ったのだ。感じでは、せいぜい四、五フィートの高さしかなかったのだが、予期していなかったからたまらない。ぼくは棒きれのようにぶっ倒れ、空《から》の袋かなんぞのようにぺちゃんこにのびてしまった。

そのとき誰かの声がした。「いったい、どこからやって来たんだきみは?」

それは人間の男だった。年のころは四十前後、頭は禿げあがっていたが、がっちりとしたいい体格の長身の男である。男はぼくに真正面を向いて両手の拳を腰骨のあたりで握りしめている。いかにも頭脳《あたま》のきれそうなその男の、敏捷そうな顔は、そのときぼくを睨みつけているのでなかったら、それほど不愉快には見えなかったろう。

ぼくは半身を起こした。みかげ石の小砂利に松葉の散った中に、ぼくはすわりこんでいた。男の横に、一人の女が立っている。男よりいくつか若い、綺麗な好印象の女だ。彼女は目をまるくしてぼくを見つめているきりで、口を開こうとはしなかった。

「ここはどこです?」ぼくは愚問を発した。

「いまはいつです」と訊いたほうが当を得ていたのだろうが、いっそう馬鹿げて響いたろう。だいいち、ぼくにはその言葉が思いあたらなかったのだ。この男女をひと目見たとたん、ぼくははっきり覚《さと》っていた。ここは一九七〇年の世界ではないといって、二〇〇一年でも、もちろんない。二〇〇一年だったら、この男女のような格好をしているわけがない。

観念の目を閉じてぼくは思った——ぼくは未来へ来てしまったのだ。

というのはほかでもない。その男も、そして女も日焼けした生まれたままの姿で、身に一糸もまとっていなかったのだ。しかも二人は平気な顔だ。ぼくに見られても、少しも困ったような顔をしていなかった。

「順番に片づけよう」と男がいった。「どこから来たのか、まずぼくの質問に答えてもらおう」彼は空を仰ぐようにした。「パラシュートが樹にひっかかっている様子もない。それにいずれにしろ、きみはなにしにここへ入ってきた？　ここは私有地だ。きみは他人の所有地に不法侵入しているのだぞ。ついでに訊くが、いったいそのカーニバルの衣装みたいな格好はなんのつもりだね？」

そういわれても、ぼくの服装は、べつだんおかしくはないはずだった。少なくとも、彼らよりはましなはずだ。しかし、ぼくは答えなかった。郷に入れば郷に従えということがある。へたをすれば、面倒がおきかねない気配がした。

女が、男の腕に手をおいた。「およしなさい、ジョン。このひと怪我をしているんじゃない？」

男は女をちらと見て、再びぼくに視線を移した。

「怪我をしているのか？」

ぼくは立ちあがろうとしてみた。どうやら立てた。

「たいしたことはなさそうだ。かすり傷ぐらいでしょう。ところで今日はなん日です」

「三日だよ」

「なん月の？」

「なん月の？　五月にきまっているじゃないか。五月の第一日曜日で五月三日だ。そうだったな、ジェニー？」

「そうよ、あなた」

「じつは」ぼくは勇を鼓していった。「ぼくは頭をひどく打ったんです。それで、なにかも混乱してしまったのです。なん年の五月か教えてくれませんか」

「なんだって？」

男は世にも奇妙な顔をした。訊くんじゃなかったとぼくはまた後悔した。どこかで、カレンダーか新聞でも見るまで、待つべきだったのだ。しかしぼくは知りたかった。待ってなんぞいられない気持ちだったのだ。

「なん年なんです？」ぼくはなかば自棄《やけ》になっていった。

「よほどひどくぶつけたね。今年は一九七〇年だよ」男がいった。そして、ぼくの服をまたじろじろと穴のあくほど見つめるのだ。

一九七〇年だって！　ぼくは、危うく自制を失うところだった。同時に果てしない安堵が、洪水のように胸を没した。やったんだ。とうとうやってのけたんだ！

「ありがとう。ほんとに、心からありがとう——お礼のいいようもないくらいです」

だが、男は、まだ軍隊でも呼びに行きそうな顔をしている。ぼくは妙に弁解がましくつけ加えた。

「ぼくは記憶喪失症にかかっていたんです。記憶がなくなってから――そのう――五年、まる五年になるんです」

「ふーむ。それでは混乱するのも無理はないな」彼は用心深く、「ところで、気分が良くなったら、さっきのぼくの質問にお答え願いたいが」

「あんまりいじめちゃ可哀そうよ、あなた」女が柔らかい口調でいった。「この方、悪いひとではなさそうですもの。ちょっと混乱しているだけじゃないかしら」

「そのうちわかるさ。どうだね気分は？」

「気分はその……もう大丈夫です。ですがいまさっきまでは、あまり混乱してたもので……」

「よろしい。どうやってここへ来ました？　そして、なぜそんな格好をしているのです？」

「正直のところ、ぼくは自分でもどうしてここへ来たか、まったくおぼえがないんです。したがって、ここがどこかも知らないんです。いきなりぐらぐらっと来て、それっきりわからなくなったんで。それから、ぼくの服装は……まあ、ぼく個人の趣味だと思ってください。つまり……ちょうどその、あなたがたの服装……っていったらいいのか、ハダカといったらいいのか……それみたいにですな」

男は自分の姿にちらと視線を移して、急ににっと笑った。

「ああ、なるほどね。そういわれれば、確かにぼくと妻のこの服装……というか、ハダカというか……は、他の場合なら若干の説明を要するでしょうな。しかし、ここでは、ハダカのわれわれのほうが、服を着ている人たちに対して説明を要求する権利があるんだ。ここは、デンバー裸体運動《ヌーディスト》クラブの敷地内だからね」

ジョンとジェニーのサットン夫妻は、教養豊かな、人好きする人たちで、たいていのことには驚かない――時と場合によっては、地震でも平気でお茶によぶといったタイプの夫婦だった。ジョンは、もとよりぼくのうさん臭い説明では満足せず、反対訊問に及ぼうとしたが、ジェニーがそれを抑えてしまった。ぼくはそれをいいことに〝ぐらぐら〟説に固執して、とにかく最後に記憶に残っているのは、昨日までデンバーのニュー・ブラウン・パレスにいたということだけだといった。最後にはジョンもうなずいて、「なるほど、聞けば聞くほどおもしろい――変わった話だね。ボールダーへ行く途中のだれかが、ここからならバスに乗ってデンバーに戻れるというので、自動車から落としていったのかな」そういって彼は再びぼくをつくづくと見た。「それはいいが、その格好のあなたをクラブハウスに連れていったら、クラブの連中がびっくりするな」

ぼくは自分を見なおした。そういわれて気がついたが、ぼく自身も、さっきから、なにか落ち着かない気分になっていたのだった。ぼくだけが服を着ていて彼らが何も着ていないのが妙に気になって——何も着ていない彼らのほうがあたり前のような気がしていたのだ。「ジョン——こうしたらどうだろう——ぼくもきみたちとおなじように服を脱いでしまったら。そうしたら、面倒がなくなるんじゃないかな」

こう考えるのに、さしたる決心もいらなかった。ぼくはヌーディストクラブに入ったこともなかったし、特に入ってみたいと思ったこともないが、このあいだまで、週末ごとにチャックとサンタバーバラやラグナ・ビーチに行って、海水浴場ではヌードのほうがふつうで、服を着ているほうが目立つのを思いだしたのだ。

ジョンはうなずいた。「それはそのほうがいいね」

「あら、そうだわ」とジェニーがいった。「そうすれば、この方、わたしたちのお客さんということにできるじゃない、ジョン？」

「うむ……なるほどな。それじゃ、あんたは先に行って、みんなに、今日ぼくらのところへお客さんが……ええと、どこから来ることにしたらいいかね、ダニー？」

「そうですね。カリフォルニアにしましょう。グレイト・ロサいや、ロサ——ンゼルスに。実際にぼくはあそこの生まれなんですから」ぼくは、危ういところでグレイト・ロサンゼルスといいかけたのだった。これは気をつけなくちゃいけない。ここでは映動《グラビー》も再び映画《ムービー》に逆戻りなのだ。

「ロサンゼルス、よかろう。それじゃジェニー、きみはこのニュースをひろめてきなさい。もう誰でも前から知っていたような顔をしていうんだよ。そして、三十分ほどしたら、門のところへぼくらを迎えにきておくれ。いや、ここへ来てもらったほうがいいな。ぼくのボストンバッグを持ってきてほしいから」

「ボストンバッグをどうなさるの？」

「この人の仮装舞踏会用の衣裳を隠すのさ。こいつはあまり目立ちすぎる」

ジェニー・サットンが出かける前に、ぼくはそそくさとその辺の灌木《かんぼく》の茂みに入って服を脱ぎはじめた。彼女に行かれてしまうと、脱衣場を探す口実がなくなってしまうからだ。ハダカになるのはなんでもないが、ぼくは腰に時価二万ドル（一九七〇年代には金一オンス六十ドルだから、十キロだと最低そのくらいになるはずだった）の純金の針金を巻いている。それを見せるわけにはいかなかったからだ。針金をはずすのに長くはかからなかった。金のベルトをつくってはじめて風呂に入ろうとしたときに苦労していたので、折りたたんで正面でとめておいたのだ。

服を脱いでしまうと、金の針金をその中に巻きこんで、服だけの重さしかないように軽と持つふりをしたが、これがなかなか骨が折れた。ジョン・サットンは、まるめた服を見たが、なにもいわずにぼくに煙草をすすめた。ハダカでどうやって持っていたのかと思ったら、足首に紐でくくりつけてあったのだ。二度と再び見ることもあるまいと思っていた、懐かしい煙草だった。

ぼくはありがたく一本もらって、ひょいと振ったが、火はつかなかった。ジョンがライターで火をつけてくれた。

「さて」と彼は静かな声音でいいだした。「ここにはぼくときみだけだ。なにかぼくに話しておきたいことはないかね？　ぼくらの客としてクラブに連れていく以上、ぼくはあなたが絶対にみなに迷惑をかけないということを知っておかなければならないんだ」

ぼくは煙草をひと吸いすった。煙草は咽喉にいがらっぽかった。「ジョン、絶対に迷惑はかけないよ。それはおよそいちばんしたくないことだ」

「うむ、それじゃ、例の〝ぐらぐら〟ってきてうんぬんの話はいまのうちに訂正するかね？」

ぼくは考えこんだ。のっぴきならない立場だった。この男には知る権利がある。しかし、たとえ真実を話しても、信じてもらえそうもない。少なくとも、もしぼくが彼だったら信じやしない。しかし、もし信じてもらえたらいっそう面倒なことになる。ぼくのもっとも歓迎しない大騒ぎがもちあがること必定《ひつじょう》なのだ。もちろん、もしぼくが合法的な時間旅行者で、科学の探究に精進する学究の徒であれば、そうした公表を歓迎もし、論議の余地ない証拠を提出して、科学者たちの望むテストをすすんで受けるなどするところだろう。

だがぼくはそうでない。ぼくは一個人の資格で、しかも若干うしろ暗いところのある密航者だ。他人の注意をひくことは、むしろまったく不本意なのだ。ぼくはぼくの夏への扉をなし得るかぎりひそやかに探し出したいと念願していたのだ。

「ジョン。話しても、おそらくきみは納得してくれないよ」

「うむ……。しかしだよ、ダニー、ぼくはこの目で空から人が降ってくるのを見たんだ。しかも、その男は地上にぶつかって怪我さえしなかった。その男は妙な服装をしていて、自分がどこにいるかも、今日がなん日かも知らなかったんだ。ダニー、ぼくも人なみに、チャールズ・フォート（Charles Fort 一八七四～一九三二。アメリカの超常現象研究家。四冊の有名な著書があり自然界の不思議な事実を集めている）ぐらいは読んでいる。しかし、ぼく自身がそんな機会に遭遇するとは、夢にも思っていなかった。ふたたびしかしだ、そんな機会にこうして面と向かった以上、子供だましの説明を聞いて、はいそうですかと黙っているわけにはいかないな」

「ジョン、さっきからきみがいってることや、きみの言葉つきから判断すると、きみは弁護士だと思うのだが、ちがうか？」

「そうだよ。ぼくは弁護士だ。それがどうかしたかね？」

「ぼくは秘匿特権《プリヴィレジド・コミュニケーション》（弁護士と依頼人の間での秘密に相談する権利。警察もこれには干渉できない）を行使したいが、いけないか？」

「ふうむ。つまり、ぼくの依頼人になりたいという意味か？」

「そういういい方のほうが良ければ、そうしてもいい。いずれにしろ、ぼくは弁護士の忠告が必要になるだろうから」

「引き受けよう。話したまえ」

「話そう。ぼくは未来から来た。時間旅行者なのだ」

彼はしばしのあいだなにもいわなかった。ぼくらはそのまま、陽光を浴び四肢をのばして、地面に大の字なりに横たわっていた。ぼくは身体を温めるためにそうしていた。コロラドの五月は、陽は暖かかったが、風が冷たかった。ジョン・サットンのほうはこの気候に馴れているらしく、松葉を噛みながらもの想いに耽《ふけ》っていたのだ。

「きみのいうとおりだ」やがて彼はおもむろにいった。「ぼくには信じられそうもない。〝ぐらぐら〟説のほうがまだましだ」

「だから、信じてくれないだろうといったんだ」

彼は溜息《ためいき》をついた。「それじゃ信じたくないといおうか。幽霊とかよみがえりとか、それからこういった超自然的な魔術は、いずれにしろ信じたくないほうでね。ぼくは、単純なせいか、ぼくの理解できるような単純な事柄が性に合うんだ。たいていの人はそうだろうがね。そこで、ぼくの忠告第一号は、この話をぼくらのあいだだけの秘密にしておくことだ。ほかの人にふれまわってはいけない」

「望むところだ」

彼はごろりと寝返って身体を起こした。「その衣装は、燃やしてしまったほうがいいな。きみには、あとで何か着るものを見つけてあげる。それは燃えるかい？」

「そうねえ……あんまり燃えやすいほうじゃない。融けるんだ」

「靴ははいていたほうがいい。ぼくらも、ふつう靴だけははくんだ。靴なら、なんとかきり抜けられるだろう。もし誰かにその靴のことを訊かれたら、特別あつらえだとでもいうんだな。健康にいいとかなんとか」

「実際いいんだぜ」

「よし」彼はいったかと思うと、ぼくがとめようとする暇もなく服の包みをほどきだした。

「これはなんだ？」

しまったと思ったがもう遅い。ぼくは彼がほどくにまかせた。

「ダニー」と彼は奇妙な声を押し出して、「これは見えるとおりのものなのか？」

「なんに見える？」

「金か？」

「イエス」

「こんなもの、どこで手に入れた？」

「買ったんだ」

彼はそれに触って、柔軟そのものの、パテのような手ざわりを試し、つぎに持ちあげて重さを計った。そして、「驚いたな！」と口走った。「ダニー……注意してぼくのいうことをきけよ。ぼくはきみにひとつ重大な質問をする、充分気をつけて答えるんだ。ぼくは、自分の弁護士に嘘をつく依頼人は持ちたくない。嘘をついたとわかったら、ただちに契約は解除だよ。それに、もうひとつ、ぼくは犯罪者に手は貸さないのだ。ダニー、きみはこれを合法的に手に入れたのか？」

「もちろんだ」

「では、きみはおそらく一九六八年の金私有禁止法を知らないのだな？」

「いや、知っている。しかしこれは合法的に手に入れたものだ。ぼくはこれをデンバー造《ミ》幣局《ント》へ持っていって売るつもりだったんだ」

「貴金属商の営業許可はあるんだろうね？」

「ない。ジョン、ぼくは単純な事実を話しているんだ、きみが信じてくれても、くれなくても。ぼくのいた未来の世界で、ぼくはこれをちゃんと店先で金《かね》を出して買ってきたんだ。合法的も合法的、これ以上合法的にできやしない。それでいまは、できるかぎり早い機会に、これをドルに換えたいと思ってる。金《きん》を私有すると法律にふれることはよく知っているんだ。ぼくがもしこれを造幣局へ持っていって、カウンターの上に、目かたを量ってくれといって置いたら、どうなるかな？」

「どうもならんだろうとは思うよ……もしきみが例の〝ぐらぐら〟話をあくまで押しとおせればね。だが、そうでないと……きみのその後の人生がきわめて辛いものになること間違いなしだ」彼はいいかけると針金を見つめた。「こいつに少し土をつけといたほうがいいな、ダニー」

「埋めろというのか？」

「そこまでする必要もあるまいが……つまりもしきみの話が真実だったら、きみはこれを山の中で発見したことになる。鉱山師《やまし》が金を見つけるのはたいてい山の中だからな」

「なるほど……きみのいうとおりにしよう。いずれにしろ、これは絶対合法的にぼくのものなんだから、多少の嘘ぐらいは気にしないことにするよ」

「しかしほんとに嘘なのか？　きみがこの金をはじめて見たのはいつなんだ？　これがはじめてきみの所有に帰したのは正確にいつだった？」

ぼくは考えてみた。それはぼくがユマを出発した日で、二〇〇一年の五月のなん日かだった。そしてそれは、いまから二週間ほど前……。

そうか！

「きみのいうとおりだ、ジョン。ぼくがこの金の針金を見た最初の日は——一九七〇年五月三日。今日だ」

彼はうなずいた。「そして、きみは、山の中でこれを発見したのだ」

サットン夫妻は月曜の朝までクラブに泊まることになっていたので、ぼくもそうすることにした。クラブ員たちはみな非常に友好的だったが、その反面、ぼくの個人的な問題については、驚くほど関心を示さなかった。それは、ぼくがいままでつきあったどのグループにもかつてなかったほどだった。やがてぼくは、ヌーディストクラブにおいてはこれが礼儀とされていることを知ったが、それにしても彼らはぼくがいままで会った中でもっとも慎《つつま》しやかな、上品な人々の集まりだった。

ジョンとジェニーの夫婦は部屋をひとつ持っていたが、ぼくはクラブハウスの共同寝室で眠った。なんだか、おそろしく寒かった。翌朝、ジョンが、シャツ一枚とブルージーンズをくれた。ぼくの服は金の針金をくるんだままボストンバッグに入れて、彼の自動車のトランクの中にしまいこまれた。話はちがうが、彼の自動車は豪奢なジャガー・インペレーターで、これを見ただけでも、彼がそこらの安弁護士でないことは明らかだった。もちろん、ぼくは、彼の態度からそのくらいのことはわかっていたが。

こうして一晩泊まってあくる火曜日、若干の金が入ったのをはじめとして、例の針金にはそれきりお目にかからなかったが、つづく二、三週間のうちに、ジョンは純金の時価から貴金属商の取る法定手数料を引いただけのドルをぼくに渡してくれた。彼は自分の手数料は一セントも取ろうとせず、貴金属商の領収証と金を一緒によこして、細かいことはなにひとついおうとしなかった。

ぼくは気にしなかった。というより、現金が手に入ると同時に、猛烈ないきおいで仕事にとりかかっていたのである。一九七〇年五月五日の第一火曜日、ぼくはジェニーの自動車に乗せてもらって、旧商業地区の二階に事務室を一部屋借りた。ぼくはここに製図台と仕事台、それに軍隊用のベッドその他最低限の必要品を備えつけた。このほか、電気と水道とガスとすぐつまる癖のある水洗便所がついていたから、これ以上なにもいらなかった。

というより、ぼくは金が惜しかった。これから一セントにもケチケチして、爪に火をともすくらいの覚悟でいなければならないのだ。

旧式の製図台で、コンパスにT定規を使って設計するのは面倒でもあるし、だいいち時間の無駄づかいだ。一刻の時間も無駄にはできないのだ。そこでぼくは〈万能《フレキシブル》フランク〉より先に〈製図機ダン〉の実用模型を作ることにした。いよいよ〈万能フランク〉を作る段になって、ぼくはふと気がついた。そうだ、ぼくの作るのは〈万能フランク〉ではなかった。フランクをはるかに凌《しの》ぐ真のロボット——人間に可能なことならなんでもできる万能《フレキシブル》ロボット〝護民官ピート〟をこそ作るはずだったのではないか。

ぼくは猛然と仕事に取り組んだ。特許を取るだけなら、ほんとうは実用模型は必要でなく、設計図と説明だけでよかったのだが、ぼくはぜひ実用品を完成させておきたかった。完全に働いて、誰でも容易に操作できる実用模型である。こうした模型を作っておけば、放っておいても自然と人の目につく。目につけば、その実用価値と、経済的な点とから、これがたんに便利なだけの機械でなく、非常に有利な投資であることが、必然的に知れわたる。したがって売れるということになるのだ。

仕事の進みかたは、早いとも、遅いともいえた。設計も計算も、すべて細かな点までぼくの頭脳の中ですでにできあがっていたのだから、その意味では文句なしに早かったのだが、一方製造のほうが、さっぱりそれにともなわない。というのは、ぼくには必要な動力つきの工作機械ひとつ、手伝いのスタッフひとりいなかったからだ。やむなく、ぼくは貴重な残金の中から、いくつかの工作機械をレンタルした。そのためそれ以後は、いくらか製造にもスピードが出た。ぼくはただもうがむしゃらに、朝から夜、疲れてぶったおれそうになるまで、働きずくめに働いた。一週間七日ぶっとおし、休みといったら、月に一回だけ、ジョンとジェニーのおともをして、ボールダーの近くのヌーディストクラブへ行くことだけだった。そのおかげで、九月の第一週めごろには、模型は両方とも試運転の段階に入り、ぼくは設計図の準備にとりかかっていた。

このあいだにも、ずいぶんとはらはらさせられることがあった。一度は、ぼくがサーボ・モーターを買いに市街まで出たとき、偶然、むかしカリフォルニアで知っていた男と出くわしたのだ。そいつが話しかけてきたとき、知らん顔をすればよかったものを、ぼくはうっかり返事をしてしまったのだ。

「おい、ダン！　ダニー・デイヴィスじゃないか！　こんなところで会おうとは思わなかったな。あんたは、モハーヴェ砂漠にいたんじゃなかったか？」

握手しながら、ぼくはいった。

「仕事の用でちょっと来たのさ。二、三日中にまた帰るんだ」

「おれは今日の午後帰るんだよ。帰ったらさっそくマイルズに電話をかけて、あんたに会ったといってやろう」

ぼくは思わず顔色を変えた。

「そんなことはしないでくれ、お願いだ」

「なぜさ? きみとマイルズは、いまでも仲の良い実業界の両大立者ってところじゃなかったのかい?」

「それが……ねえ、モート、聞いてくれ。マイルズはぼくがここにいることは全然知らないんだ。ぼくは、社用でアルバカーキにいることになっている。それを、ぼくのまったく個人的な用件でこっちへやって来ているんだよ。会社にはなんの関係もないことだから、マイルズに知られて、面倒なことを説明するのはいやなんだ」

この馬鹿野郎はとたんにわかったような顔をした。

「ははあ。女の問題か?」

「いや……じつはそうなんだ」

「人妻だな?」

「まあ、そんなところだ」

彼はぼくの脇腹をぐんとついたかと思うとウインクした。

「わかった。マイルズ先生はお堅くいらっしゃるからな。いいとも、ダン。いまあんたを助けておきゃ、いつかあんたがぼくを助けてくれないともかぎらないからな、彼女、イケるか？」

助けてやるとも、この四流の小悪党めが。首くくったら足を引っ張るのを手伝ってやる。この男は外回り専門のセールスマンだったが、お客さんのサービスに気を遣うよりは、旅先のレストランのウェイトレスかなにかを誘惑することばかり考えている種類のろくでなしだった。おまけに扱っている商品は、彼以上に見かけだおしのインチキときている。

だが、ぼくはそんな気持ちを毛ほども見せずに、彼に酒をおごって、即興の人妻との情事を物語ってきかせ、あとでお返しに、彼のほうの、これまた作りものくさい恋の冒険談を我慢してきいてやった。

酒をおごるといえば、ぼくはトウィッチェル博士にも会ったのだ。このときは、酒をおごろうとしてついに果たさなかったのだ。

会ったのは、チャンパ街のあるドラッグストアのレストランのカウンター席で、それこそ偶然に彼のお隣りに席をしめて、ふと前を見やると、前の鏡の中に彼の顔を見つけたのだった。ぼくは、本能的に、カウンターの下にもぐりこもうとしかけた。

だが、ようやく気を取りなおして考えれば、一九七〇年代に生きていた人間のうちで、およそ彼ほど怖がらなくていい人間はいないわけなのだ。そうだろう、ぼくはまだ彼にないもしていないのだから……ぼくが彼をおそれることはないわけだ。いやそうでない、ぼくは未来において彼を怒らせたのだから、過去の現在はまだ……いや……。もうやめた。うまい言葉になりっこない。将来、時間旅行が一般化したら、英語の文法の時制《テンス》は完全に新しい時間旅行用の変化をつけ足さないと役に立たなくなるだろう。そうしたらフランス語やラテン語の時制《テンス》が簡単に思えるにちがいない。

いずれにしろ、過去であろうと未来であろうと、いまぼくがトゥィッチェルを恐れる必要はないわけだ。そう思うと、ぼくはほっと溜息をついた。

ぼくは鏡の中の彼の顔をつくづく見た。もしかして、よく似た人間を人違いしたのではないかと思ったのだ。しかし、やはりそうではなかった。トゥィッチェルは、ぼくのような標準型の顔はしていない、峻厳な線、自信の強い、いくらか傲慢な感じさえ持つ完璧な男性型のその顔は、主神ゼウスによく似ていた。ぼくのおぼえているのは、この顔が、やがて荒廃に帰してしまったのちの残骸でしかなかったわけだが、それにしても見紛うべくもない顔だった。この老人を、ぼくがどれほどひどい目にあわせたかと思うと、内心忸怩《じくじ》たるものがあった。どうしてあの埋め合わせをしたらいいのだろう……。

トゥィッチェルは、ぼくが鏡の中で見つめているのに気がついて、ふりかえった。

「ぼくの顔がどうかしたかね？」

「いや、そのう……あなたはトウィッチェル博士ですね、コロラド大学の？」

「デンバー大学のトウィッチェルだが。きみは誰かね？　きみとはどこかで会ったことがあるかな？」

そうだ。一九七〇年ごろは彼はデンバー大学で教えていたんだっけ。過去と未来と、両方のことをおぼえておくのは、ひどく骨が折れるものだ。ぼくは若干あわてていった。

「いいえ、先生。でも、ぼくは先生の講義をきいたことがあります。先生のファンです」

彼の口元がひきつるように歪んだ。微笑しかけたのだが、彼はそのままそれを引っ込めてしまった。そのことから、ぼくは彼の追従《ついしょう》へのあくなき欲求が、このころはまださほど強くなかったことを知った。このころの彼には、まだ強固な自信もあり、ただ若干の自惚《うぬぼ》れの度が過ぎる程度だったのである。「きみはぼくを映画スターかなにかと勘ちがいしているんじゃないかね？」彼は苦笑いを嚙みしめていった。

「とんでもない。あなたはヒューバート・トウィッチェル博士、現代物理学界の第一人者ですよ」

彼の口元がまた歪んだ。

「ただの物理学者だよ。あるいは、物理学者たらんと志して目下修業中というところだ」

こうして、ぼくたちはしばらくのあいだ雑談を交わした。ぼくは、彼がサンドウィッチの食事をすませたあとも、もう少しひきとめようと試みた。そして、もしぼくに一杯おごらせていただければ、これにこした光栄はない、といってみたが、彼は頭を振って拒絶した。

「ぼくはほとんど飲まないし、ことに陽のあるうちは絶対アルコールは口にしない。いずれにしろご好意は感謝する。きみに会えて、なかなか愉快だった。そのうち近くへ来ることでもあったら、ぼくの研究所に寄ってくれたまえ」

ぼくはぜひうかがうと約束した。

こうした二、三の偶然はあったが、そのほかは、ほとんど失敗らしいこともなかった。一九七〇年代が理解できたせいもあったが、それより、ぼくの知人のほとんど全部が、カリフォルニアに住んでいたからだった。もしこれ以上知った顔に出くわしたら、妙な助平根性は起こさずに、知らん顔をして、そっぽを向いてやろうとぼくは考えた。

だがそれより悩まされたのは、むしろ日常生活の些事《さじ》だった。たとえば服についているジッパーだ。例のスティックタイト式のファスナーも、最初は勝手がちがってとまどったが、馴れてみると、ジッパーなどよりよほど確実で便利なので、再びジッパーに戻ったときはひどく不便を感じた。二〇〇〇年から二〇〇一年にかけて、わずか半年しか生活をしていなかったのに、ぼくはもうすっかり二十一世紀の生活に、馴れ親しんでしまっていたのだ。まったく、ことあるごとに二十一世紀が恋しくなったのには、ぼく自身驚いた。一例をあげれば鬚剃《ひげそ》りがそうだ。二十世紀にかえったとたんに、ぼくは鬚剃りというものが、かくも面倒きわまるものだったかと呆れる想いだった。それから、一度などは、風邪を引いてしまった。忘れ去って久しいこの過去の亡霊にとりつかれたのは、ぼくが、服というものは雨にあえば濡れるものだという事実を完全に失念していたことが原因だった。そのほか、料理がすぐ冷めてしまう皿、洗濯に出さなければならないシャツ、使おうとするときには必ず蒸気で曇ってしまっている浴室の鏡、舗装されていないため、靴——だけでなく肺の中まで埃だらけになる泥道、数え上げればきりがない。とにかく、清潔で完全な二十一世紀の生活に馴れたぼくには、一九七〇年の世界は果てしない不便と面倒との連続だった。

そういえば、もう一度だけ、危うくえらい失敗をしかけたことを思いだすが、これなども、そうした些事のくいちがいを、うっかり忘れていたための出来事だった。ぼくは、〈ハイヤーガール〉の幹部社員になって、金に余裕ができるようになったころ、年来の虫歯を完全に治療してしまった。それで、もう一生のあいだ歯医者に行くことなどないと思っていたところが、一九七〇年には完全な虫歯予防剤がなかったために、たちまち歯に大きな穴があいてしまった。それがひどく痛むので、そうでなければ我慢してしまうところだったのを、やむなく歯科医へ行ったのだ。しくじったのは、ぼくは歯医者がぼくの口の中をのぞきこんだら何を発見するかを、忘れていたことだった。歯医者は目をぱちくりして、反射鏡でぼくの口の中を見まわすといった。

「これはすごい！　あなたはどこでこの歯を治療したんですか」

「ふわおちょおれしあ？」

彼が気がついて、ぼくの口にかけていた両手を離した。

「どこの歯医者で治療しました？　どんなふうにやりました？」

「どこの歯ですか？」とたんにぼくは青くなった。「こ、これですか。これはそのう……イ、インドで、実験的にやってもらったのですが……」

「どんなふうにしてやったんですか？」

「ぼくは素人だからわかりませんよ」

「ふーむ。ちょっとお待ちくださいね。これは、ぜひとも写真を二、三枚撮らせていただかんことには……」彼はそういいながらレントゲン撮影機をもちだそうとガタガタやりはじめた。

「だめですよ、先生」ぼくはあわてて抗議した。「そんなことより、虫の食ったところを掃除して、なんでもかまわないから詰めて、早く釈放してください」

「しかし――」

「申しわけないですが、先生、ぼくは猛烈に急いでいるんです」

がんばると、歯医者もやむなくぼくのいうとおりにしたが、途中でなんどとなくぼくの歯を見ては溜息をついた。ぼくは金を払うと名も告げずに早々に引きあげてきてしまった。

こうして、〈製図機ダン〉と〈護民官ピート〉との製作に一日十六時間以上働くいっぽう、ぼくはジョンの法律事務所を通じて私立探偵をやとい、ベル・ダーキンの過去を調査させた。ぼくはベルの住所と車種と車のナンバー（車のハンドルは指紋をとるのに最適の場所なので）を教え、彼女がおそらくは何度か結婚しており、警察の記録に載っているだろうと示唆した。ぼくはかける費用をきっちりと制限しなければならなかった。満足な調査を頼む余裕などなかったからだ。

十日で成果があがらなければ、無駄金を使ったことになる。だが、数日後、探偵から報告があった。それは、想像以上にぼくの推測の正しかったことを裏書きしていた。ベルはじつに忙しい女だった。まず、自称していたのより六年も前に生まれていたのを手はじめに、十八になる前にすでに二度結婚して二度とも離婚され、以後、少なくとも四度結婚しているが、そのうち一度は、戦争未亡人年金めあての詐欺だったらしい。そして一人の夫は、原因不明で死亡していた。

ベルの警察記録は、なんページにもおよぶ長いもので、きわめて興味深いものであった。ただし、なんどか、詐欺や横領の容疑線上に浮かびながら、実刑をくったことは一度、ネブラスカで放火か殺人級の重罪で収監されただけで、まもなく、どんな手づるを使ってか仮釈放を許され、刑務所を出たとたんに変名し社会保障番号を手に入れて、現在（一九七〇年の）へ、何食わぬ顔でぼくらの前に現われたわけだった。

私立探偵は、この事実をネブラスカ警察に知らせるべきかどうかといってきた。

ぼくは、その必要なしと返事してやった。もしそうしてやれば、今後の（一九七〇年以後の）彼女の人生に大きな変化があることになるわけだが、ぼくには別の考えがあった。それに、過去と未来と現在との複雑なからみ合いを、いまのぼくの計画以外に調節することは、億劫《おっくう》というよりは、頭の中が混乱する怖れがあった。

設計図を作るのに、ぼくは意外に手間どってしまった。そして、知らぬ間に十月がやってきた。予定はどんどんおくれていく。二十一世紀へ戻るべき十二月はもう眼前に迫っていた。設計図につける説明のほうはまだ半分もやっていないし、特許権の申請には、全然手もつけていなかった。なお悪いことには、この特許を維持させるための会社を設立することがまったくできない。これは、特許申請の手続きが全部すんでしまわないと、いずれにせよできないのだ。ぼくは、あのときなぜトウィッチェル博士に、三十一年でなく三十二年前にしてもらわなかったかと悔やみだした。ぼくはぼくの必要とする時間を過小に評価し、ぼくの能力を過大評価していたのだ。

ぼくは進退に窮しつつあった。それまでぼくは、仕事を、サットン夫妻にも見せなかった。それは、べつに隠しだてするつもりではなく、不完全のうちにひとに見せて、不必要な忠告など受ける具合のわるさを避けたかったからだ。九月の末の土曜日、ぼくはまた二人といっしょにヌーディストクラブに行くことを約束してあった。仕事の予定が遅れているため、その前の晩おそくまで仕事したので、翌朝ジョン夫妻がやって来る時間に間にあうようにかけた目覚まし時計の、じゃんじゃん鳴る音で目が覚めたときは、泣きたいような気持ちだった。ぼくはそのサド的な道具を、えいやとばかりに止めながら、二十一世紀にこんな残酷な機械を残しておかなかった神様の配慮に心からなる感謝の祈りをささげた。そして、半分居眠りした状態で角のドラッグストアまで行くと、ジョン夫妻に電話をかけて、残念だが今日は行けない、仕事が遅れているので今日も一日やらなければいけないのだと弁解した。

ジェニーが電話に出た。

「ダニー、あなた働きすぎよ。田舎でゆっくり週末をすごせば、とても身体のためになるのよ」

「それが、残念だけどもできないんだよ、ジェニー。ほんとに申しわけないけど。仕事をしなきゃならないんです」

ジョンが電話をかわった。

「いったい、なんでそんなに馬車馬みたいに働かなきゃならないんだね、ダン」

「どうしようもないんだよ、ジョン。とにかく急がなきゃならないんだ。みなさんに、きみからよろしくいっておいてくれよ」

そしてぼくは仕事部屋にもどり、トーストを焦がしフライパンの上で卵をぶっこわして朝食をとると、すぐさま〈製図機ダン〉の前にすわりこんだ。

一時間後、ジョンたちがぼくの部屋のドアをたたいた。

かくして、結局ぼくたちは田舎へ行かず、そのかわりにぼくが、〈護民官ピート〉と製図機とを、二人に操作してみせたのだ。ジェニーは、製図機にはあまり興味がなかったようだが（彼女が技術者ででもあれば話は別だが、それは女性の利用者は少ない）、〈護民官ピート〉には目をまるくした。彼女は、家で〈ハイヤーガール〉を使っていたので、ピートの性能のよさがいちだんとよくわかったのだ。

だが、さすがにジョンは、〈製図機ダン〉の持つ重要性にすぐ気がついた。ぼくが、ただキーを押すだけで、すらすらと製図機にぼくの署名――それは、ぼくの手で書いたものと寸分のちがいもなかった――を書かせるのをみると、彼の眉がぴくりとあがった。「これは大変なものだね、ダン、こんな機械ができたら、製図工がなん千人も職を失ってしまうじゃないか」

「いや、そんなことはないよ。わが国の工業技術者の不足は毎年ひどくなる一方なんだ。この機械はそのギャップを埋めるためのものだ。二、三十年のあいだに、この機械は、国じゅうのおよそあらゆる工業関係建築関係の会社に必ず一台は設備されるようになる。この機械なしでは、ちょうど現代機械工業から電力がなくなったも同然というときが来るんだ」

「見てきたようなことをいうね」

「見てきたんだよ」

彼は〈護民官ピート〉をながめまわした。ぼくはピートを操作して、ぼくの仕事台の上を整頓させた。「ダニー……」と彼がいった。「ときどき、ぼくは、あの日、ほら、ぼくらがはじめて会った日に、きみが、でたらめをいっていたんじゃないような気がすることがある」

　ぼくは肩をすくめてみせた。「千里眼かもしれないさ。とにかくぼくは知っているんだ。確信があるんだ」

「きみは、これをどうするつもりなんだ？」

　ぼくは眉をひそめた。

「それが問題なんだよ、ジョン。ぼくは技術者としては自信があるし、必要な場合には一人前の熟練工にもなれる。しかし、ぼくは、実業家としてはぜんぜんだめなんだ。証拠があるんだ。ジョン、きみはぜんぜん特許法をかじったことはないのか？」

「前に話したろう。それは特許法の専門家でなきゃだめだ」

「それじゃ、だれか、正直な人を知らないか？　正直で、おまけに腕のいい人でなきゃだめだ。じつは、もう、どうしてもそういう人が欲しい段階にまで来ているんだ。そして、この機械を製造する会社をつくらなきゃいけない。しかも、もうあまり時間がない。ぼくはめちゃめちゃに時間に追いかけられているんだよ」

「なぜだね？」

「ぼくは、まもなく、来たところへ戻るんだ」

　彼は腰をおろしてしばらくのあいだ無言だったが、やがていった。「時間はどのくらいあるんだ？」

「それが、二ヵ月とちょっとしかない。正確にいって今週の木曜から九週間だ」

ジョンは機械を見やり、それからぼくに視線を移した。

「予定を変更するんだね、ダニー。九週間が九年間でも無理だと思うよ。九ヵ月あっても、まだ生産を開始することは難しいな——せいぜい会社が動きはじめるのが関の山だろう。すべてスムーズにいってだよ」

「それじゃだめなんだ、ジョン——」

「だめだっていったって、だめだよ」

「予定はもう変更できないんだよ。もうぼくの力ではどうにもならなくなっているんだ」

ぼくは顔を両手の中に埋めた。ぼくはあまりの疲労に参りかけていた。一日平均五時間以下しか眠っていないのだ……。こんな気持ちが続いたら、やがてぼくは、世の中に〝運命〟なるもののあることを、いやでも信じざるを得なくなりそうだ。人間の運命に闘いを挑むことはできても、ついにそれを変えることはできないというしいつたえを……。

ぼくはふいにジョンを見あげた。

「ジョン、きみが会社をやってくれないか?」

「ぼくが? 会社のなにを?」

「なにもかもをだ。技術的なことはぼくがみんなしてしまう。きみは会社の経営さえしてくれればいいんだ」

「大変な注文だな、ダン。ぼくは会社を乗っ取ってしまうかもしれないんだよ。きみにはそれがわかっているのか？　しかもこの会社は金鉱同様の価値が出るかもしれないんだぞ」

「出る。それはぼくが保証する」

「それじゃ、なぜぼくなんかを信用するんだ。一番の方法は、ぼくを会社の弁護士にしておくことだと思うぜ」

ぼくは考えようとした。頭がずきんずきんと痛んだ。ぼくはかつて共同で事業をした、そしてものの見事にだまされた。が——なんどひとにだまされようとも、なんど痛い目をみようとも、結局は人間を信用しなければなにもできないではないか。まったく人間を信用しないでなにかをやるとすれば、山の中の洞窟にでも住んで、眠るときにも片目をあけていなければならなくなる。いずれにしろ、絶対安全な方法などというものはないのだ。ただ生きていることとそれ自体、生命の危険につねにさらされていることではないか。そして最後には、例外ない死が待っているのだ。

「たのむ、ジョン。なぜ信用するのか、きみがいちばんよく知ってるじゃないか。きみはぼくを信用してくれた。だからぼくもきみを信用するんだ。いま、ぼくにはきみの助けが必要になった。きみは助けてくれるだろう？」

「もちろんよ、ダニー」とジェニーが横から口を出した。「もっとも、わたし、あなたがいま何を話していたのか、聞いてなかったけど。ねえダニー、このロボットはお皿は洗えるの？ あなたのとこのお皿はみんな汚れっぱなしだわ」

「そりゃ洗えるだろう。もちろん洗えるよ」

「それじゃ、洗えって命令してみてよ。わたし、どんなふうにするのか見てみたいわ」

「それがねえ、ジェニー、ぼくはこれを皿洗い用には作らなかったんで、だめなんだ。もちろん、いまからだってそうするようにはできるよ。しかし、そのためには、少しばかり時間がかかるんだ。そのかわり、一度おぼえさせてしまえば、いつだってできるがね。やはり最初は……皿洗い皿洗いといっても、なかなか馬鹿にはできないんだよ。要するに、皿洗いは、非常に複雑な動きが必要だ。煉瓦を積んだり、トラックを運転したりするような、どっちかといえば単純なおきまり仕事じゃない、判断力を要する仕事だからね」

「まあすてき！ とうとう、男のひとで家事のわかるひとをみつけて、こんな嬉しいことはないわ。ねえあなた、いまダニーのいったことを聞いて？ でも、いまわざわざしなくてもいいのよ、ダニー。ここのお皿はわたしが洗ってあげるから」彼女はあらためて部屋じゅうを見まわした。「ダニー、ここはまるで豚小屋ね、控えめにいってもよ」

まったくの話、そういわれても仕方なかった。ぼくは〈護民官ピート〉を、さまざまな商業目的その他に応用することばかり考えていたために、ピートにぼくの身のまわりの世話をさせられることを、頭から忘れていたのだった。そうだ、やはりこれにも、〈万能《フレキシブル》フランク〉がやったような家事を学ばせなければとぼくは思った。その能力は充分にある。ピートは、フランクの三倍のトーセン・チューブを装備できるように設計してあったのだ。

ジョンは、ついに会社を引き受けてくれた。

ジェニーは設計図のための解説をタイプしてくれた。ジョンは特許法専門の弁護士を雇って、申請の手続きを手伝わせた。彼が現金でこの弁護士の料金を払ったのかそれとも株を持たせたのか、ぼくは訊きもしなかった。ぼくは、すべてを彼の一存にゆだねた。ぼくらがどのくらいの割合で株をもつかも彼に一任した。そのほうが仕事に専念できるからだし、彼は決してマイルズのようにはならないと思ったからだった。そしてぼくは正直言ってどうでもよかった。金は重要ではない。もし彼ら二人が、ぼくの思ったとおりの人間でないとしたら、ぼくもいよいよ洞窟住まいでもして、隠者にでもなるしかないではないか。

ぼくは、ただ二つのことだけ我意を通した。ひとつは会社の名前だった。

「ジョン、会社の名前はアラジン自動工業商会としたいと思うんだ」

「妙な名前だな。デイヴィス・アンド・サットンじゃいけないのかい？」

「いけないんだよ。こうでなきゃならないことになってるんだ」

「へえ。きみの例の千里眼かい？」

「かもしれない。商標には、アラジンがランプをこすっている絵で、その上に魔人が姿を現わしているところを使おう。ぼくがラフスケッチを描くよ。もうひとつ。本社はロサンゼルスに置くことにするんだよ」

「ロサンゼルスに？　それじゃすこし遠すぎるよ。つまり、ぼくが会社を経営するんならね。デンバーじゃいけないのかい？」

「デンバーでべつに悪いことはないさ。ここはいい都市だよ。しかし、工場を建てる土地じゃないな。いい場所を見つけて工場を建てる、ところがある朝起き出してみると、そこが連邦政府の指定地になってしまって、こっちは追い出しをくう。そこで、べつの土地を見つけて工場を建てなおすまで生産中止の破目になる――」ぼくは、ここが正念場とまくしたてた。「おまけに、労働力は少ないし、生産資材は陸上輸送してこなきゃならないし、建築資材はみんな闇市場でなけりゃ手に入らないときてる。これに反してロサンゼルスは、優秀な労働者の無限の供給源だ。日に日に労働者の数は増えつつある。ロサンゼルスは海港だ。ロサンゼルスは――」

「スモッグはどうだ？　健康にわるいぜ」

「もうなん年もたたないうちに、そんなものは処理されるさ。それに、このデンバー自体が、最近スモッグをつくりだしはじめたことに気がついてないな？」

「ちょっと待ってくれよ、ダン。きみは、きみが何かほかのきみ自身の仕事をやってるあいだ、ぼくがこの会社をやっていかなければならないようにしむけた。よろしい、引き受けた、会社はやる。しかし、やるにしても、条件がひとつふたつあるぞ」

「そりゃもちろんだよ、ジョン」

「コロラドに住んでいる人間はだね、ダン、正気でいるかぎりは、カリフォルニアなんぞへ引っ越す気にはならないよ。ぼくも、戦争中にむこうに駐在したことがある。ジェニーがいい例だよ。ジェニーはカリフォルニア生まれなんだよ。それを、いつも心ひそかに恥じているくらいなんだ。ぼくはいいが、ジェニーが戻りたがらないんだよ。ここにいれば、冬はすばらしいし、四季ごとに変化はあるし、気持ちのいい山の空気がすえるし、雄大な山の趣きは……」

そのときジェニーが顔をあげた。それまで、静かに編み物をしていたのだった。「あら、ジョン、わたしはなにも、絶対に戻らないなんていわないわよ」

「なんだって？」

ジェニーは編み物をひざの上においた。彼女は、こんな場合、いよいよ何かいうことがあるとならないかぎり、めったに口を出さない。いまがまさにそうだった。「ロサンゼルスにお引っ越しすれば、わたしたちはオークデール・クラブに入れるわ。あのクラブには、一年じゅう泳げるスイミング・プールがあるのよ。ちょうどわたし、先週ボールダーのプールに氷が張ってしまったのを見て、むこうのクラブに行きたいなと思ったところだったのよ」

ジェニー万歳！

ぼくは一九七〇年十二月二日の夕方、最後のぎりぎり一秒というときまで、デンバーにいた。出発前に、ぼくはついに金に窮し——ぼくの買った部品がおそろしく高価だったせいだ——ジョンから三千ドル借りなければならない破目になった。ぼくは、それだけの分の株を抵当に入れる証文を書いてジョンに渡した。ジョンは、ぼくが署名を終わるのを待って、それをぼくの目の前で破ったうえ紙屑籠にほうりこんだ。

「払えるようになったら払ってくれればいい」

「しかし、それには三十年かかるんだよ、ジョン」

「そんな長いあいだ、どこでなにをするんだ？」

ぼくは考えこんだ。六ヵ月前のあの午後、時間旅行などということは信じられないと率直にいいながら、なおかつぼくをクラブに連れていってくれて以来、彼は一度も真相を話せとぼくに迫ったことはなかった。

いまこそ、すべての話をするときだ。ぼくはそういった。

「ジェニーも起こしてこようか？　彼女も、この話をきく権利がある」

「うむ……いや、よそう。きみが出かける時間まで、あのまま眠らせておこう。ジェニーはあまり複雑な問題は得意じゃない。女房《あれ》は、きみが誰だろうと、どこから来た人間だろうと、きみという人間が好きなんだ。ぼくが聞いたあとで、聞かせてもいい話だと思ったら、ぼくから話して聞かせるさ」

「きみのいいようにしよう」そういってぼくは話しだした。彼は、ぼくに自由に話させておいて、時たま二人のグラスを満たすときだけ話をさえぎった。ぼくのグラスにはジンジャーエールだけだった。彼は不思議がったが、ぼくにはアルコールを飲んではいけない理由があったのだ。やがて話はすすんで、ぼくがボールダーの山中に着陸（？）したところまで来て、言葉を切った。「これでおしまいだ」とぼくはいった。「ただ、ひとつだけよくわからないことがある。ぼくは、あれ以来あそこの地形をよく見てみたが、ぼくの落ちたのはせいぜい二フィートかそこらだったらしい。ところが、もし例の研究所を作るときに、ブルドーザーかなにかであそこを深く掘ったりしてたら——というのはつまり、今後掘ったりしたらということだよ——、ぼくは、生きながら地中に埋められてしまったわけだ。さあ、そのときはどうなったか。おそらくは、きみたちを二人とも爆死させてしまったろうと思うよ。いや、下手《へた》するとコロラド州の半分ぐらいは吹き飛ばしてしまったかもしれない。すでに質量のあるところへさらに質量が押しこんできたらどんなことになるか、想像もつかないからね」

ジョンはしばらく黙って煙草をふかしていた。

「さあ、どう思ったか聞かせてくれ」ぼくが催促した。

「ふむ。きみはロサンゼルスが——グレイト・ロサンゼルスがといおうか——どうなってゆくかを聞かせてくれたね。三十年たってきみに再会したとき、きみの予言がどのくらい正確だったか、今度はぼくが聞かせてやろう」

「大丈夫、正確だよ。せいぜい、小さなおぼえちがいが二つ三つある程度だ」

「ふーん。まあ、確かにきみの話は非常に論理的だった。しかし、一方ぼくはきみを、珍しい論理的な妄想を抱く狂人だと思う気持ちも抑えきれない。もっとも、それは、きみが優秀な技術者ですばらしい友人だということに、なんら抵触しないがね。ぼくはきみが好きだ。こんどのクリスマスには、きみに、新型のストレート・ジャケットを買ってあげよう」

「まあ、好きなように考えていいよ」

「こう考えるしかないじゃないか。でなきゃ、ぼくのほうが、たいへんな誇大妄想狂になる——となると、ジェニーがあんまり可哀そうだからね」そういって彼は時計を見た。「おや、もうそろそろジェニーを起こしたほうがいいな。きみにさよならをいう機会も与えないできみを行かせてしまったとあっては、生きながら頭の皮をむかれちまう」

「大袈裟《おおげさ》だな」

それから二人はぼくをデンバー国際空港まで送ってきた。ジェニーはゲートでぼくにお別れのキスをしてくれた。ぼくはロサンゼルス行十一時発の定期便に飛び乗った。

11

あくる一九七〇年十二月三日の夕刻、すこし早めに、ぼくは運転手に命じてマイルズの家から一ブロックほど離れたところにタクシーをとめた。最初のとき、ぼくがマイルズの家に入った時間を正確におぼえていなかったので、慌てないですむようにと大事を取ったのだった。彼の家に近づいたとき、あたりはもう薄暗かったが、道路に彼の自動車だけが駐車してあるのが見えた。そこでぼくは約百ヤードあと戻りして、自動車を監視できる場所を見つけ、そこで時間が来るのを待った。

煙草二本ほどの時間が過ぎたころ、もう一台の自動車が道路をこちらへやって来たかと思うとストップし、灯を消した。ぼくは二分ほど待ってから、急ぎ足にそこへ行ってみた。まさにぼくの自動車だった。

自動車の鍵《キー》は持っていなかったが、そんなことはなんでもない。いつでも技術的な問題で頭をいっぱいにしているために、鍵を忘れることがしばしばだったので、ずいぶん前から、スペア・キーを一個、トランクの中に置いておくことにしてあったのだ。ぼくはトランクをあけてその鍵を取り出すと自動車に乗りこんだ。ぼく（つまり、さっきこの自動車でやって来たほうのぼく）が下り坂にむかって自動車を停めたので、自動車はやや前のめりに傾斜している。そこでぼく（待っていたほうのぼくだ）は、エンジンをかけずライトもつけずに、サイドブレーキをはずすと、傾斜を利用してそろそろと自動車をすべらせていった。角まで降りてきてハンドルを切り、そこでエンジンのスイッチを入れて、ライトはつけないまま、マイルズの家の裏に通ずる小路の、ちょうどガレージのまん前でブレーキをかけた。

ガレージには鍵がかかっていた。ぼくはよごれたガラス窓をすかして内部《なか》をのぞきこんだ。薄暗い中に何かシートをかけたものが置いてある。その輪郭から、ぼくはそれが、わが懐かしの〈万能《フレキシブル》フランク〉であることを知った。

ガレージのドアは、タイヤ・レンチと、強固な決意とで武装した男に抵抗するようにはできていない。少なくとも一九七〇年の南カリフォルニアではそうだった。ドアの鍵を壊すのには、ほんの数秒しかかからなかった。だが、フランクを持ち運びできるように――そして自動車に乗せられるように分解するのは、それほど簡単にはいかなかった。ぼくはまずフランクのためのメモやスケッチが、ぼくの思ったところにあるかどうかを確かめてみた。それはやはりそこにあった。ぼくはそれを取り出して自動車の床にほうりこみ、それからフランクに取り組んだ。ぼく以外に、この分解したフランクを組み立てられる人間はいない。どんなに壊してもかまわないと思うと、作業ははかどった。にもかかわらず、一人作業の悲しさで、分解に一時間近くかかってしまった。

最後の部品を自動車のトランクの中に押しこんで、かさばる部品の上にむりやり蓋をかぶせ終わった、まさにそのときだ——ぼくは、ピートのあの悲しげな泣き声を聞いたのだった。ぼくは、フランクを分解するのに手間どったことを呪いながら、ガレージの裏をまわって裏庭へ出た。そのとき、驚天動地の騒動の幕が、切って落とされたのである。

ぼくは、このピートの大活躍は、ぜひともよく見物してやろうと楽しみにしていた。だが、不幸にしてその願いはかなわなかった。裏のドアが大きくひらいて、網戸から煌々《こうこう》と光が流れていた。ばたばたと入り乱れる足音、なにかの壊れる音、ピートの血も凍る戦いの雄たけび、ベルの絹を裂くような悲鳴——だが、それらにもかかわらず、彼らはぼくの視野には依然とびこんでこなかった。ぼくは網戸までしのびよった。戦いの様子を、せめてひと目でも見ようと思ったのだ。

なんたることだ！　網戸に鍵がかかっていた！　これは、計画どおりになっていなかった、たったひとつの事故だった。ぼくは、狂ったようになってポケットへ手をつっこんだ。

ナイフの刃を立てようとして、爪を一枚はがした——そして、鍵穴につき刺し、ようやくのことで鍵をはずした、その瞬間——曲乗りオートバイが柵にぶつかろうとするときのような勢いで、網戸めがけて突進してきたピートの身体を、ぼくは間一髪でよけることができた。

ぼくはバラの茂みの中に転がりこんだ。マイルズやベルが、外までピートを追ってくるかどうかはわからなかったが、そこまではすまいと思った。少なくとも、もしぼくが彼らの立場にいたら、そんな危険は冒さない。

ようやく立ちあがると、ぼくは茂みのうしろに隠れながら、じりじりと家の横手にまわりこんでいった。その開いたドアと、そこから迸《ほとばし》り出る煌々たる光線から逃れたかったのだ。あとは、ピートが鎮まるのを待つだけだった。それまでは、ぼくは絶対に彼に手を触れようとは思わなかった。まして、抱きあげるなど、とんでもない話だ。ぼくは猫というものを知っていた。

ピートはいくどもぼくの目の前を横切った。入口のあたりをうろつきながら、腹の底から絞り出すような声で戦いを挑むのだ。そのたびに、ぼくはそっと彼に呼びかけた。「ピート、来い、ピート。落ち着け、もういいから落ち着くんだ、ピート」

ピートはぼくがそこにいることをすぐに知った。二度ほど、立ちどまってぼくを見つめた。だが、それ以外は知らん顔で無視した。猫にとっては、つねに〃一度にひとつ〃なのだ。彼はいま、闘争という重大事に集中していて、パパとのめぐりあいなどに関心は持てなかったのだ。だがぼくは、もう少し待って、激情が鎮まれば、彼がぼくのもとへ帰ってくることを知っていた。

ぼくはそこにうずくまって待った。待つうちに、家の中の、浴室のあたりで水のほとばしる音が聞こえた。彼らは、〃ぼく〃を居間に残して、顔や手を洗いはじめたのだ。そう思ったとたん、ぼくは突然おそろしいことを考えた。もしいま、このぼくが居間にしのびこんで、そこに、力なく立ちつくしている〃ぼく〃の咽喉《のど》をかき切ったらどういうことになるだろう？　それは、じつに誘惑的だった。だが、ぼくはようやくそれを抑制した。状況は、数学的にあまりにも誘惑的だったが、そこまで好奇心を発揮して、もしものことがあったら、悔やんでも悔やみきれないではないか。

やがてピートが、ぼくの前三フィートほどのところに立ちどまった。「アルルオウルル？」と彼はいった。〃一緒に戻っていって、二人を片づけてしまおうよ。あんたは上を、ぼくは下を攻めるんだ〃という意味だ。

「もういいんだ、ピート。ショーは終わりだ」

「アオウ、クムオーン（何言ってるんだ）！」

「家へ帰る時間だよ、ピート。さ、おいで」

ピートは地面にすわりこんで顔を洗いだした。顔をあげたとき、腕を差し出すと、ピートはひらりと飛び乗ってきた。

「ニャゴォ、ルルゥ、ニャン(戦闘開始のときどこへ行ってたんだ)？」

ぼくはピートを車に連れていって、運転席の、まだあいていた狭い隙間におろした。ピートはいつもの自分の席を占領しているガラクタを、うさんくさげに嗅いで、はなはだおもしろくなさそうな顔だった。

「そんならぼくの膝にすわってればいいだろ。文句をいうんじゃないよ」

車が街路に出るやいなや、ぼくはライトをつけた。それからハンドルを切って東へ、一路ビッグベアのガールスカウトのキャンプめざして車を進めた。十分ほど走る間に、ぼくはフランクの部品を片端から道端へほうり出して、ピートのいつもの席をあけてやった。それでピートの機嫌はなおるし、ぼくもずっと運転がしやすくなった。ぼくはなおもフランクのコマギレを捨て続けた。五、六十マイル走るうちには、床は空《から》っぽになってしまった。そこでぼくは車を停め、下敷になっていた設計図類を取り出して、折よくそばにあった排水溝の中へほうりこんだ。荷物入れに詰めこんだ車椅子《ウイール・チェアー》は、適当な棄て場所がなくて、とうとう山の中へ入ってから、小さな谷間にさしかかったとき、ひっぱり出して落としてやった。いい音が谷間にこだました。

朝の三時ごろ、ぼくはガールスカウトのキャンプにほど近いモーテルに自動車を乗り入れていた。モーテルの主人が法外な値段を要求し、おまけにぼくがおとなしくそれを払ったので、危うくピートがボストンバッグから首をつき出して抗議するところだった。

「ロサンゼルスからの郵便が来るのはなん時ごろだ？」ぼくは訊いた。

「七時十三分ジャストに郵便ヘリが来ます」

「よし、それじゃ七時に起こしてくれ」

八時までには、ピートとぼくは朝食をすませていた。ぼくはそのあとでシャワーをあび鬚《ひげ》を剃った。ピートを昼の光でよく調べてみた結果、昨夜の戦闘で、かすり傷をひとつ二つ負ったほかは、ほとんど無傷であることがわかった。ぼくらはモーテルを出、キャンプへ通ずる私道を出発した。

一生のあいだに、一度にあんな大勢の女の子を見たことはない。少女たちは仔猫の群れのように走りまわっている。緑色の制服を着ているので、みんなおなじように見えた。ぼくが入っていくと、通り道にいる少女たちはピートを見たがっていたが、恥ずかしがって逃げ散ってしまって、誰も近づいてこない。ぼくは〝本部〟と書いてあるキャビンに入っていった。そこで、少女たちとおなじ制服を着た、しかしいうまでもなくもう少女でない女性に会った。

彼女は、当然のことながらぼくにうさん臭げな視線をなげた。やがて、思春期に入る少女たちを訪ねる見なれない男客は、まず例外なしにこういった待遇を受けるものだ。

ぼくは彼女に説明した。かくいうぼくはこの子供の伯父で名はダニエル・B・ディヴィス、子供の家族に関するある伝言を持ってやって来たのである。彼女は答えて、

「ここの子供に面会するには、子供の両親か、そうでない場合は、両親のどちらかをともなってこなければ許されない。それに、いずれにしろ、面会時間は午後四時からになっておりますわ」

「ぼくはべつにフレデリカとおしゃべりするわけではないんです。ただ、この伝言をぜひ伝えたい。非常に急を要する伝言なのです」

「それならば、なにか書いていただければ、いまフレデリカがしているリズム・ゲームが終わりしだい、わたしが責任を持ってお渡ししますわ」

ぼくは困惑しきった様子を装ってうなだれた（装っただけではなかった）。「それが、そうできないわけがあるんです。あの子に、直接話してやったほうが、ずっとあの子のためになるのです」

「ご家族の方がお亡くなりにでも？」

「いや、そうではないのですが……家庭的な不幸なのです。申しわけないが、あの子以外の誰にもこれは申しあげかねるのです。姪の母に関した問題で」

女性の態度はだいぶ軟化してきたが、まだ心を決めかねていた。そのとき、ピートがこの会談に参加したのだ。ぼくはピートを、腕を曲げた上にのせて歩いていた。自動車の中に残してきたくなかったのと、リッキーが会いたがるだろうと思ったからだ。ピートは、かなり長いことそうして運ばれるのを我慢してきたのだが、とうとう痺れをきらしたのだった。「ニャァオン、オオン？」

女性はピートを見た。「まあ、いい猫ちゃんね。わたしも、家にそれとそっくりな猫を一匹飼ってますわ」

「フレデリカの猫なのです」ここぞと、ぼくはものものしくいった。「姪のために、わざわざ連れてきたのです……もう、これの面倒を見てやるものがいなくなったものですから」

「まあ、可哀そうに！」彼女はいって、ふと手をのばすとピートの顎の下をなでた。ぼくは思わず息をのんだが、神様、彼女はうまくなでてくれたのだ！　ピートはなでられるままに顎をのばし、目をつむって、さも気持ちよさそうに咽喉を鳴らした。

かくして、少女たちの守護の女神は、本部のすぐ外にある木立の下のテーブルに着いて待つようにといった。彼女の監視つきで、リッキーに会うことを許可してくれたのだった。

ぼくは礼をのべてベンチで待った。

リッキーの来るところは見落とした。いきなり、「ダニーおじさん！」という声が聞こえて、ふりかえったとたんに、「まあ、ピートも連れてきてくれたのね、すてき、すてき、すてき！」

ピートは狂わんばかりに咽喉を鳴らして、ぼくの腕からリッキーの腕へと飛び移った。リッキーはピートをみごとに受けとめて、ピートのいちばん好きな姿勢で抱き、しばらくのあいだは、ぼくをふりむきもせず、猫語で挨拶《あいさつ》を交わしていた。それから、ぼくを仰ぐようにすると、真面目な顔でいった。「ダニーおじさん！　ほんとに嬉しいわ、来てくれて」

ぼくは、リッキーにキスはしなかった。身体に手をふれもしなかった。ぼくは、子供を、やたらといじりたがるほうではなかったし、リッキーも、ふれられるのが決して好きな子供ではなかった。ぼくらの友情は、リッキーが六つのときから、こうしたおたがいの個性と尊厳とを認め合うデリカシーの上に培《つちか》われていたのである。

ぼくはリッキーを凝視した。膝小僧をむきだした脚、筋ばった身体、縦にばかりひょろひょろのびた身体——赤ん坊時代のリッキーとくらべて、いまの彼女はちっともかわいくはなかった。着ているショートパンツとTシャツがまた、日に焼けて皮のむけた肌や、すり傷やかき傷がほこりだらけになっているのと一緒になって、女の子らしさを帳消しにしている。やがて大人になったときこうもあろうという女の、ラフなスケッチといった、不器用な、骨ばった小馬のようなリッキーだった。ただそれが、大きな生真面目そうな瞳と、どこか妖精じみた線のほそい顔の表情で救われている。

やっぱり、ぼくのかわいいリッキーだった。

「ぼくも嬉しいよ、リッキー」とぼくはいった。

リッキーはピートを片手に抱こうと不器用な格好をしながら、片手でふくらんだショートパンツのポケットを探った。「とっても驚いちゃったわ。だって、ついさっき、お手紙もらったばかりなんだもの。いままで忙しくて、お手紙読むひまもなかったの。これ、今日おじさんが来るって書いてあるの？」リッキーはようやく手紙を取り出して、しわをのばした。

「いや、そうじゃないんだよ、リッキー。その手紙には、ぼくが遠くへ行かなきゃならないということが書いてあるんだ。でも、それを出したあとで、やっぱりリッキーに会ってさよならをいっていこうと思ったんだよ」

リッキーは、急にしょげかえって足もとに目を落とした。

「遠くへ行っちゃうの？」

「そうだよ。リッキー、いまから理由《わけ》を聞かせてあげる。ちょっとお話が長くなるから、すわってお聞き、さあ」そしてぼくらは木陰のテーブルを挟んですわり、ぼくは話を始めた。ピートはぼくとリッキーのまんなかのテーブルに、前肢を手紙の上にのせて、図書館のライオンの像そっくりの格好ですわった。さも気持ちよさげに目を細め、まるでクローバーの中で唸る蜜蜂のように、ごろごろと咽喉を鳴らしながら。

ぼくは、リッキーが、すでにマイルズとベルの結婚を知っていることを聞いて、ほっとした。その話が出ると、リッキーはちらっとぼくの顔を見あげ、またすぐ目を伏せた。

「ええ、知ってるわ。父さんが手紙で教えてくれたわ」無感動な声だった。

「ああ、そうだったね」

リッキーはふいに暗い表情になった。子供とは思えぬ深刻な目の色になった。「あたし、もうお家には帰らないわよ。ダニーおじさん、ぜったい帰らないわよ」

「うん、しかしねえ、リッキー・ティッキー・ティヴィー、きみの気持ちはよくわかるんだよ。おじさんだって、きみに帰ってなんかもらいたくないよ。できたら、きみを連れていきたいぐらいだ。でも、どうして帰らないなんてことができる？　マイルズはきみのお父さんなんだし、きみはまだ十一だし――」

「だって、帰らなくてもいいんだもの。父さんはほんとはあたしの父さんじゃないのよ。お祖母《ばあ》さんがあたしを迎えに来てくれるの」

「ほんとうか？　お祖母さんはいつ迎えに来るんだ？」

「あしたよ。ブローリーから、車で来るのよ。あたし、前に、お祖母さんにお手紙書いて、あの女のひとが家にいるんなら、もう父さんと一緒に暮らしたくない、だから、お祖母さんのところへ行っちゃいけないかって訊いたのよ」リッキーは、あの女のひとという言葉に大人の想像もつかないような激しい軽蔑をこめていった。「そしたらお祖母さんがすぐ返事をくれて、もしあたしがいやなら、父さんと住まなきゃいけないってことはないんだって説明してくれたの。父さんは、あたしを養子にする正式の手続きをしてないから、お祖母さんがあたしの保護者になってるんですって」リッキーはぼくを見あげて、ふいに心配そうな顔になった。「ね、そうなんでしょ？　むりにあたしを連れていけないんでしょ？」

ぼくは、安堵感が洪水のように胸にあふれるのを感じて、しばらくの間は言葉もなかった。ぼくがどうしても考えつかなかった唯一の解決策はまさにこれだった。どうしたらリッキーがベルの悪影響のもとに青春時代を送ることをくいとめられるか、それが、何ヵ月もの間ぼくを悩まし続けてきたのだった。

「そうだとも、リッキー」ぼくはいった。「養子の手続きをしてないんだったら、きみとお祖母さんがしっかりしているかぎり、絶対そんなことを無理にさせられることはないさ」そういったとたんに、ぼくははっとした。顔をしかめて、ぼくは唇を嚙んだ。「しかし、ことによると、あしたきみがここを出ていくときに面倒がおきるかもしれないぞ。この人たちが、きみがお祖母さんと一緒に行くのに反対するかもしれない」

「反対したってだめよ。あたし、お祖母さんの車に乗って、ぶうーっと行っちゃうもの」

「そう簡単にはいかないんだよ、リッキー。このキャンプの先生たちにも、規則があるんだ。きみの父さん――というのはつまりマイルズのことだよ――が、きみをこのキャンプに預けたんだ。だから、ここの先生がたは、マイルズ以外のひとと一緒には、きみを行かせてくれないかもしれないんだ」

リッキーは下唇をぎゅっと突きだした。「だってあたし行かないもの。あたしお祖母さんの家へ行くんだもの」

「そうともさ。そうだリッキー、きみにいいことを教えてあげる。面倒のおきないようにする方法だよ。いいかい、もしぼくがリッキーなら、あした出かけることは誰にもいわないな。そして、お祖母さんと一緒にちょっとドライブするだけだっていっておいて……そのまま帰ってこなきゃいいじゃないか」

緊張がわずかにほぐれて、リッキーがうなずいた。

「そうするわ」

「でも、荷物なんか持って出ちゃいけないんだよ。でないと、勘づかれてしまうからね。服も、そのとき着てるものだけしか持っていけないよ。ほんとうにいるものやお金なんかだけ、ポケットにしまって行くんだ。どうせ、たいしたものはないんだから、置いてっちゃったっていいだろう」

「うーん」とはいうものの、リッキーは世にも悲しげな顔をした。「でも、このあいだ買ったばかりの水着は？」

十一の子供にむかって、世の中にはどんな貴重な荷物でも、捨てていかねばならないときがあると、どう納得のさせようがあろう？　子供はたった一体の人形のためにでも、あるいは象のおもちゃひとつのためにでも、燃えさかる建物の中へ戻るのだ。ぼくは考えたすえにいった。

「それじゃこうしよう、リッキー、お祖母さんが来たら、先生に、アローヘッドへ海水浴に連れていくっていってもらうんだ。そのあとで町のホテルで夕飯をたべるけど、必ず就寝時間に間にあうように帰ってくるからってね。ね、そうすればリッキーは水着とタオルは持っていけるだろ。でも、それだけだよ。ほかのものはだめだよ。でも、きみのお祖母さんは、こんな嘘をついてくれるかな？」

「ついてくれるわ、きっと。必ずついてくれるわよ。だってお祖母さん、人間はどうしても少しは罪のない嘘をつかなきゃ、おたがいに仲良く暮らしてはいけないって前からいってたもの。嘘っていうものは、悪用しちゃいけないけど、つかわなきゃならないときもあるんですって」

「ふうん。きみのお祖母さんは、えらい人だな。そうだ、きみも、そのとおりするんだよ、いいね？」

「そのとおりするわ、ダニーおじさん」

「よし」ぼくはくしゃくしゃになった封筒を取りあげた。「リッキー、おじさんは遠いところへ行かなくちゃならないって話したね。それは、とても長いあいだなんだよ」

「どのくらい長いの？」

「三十年だ」

リッキーの瞳が、張り裂けんばかりに見ひらかれた。十一の子供にとって、三十年は〝長いあいだ〟ではない。永遠なのだ。ぼくはいった。「ごめんね。リッキー。でも、しかたがないんだよ」

「どうしてしかたがないの？」

これには、答えようがなかった。本当の答えは、とても理解できなかろうし、見えすいた嘘をつくこともできなかった。「リッキー、その理由《わけ》は、とっても難しくて、説明してもきみにはわからないんだ。それより、どうしても行かなくちゃならないんだ。おじさんにも、どうしようもないんだよ」ぼくはちょっと躊躇《ためら》ってから、「おじさんは冷凍睡眠《コールドスリープ》に行くんだ。冷凍睡眠って知っているだろう」

これは、リッキーも知っていた。子供というものはむしろ大人より新しいものに対する順応力が強い。子供たちは、コミックの世界で、冷凍睡眠とはすっかりお馴染みになっていたのだ。リッキーは、ぎょっとした顔になって、口をとがらした。「だって、それじゃ、もうおじさんとは会えないじゃないのよ？」

「会えるさ。ずいぶん長い先だけど、三十年たったら、必ずまた会える。ピートにも会えるよ。ああ、話さなかったけど、ピートもぼくと一緒に冷凍睡眠に行くんだよ」

リッキーはピートをちらと見やったが、それは、いままでにもまして深い悲しみに満ちた表情だった。

「だって――なぜ、ダニーおじさんもピートも、あたしと一緒にブローリーに来られないの？　そのほうが、ずっといいじゃないの。お祖母さんだって、ピートがきっと好きになるわ。おじさんだってよ。お祖母さんは、家の中に男のひとがいるほど気丈なことはないっていつもいってるわ」

「リッキー……ねえ、聞きわけのいい子だろう、ぼくはいいながら手紙の封を切りはじめた。どうしても行かなきゃならないんだよ」ぼくはいいながら手紙の封を切りはじめた。リッキーは、リッキーは突然怒りだして、顎をぶるぶる震わせながら、叫びだした。「わかったわ。また、あの女のひとの悪だくみね？」

「なんだって？　ベルのことかい？　とんでもないよ！」

「あの女のひとも冷凍睡眠《コールドスリープ》に行くんじゃないの？」

いわれただけで鳥肌が立った。

「じょうだんじゃないよ、リッキー！　おじさんはあのベルから逃げてまわっているんじゃないか」

リッキーはいくらか気が鎮まったようだった。

「あたし、あの女のひとのことで、おじさんがとっても憎らしかったのよ。憎らしくて憎らしくて、しようがなかったのよ」

「ごめんよ、リッキー。ほんとにすまなかった。きみが正しくて、ぼくがいけなかったよ。でも、ベルは、今度のことにはなにも関係ないんだ。ぼくはもう、ほんとうにあの女には愛想が尽きたんだ。さあ、ちょっとこれをごらん」ぼくは封筒から〈ハイヤーガール〉の株券を引き出して見せた。「リッキーはこれはなんだか知っているかい？」

「知らない」

ぼくは説明して聞かせた。「これを、きみにあげるんだよ、リッキー。ぼくは長いあいだ冷凍睡眠《コールドスリープ》に行くんだから、お別れに、きみにあげておきたいんだ」ぼくは自分の書いた譲渡の委任状を細かく裂いて、その破片をポケットにつっこんだ。こんな別々の手続きにしておいては、いとも簡単にベルに乗じられてしまう。ぼくは証券の裏を返して、裏面の譲渡形式をよく読みなおし、規定の記入欄を埋めて、直接バンク・オブ・アメリカ宛に委託するように書きあらためた。

「リッキー、きみのフルネームは？」

「フレデリカ・ヴァージニアよ。フレデリカ・ヴァージニア・ジェントリー。おじさん知ってるじゃない」

「ジェントリーじゃないんだろう？　さっき、きみはマイルズの養子になってないっていったじゃないか」

「あら！　そうだわ、あたし、ずうっとリッキー・ジェントリーっていってたもんだから、癖になっちゃったのね。あたしのほんとの名前ね？　お祖母さんとおんなじよ、あたしのほんとの父さんの名前と。ハイニックっていうのよ。でも、だあれもそうはいってくれないわ」

「そのうちいってくれるようになるさ」ぼくは書いた。〝この証券は、フレデリカ・ヴァージニア・ハイニックが二十一歳の誕生日を迎える日に再譲渡されるものとし、その間バンク・オブ・アメリカに信託する〟そしてふと、もしあのままにしておいたら、いずれにしろリッキーの手にこの証券は渡らなかったのだと思い当たった。背筋を、ぞっと悪寒が走った。

署名しかけて、ぼくはまたもや舌うちした。証印がない。ぼくは時計を見た、しまった、もうこんな時間なのか！ ぼくたちは、知らぬまに、一時間あまりも話しこんでいたのだ。そのとき、わが番犬女氏が事務所から首をつき出した。「すみません」

「はい？」

「このへんに、公証人はいないでしょうか？ やっぱり村まで行かないとだめですか？」

「わたくしも公証人ですよ。なにかご用ですか？」

「すごい！ 証印を持っていらっしゃいますか？」

「肌身離さず持っていますよ」

そこでぼくは彼女の目の前で署名し、彼女が署名して、二人の署名の上に証印を打ち出した。ぼくは心の底から安堵の溜息《ためいき》をついた。さあ、ベル、これでも改竄《かいざん》できるものなら、やってみるがいい！

監視係兼公証人は、好奇の目を証券に注いだが、さすがに質問はしなかった。ぼくはことさら厳粛な面持ちで、「不幸というものは必ずおきるものです。その場合の用心ですよ」といった。公証人の女性はわかったようなわからないような顔でうなずいて、また事務所に戻っていった。

ぼくはリッキーに向きなおった。「これを、きみのお祖母さんに渡すんだよ、リッキー。そして、バンク・オブ・アメリカのブローリーの支店に持っていくようにいうんだ。あとのことは、銀行でみんなやってくれる」そういって、リッキーの前にそれを置いた。

だが、リッキーは手もふれなかった。

「それ、お金でしょう？」

「ああ。かなりのお金になるよ。この額面以上のものになる」

「あたし、そんなものいらない」

「そんなこといわないで。ぼくがもらってほしいんだよ」

「いらないわ。もらいたくないわ」リッキーの両眼に、ふいに涙があふれ出て、声があやしく震えた。「おじさんは行っちゃうんだもの――これっきり帰ってこないで――あたしのことなんかどうでもいいんだもの」リッキーはしゃくりあげた。「あの女のひとと婚約したときとおんなじだわ。あたしやお祖母さんと一緒に来てくれればいいのに、ピートも連れて……おじさんの意地わる。あたし、おじさんのお金なんかいらないわ！」

「リッキー、聞きわけをよくしておくれ、ね、リッキー。もうおそいんだよ。ぼくが持っていようと思ったって、もうだめなんだ。これはもうきみのものなんだよ」

「そんなこと、おじさんの勝手だわ。あたしはさわるのもいや」リッキーは、そういうと手を伸ばしてピートの背をなでた。「ピートだったら、あたしを棄ててなんかいかないわね。おじさんが連れていってしまうんだわ。あたしには、もうピートさえいなくなるんだわ」

ぼくは嗄《しわが》れた声でいった。「リッキー……リッキー・ティッキー・ティヴィー……きみは、そんなにピートと……それからぼくに会いたいかい？」

リッキーの返事は、低くて、ほとんど聞きとれないほどだった。「きまってるわ。でも、だめなんだわ」

「だめじゃない」

「え？　だって、どうして？　おじさんは、三十年も長い冷凍睡眠《コールドスリープ》に行ってしまうっていったじゃない？」

「そうだよ。行かなくちゃならないんだ。それはどうしようもないんだけど、ぼくのいうことを聞けば、ちゃんと会えるようになるんだよ。リッキーは、お祖母さんのところへ行って、しばらく、いい子で学校に行ってお勉強するんだ。そのあいだに、このお金が、どんどんたまる。そしてきみが二十一になったとき、もしきみがまだぼくたちに会いたいと思ったら——そのときは、きみも冷凍睡眠《コールドスリープ》に来ればいいんだよ。そのためのお金は、もう充分たまっている。そして、きみが目を覚ましたら、ぼくがちゃんとそこに待っていてあげる。ピートとぼくと、二人で待ってるよ。約束するよ、げんまんしてもいい」

リッキーの表情は明るくなったが、それでも微笑は浮かべずに、彼女はしばしのあいだ黙って考えこんでいた。

「ほんとうに、おじさん、待っていてくれる?」

「待っているとも。だから、はっきり日を決めておかなきゃいけないな。いいかいリッキー、もし冷凍睡眠に行こうと思うなら、これからぼくのいうとおりにするんだよ。きみは、コスモポリタン保険会社と契約をして、きみの入る冷凍場《サンクチユアリ》は、まちがいなく、リヴァーサイドのリヴァーサイド冷凍場を指定する。それから、これが、一番大切だよ、きみの目を覚ます日は、二〇〇一年五月一日、きっかりにするんだ。その日には、必ずぼくが待ってるよ。もし、きみが、目をあけたそのときにぼくにいてほしければ、冷凍睡眠に入る前にそのことを冷凍場の人にいっておかなければだめだよ。そうしないと、規則で、待合室までしか入れてもらえないからね、おじさんはその冷凍場をよく知ってるが、あそこの人たちはとても気難し屋だから」ぼくはデンバーを発つ前に準備しておいた封筒を取り出した。「いまいったことは、おぼえるのは大変だ。その時の用意にと思って、みんなこの中に書いておいたからね。きみは、二十一歳の誕生日が来たとき、決心して、行くか、行かないかを決めればいいんだ。きみが来るにしても来ないにしても、おじさんとピートは、必ずそこに行って待っているからね」

ぼくはリッキーに充分わかるようにいって聞かせたつもりだったが、彼女はただ黙って二通の封筒を見つめるばかりで、それに手をふれようとしなかった。ぼくは不安になった。

そのとき、リッキーが口を開いた。

「ねえ、ダニーおじさん？」

「なんだね、リッキー？」

リッキーは顔もあげずにいった。低い声で、ほとんど聞きとれないほどだった。だがぼくには聞こえた——彼女はこういったのだ。「もしあたしがそうしたら——そうしたら、あたしをお嫁さんにしてくれる？」

耳に轟々《ごうごう》と耳鳴りがし、目に煌々《こうこう》と光が明滅した。ぼくは必死の思いで答えていた。彼女のそれよりは判然と、力強く、「もちろんだとも、リッキー。それこそ、ぼくの望みなんだ。だから、ぼくはこんな苦労をしてきたんだよ」。

これで、あとなすべきことはわずかだった。ぼくは、やはりデンバーから用意してきたもう一通の封筒に、〝マイルズ・ジェントリー死亡の際開封のこと〟と記して前の二通と一緒にリッキーに渡した。これについては、とくにリッキーに説明はしなかったが、中には、例のベルの身上調査書が入っていた。これさえあれば、マイルズが死んだとき、遺産相続にベルが不足をいい立てることを完全に封ずることができるはずだった。

最後に、ぼくがしていた大学の卒業指輪をはずし、エンゲージリングのかわりだといってリッキーに与えた。「リッキーにはまだ大きすぎるから、指にしないでしまっておいて。きみが、冷凍睡眠《コールドスリープ》から目を覚ましたとき、またべつのを買ってあげるからね」

彼女は指輪を小さな拳の中にしっかりとにぎりしめた。

「ううん、これがいいわ。ほかのなんかほしくない」

「そうか、そうか……。さあ、ピートにさよならしなさい。ぼくはもう行かなくちゃ。これ以上一分も余裕がないんだよ」

リッキーはピートを胸に抱きしめると、ぼくの手に渡した。それからぼくを見つめたが、その目にはすでにいっぱいの涙があふれて、それが、鼻筋をつたい頬を流れて、はっきりと涙の跡がついた。
「さよなら、ダニーおじさん」
「さよならじゃないよ、リッキー。じゃあまた、だよ。ぼくたちはきみを待ってるからね」

町へ帰りついたのは、十時十五分過ぎだった。ロサンゼルス行のヘリコプター・バスが、二十五分以内に出発する。ぼくは町で一軒の中古自動車展示即売場を見つけて、史上またとない超スピードの取引をし、自動車を時価の半分以下で現金に換えた。それでも、ピートをバスにひそかに連れこむぎりぎりの時間しか残らなかった。そして十一時過ぎた直後には、ぼくらはミュチュアル生命保険のミスタ・パウエルのオフィスに到着していた。

ミスタ・パウエルは、ぼくが、ぼくの資産をミュチュアル生命に信託する取り決めをキャンセルすると聞いていたくご機嫌を損じ、特にぼくが書類を紛失したというと、ぼくに二、三の訓戒を垂れようとした。「いくらなんでも、おなじ判事に、二十四時間以内に二回もおなじ人の許可を申請するなどということはできませんね。規則に違背するにもほどがあります」

ぼくは金をつかみ出してパウエルの鼻先でふりまわした。「そんな意地悪をするのは考えものじゃないか、軍曹。きみはぼくをお客にしたいのか、それともしたくないのか。したくないならはっきりそういってくれ。ぼくはただちにここを退出してセントラル・ヴァレーに行くから。いずれにしろぼくは今日冷凍睡眠《コールドスリープ》に出かけるんだ」

彼はなおも文句をいいかけたが、ついに折れた。それから、睡眠期間を半年加算したいとぼくがいったのに、また文句をつけた。そして、蘇生の正確な日程を決めたいというと、それも保証できないという。「契約書は原則として、管理技術上の許容誤差プラスマイナス一ヵ月を加えることになっています」

「ぼくの場合は原則もくそもない。ぼくの場合は、正確に、二〇〇一年四月二十七日が蘇生日程だ。もちろん、ミュチュアル生命でそれができないというんなら、セントラル・ヴァレーへ行くよ。ねえミスタ・パウエル、ぼくは客だよ。きみは売り手だ。きみがぼくのいうとおりで売れないんなら、ぼくはぼくの注文どおりで売ってくれるところへ行くまでだ」

パウエルは契約を変更した。ぼくらはその部分にサインした。

十二時ジャスト、ぼくは最終検査のために例の身体検査官のもとへ出頭した。彼はぼくを見ていった。

「素面《しらふ》だろうね」

「判事そこのけにね」

「どうだかな。テストしてみよう」彼は〝昨日〟同様に厳重な検査をしたが、やり終わってゴム棒を置いた彼は目をまるくしてぼくを見た。「これは驚いた。あんたは昨日よりずっと健康状態がよくなっている。驚くべきものだ」

「健康状態だけじゃないんですよ、先生、ほんとうはね」

ぼくはピートを抱いて、鎮痛剤の注射を受けるあいだ彼をおさえていた。それからぼくは横になり、医者の手に身体をまかせた。もう一日やそこらは待ってもよかったのだが、ぼくは待てなかった。ぼくは、狂おしいまでに二〇〇一年へ戻ることを望んでいた。

午後四時前後――動かないピートの頭を胸に抱いて、ぼくは嬉々《きき》として再び三十年の眠りについた。

12

夢はこんどもやはり見た。だが、前に比べてこんどのは、ずっと愉しい夢だった。ただひとつ、記憶に残った悪夢にしても、耐えがたいほどのものではなかった。ただ、果てしない失望の夢だった。寒い冷たい夢の中でぼくはがたがた震えながら、幾重にも曲がりくねった暗い廊下を、出くわす扉という扉ひとつ残らず開いてみては、この扉こそ、いやこのつぎのこそ夏への扉、リッキーの待っているあの暖かい扉だと、ひたすら思いつづけていた。ピートはぼくの前になり、後になりして、ぼくをじらした。この人間は自分を踏んだり蹴とばしたりしないと思うと、やたら脚のあいだに身を絡ませてくる、厄介きわまる猫の習性なのだ。

扉に行きつくごとに、ピートはぼくの脚のあいだをかいくぐり、首をつき出して外を見ては、まだ外が冬であることを知ると、無造作にくるりとふりむいて、危うくぼくを転倒させそうになる。

だが、ピートも、ぼくも、決して、つぎの扉こそ探し求める扉だという確信を、捨て去ることはなかった。

こんどは蘇生も容易だった。崩壊感覚を味わうこともなくすんだ。事実、立ち会った医者は、ぼくが目を覚まして最初に口をきいたとき、朝食とグレイト・ロサンゼルス・タイムズを持ってきてほしいといい、それ以外の無駄口をきかなかったのに、いささか拍子抜けしたようだった。ぼくは彼に、実はこれが二回目の蘇生でと説明する気になれなかったのだが、たとえ説明したところで、とても信じてはくれなかったろう。

伝言がひとつぼくを待っていた。一週間前の日付になっていて、差出人はジョン・サットンだった。

親愛なるダン

完全に降参だ。なにもかもきみのいうとおりだった。

ぼくはジェニーの希望を抑えて、時期が来るまで会わないでいようといった、きみの要請を守っている。ジェニーからよろしく、それから、ぼくらに会う日を、もうこれ以上あまり延ばさないようにと伝えてくれとのことだった――しばらくの間きみは忙しいだろうということを説明しようとしたのだがね。

ぼくらは二人とも元気。ただ、ぼくは、昔なら走ったところを、いまでは歩いてますます年になった。ジェニーは、若いころよりますます美しさを増したよ。

ジョン

P・S

もし同封の金額で足りなければ、すぐに電話を一本くれ。いくらでも要るだけ送る。会社は上々の成績だ、と思う。

ぼくは安心して、ピートを胸に抱いたままもう一度ぐっすりと熟睡した。

四月三十日月曜日、ぼくは退院するとただちに自動車を駆ってリヴァーサイドへ行き、昔のミッション・インに部屋をとった。その夜、ぼくはよく眠れなかった。ぼくは興奮の極《きわ》みにあった。

つぎの日の朝、十時に、ぼくはリヴァーサイド冷凍場《サンクチユアリ》の監督者の前に出頭した。「ラムゼイ博士、ぼくはダニエル・B・デイヴィスというものです。ここに、フレデリカ・ハイニックという名前の患者がいるはずなのです」

「身分証明書をお持ちでしょうな」

ぼくは一九七〇年デンバー市発行の運転免許証と、フォレスト・ローン冷凍場《サンクチユアリ》の退院証明書とを提示した。彼はそれとぼくを照らし合わせてみてから、ぼくに返してくれた。ぼくは性急にいった。「彼女は今日退院することになっているはずなのです。ぼくの立会いを許すように、指示がしてないでしょうか？　その時でいいんです、彼女がいよいよ意識を回復するとき、そばについていてやりたいのです」

彼は唇を突きだして、ことさらにしかつめらしい顔をした。「わたしのところに提出されている書類には、本日あの患者を蘇生させるようにという指示はありませんな」

「ない？」ぼくは底なしの失意と悲しみを感じながらいった。

「ありません。患者の希望は次のとおりです。すなわち、今日とかぎらず、彼女は蘇生の意志はまったくない――」

「蘇生の意志がない？――」

「あなたがここに来られるまではね」そういって、彼はぼくを見やると頰をほころばせた。

「あなたは黄金《きん》の心臓でも持っているんだな。でなければ、とんと納得のいかんところですよ」

「ありがとう、博士」

「ロビーで待っていてもいいし、出かけて、またここへ戻ってきてくださってもいいですよ。あと二時間ほどはかかりますからね」

ぼくはロビーへ戻り、ピートを連れて、散歩に出た。

例の〝それはよいお店〟を通りすぎたが、こんどは何もたべたくなかった。朝食もろくに咽喉を通らなかったのだ。十一時三十分になって、ぼくは冷凍場《サンクチユアリ》へ引きかえした。そして再び待つことしばし、ついにぼくは内部《なか》へ導かれた。

ぼくが見たのは彼女の顔だけ。身体は白布で覆われていた。だが、それは、紛《まが》うことなきリッキーだった。立派な女性になった、眠れる天使のリッキーだった。

「いま催眠療養中なのです」ラムゼイ博士が言葉穏やかにいった。「あなたはそこで見ていらっしゃい。わたしがいま患者を起こします。ああ、ちょっとその猫は外に出しておいていただいたほうがいいですな」

「そういうわけにはいかないんです、博士」

彼はなにかいおうとしたが、肩をすくめるとリッキーのほうに向きなおった。「目を覚ませ、フレデリカ、目を覚ませ。もう目を覚ます時間だ——」

リッキーのまぶたがピクピクと動いたと思うと、ふと目を開いた。一瞬のあいだ、視線は宙をさ迷っていた。が、すぐにぼくたちの姿をとらえると、にっこり、まだ眠たげな微笑を浮かべた。

「まあ、ダニー……ピートもいるのね」彼女は両腕をあげた——そしてぼくは、彼女の左手の親指に、ぼくのあげた指輪が光っているのを見た。

ピートが咽喉を鳴らしてベッドの上に飛びおり、リッキーの胸に、恍惚《こうこつ》とした仕種で頭をこすりつけた。

ラムゼイ博士はこの日一晩だけ病院に泊まっていくようにと奨めたが、リッキーはすぐ退院するといい張った。そこでぼくは入口のところまでタクシーを呼んで、二人してブローリーに飛んでいった。リッキーのお祖母さんは一九八〇年に亡くなっており、彼女の社会的なつながりはもうなくなっていた。しかしリッキーはいろいろな物を残していた——ほとんどは本である。そこでぼくはリッキーの荷物をアラジンのサットン夫妻気付で送った。リッキーは故郷の変わりかたにさすがにちょっと驚いたらしく、ぼくの腕をしっかりと握ってはなそうとしなかった。だが、冷凍睡眠《コールドスリープ》につきもののあの恐ろしいホームシックは、まったく感じていないようだった。彼女は、ただ一刻も早くブローリーを出発することを望んだ。

ぼくはタクシーを雇ってユマへ飛んだ。ここで、ぼくは郡役場に行き、帳簿に直筆ではっきり〝ダニエル・ブーン・デイヴィス〟とフルネームを書きこんだ。こうしておけば、この大傑作を計画実行したのがほかのD・B・デイヴィスでないということが絶対確実になるわけだ。数分後、ぼくは彼女と並んで立ち、その小さな手をぼくの手の中に握りしめながら、咽喉をつまらせていっていた。「われ、ダニエルは、ここになんじフレデリカを妻としてめとる……死がわれらを別つその日まで……」

ピートがぼくの介添人だった。証人は、裁判所にいあわせた人々に頼んだ。

ぼくらは式をすませるや、ユマを発って、ツーソンにほどちかい山荘ホテルに飛びこんだ。母屋から離れた山小屋をひとつ借り切って、必要品を運ぶには専用のビーバー・ロボットを一台つけてもらったので、ぼくらは誰にも会う必要はなかった。もっとも、ピートは、それまでこのあたりのボスだった牡猫と記念すべき大決闘をしてついにこれを倒すという騒ぎを演じたが、これが、ぼくらのハネムーン中の唯一の椿事《ちんじ》だった。リッキーは結婚を、まるで自分の発明のようにスムーズに受けいれたし、ぼくは——リッキーというものがあって、なんの不足のあるわけがあろう。

さて、この物語も、もう終わりに近づいた。いうべきこともわずかになった。リッキーの所有になっていた〈ハイヤーガール〉の株によって（これは、いまだに個人所有の最大のものであった）〈ハイヤーガール〉の重役陣は刷新され、ぼくはマクビーを〝名誉技術研究室長〟に〝昇格〟させて、そのかわりチャックをチーフ・エンジニアに据えた。ジョン・サットンはアラジン工業の社長だった。ただ、彼はしばしば引退するといってぼくを脅したが、本気でそういっているのではもちろんなかった。

ぼく自身はどちらの会社の経営にも関係せず、デイヴィス技術会社を作って、新しい家庭用品の発明に専念することにした。会社とはいっても、製図室ひとつに小さな工場ひとつ、ぼくの設計した部品を製作する古手の機械工一人という小ぢんまりしたものだった。この機械工はぼくのことをいかれていると思っていたのだが、ぼくの設計図にしたがって、忠実にぼくの望みどおりのものをこしらえてくれた。ぼくらが何かを作りあげると、ぼくはその特許を取った。

ぼくは、人を使って、例のトウィッチェルの話を書きとめたノートを取り寄せた。そして、彼宛に手紙を認《したた》め、ぼくがみごと時間旅行に所期の成果を収めて、冷凍睡眠《コールドスリープ》で再び現在に戻ってきたこと、それについても、彼を〝疑った〟ことを申しわけなく思っていることなどを書き送った。そして、ぼくのこの原稿が完成したら見てもらえるかどうかと訊いてやったが、いつまで待ってもなんの返事もない。おそらく、彼の怒りはまだとけていないのだろう。

しかし、ぼくは、これを脱稿したら、たとえ自費で出版しなければならなくとも、必ず本のかたちにして、全国の主要な図書館に備えつけさせるつもりだ。それだけのことをする義務がぼくにはある。ぼくがリッキーを得たのも、ピートを取り戻せたのも、ひとえに彼のおかげだからだ。本の題名はやはり『埋もれた天才』とすることにした。

ジェニーとジョンは、まるで不老不死の霊薬でも飲んでいるように若々しかった。高齢者医学《ジェリアトリクス》の進歩に光栄あれ！　加うるに新鮮な空気と明るい太陽と、運動とそして決して悩むことのない楽天的な精神の賜物《たまもの》で、ジェニーは、今までにも増して健やかで美しかった。ぼくの推定では、彼女は少なくとも六十三にはなるはずだったのだ。ジョンはいまだにぼくが単なる千里眼であって、時間旅行など大嘘だと思っている。彼は証拠を認めようとしないのだが、さてそれでは、どうしてこんなことができたのか？　じつは、ぼくはすでに、リッキーに説明しようと試みて、はたと行き詰まってしまったのだ。ぼくは彼女に、ぼくらがハネムーンをしていたあいだ、実はもう一人のぼくはボールダーにいたこと、そしてある日、ガールスカウトのキャンプに彼女を訪れたときは、やはりもう一人のぼくが、サンフェルナンド・ヴァレーのマイルズの邸で、でく人形のように横たわっていたことを説明したのだ。

するとリッキーは、まっ青になってしまった。ぼくは慌てていった。「仮説として考えてみよう。数学的にこれを見れば、論理的なんだよ。モルモットを例にして考えようか。一週間過去へ戻してやる。ということはつまり、このモルモットは一週間以前に、そこで発見されていたわけだ。したがって、そのときすでに、モルモットは一匹いたわけだから、結局モルモットは二匹いたことになる……もちろん、実際はモルモットは一匹で、もう一匹はその一匹の一週間だけ年とったやつなわけだ。そこでこのうちの一匹を取ってタイムマシンに乗せてやればこの一匹は——」

かりに白地に茶色の斑《ぶち》のやつとしよう。このモルモットを、タイムマシンに乗せて、一週

「ちょっ、ちょっと待って？　どっちのモルモットを？」

「どっちのって、こまったね、モルモットは最初から一匹だけさ。ただ、一週間若いほうのやつを取るだけだよ」

「だってへんだわ。あなたは最初一匹しかいないといったのよ。それを、二匹いるといったり、その二匹というのはじつは一匹だといったり、そうかと思えばまた二匹のうちから一匹えらぶといったりするんですもの。一匹の中から一匹をえらぶなんておかしいわ」

「いや、ぼくはね、どうして二匹が一匹になり得るかを説明しようとしているんだよ。もし若いほうのモルモットを——」

「だって、モルモットなんて、みんなおんなじ顔してるわ、どうして若いか年寄りか見わ

けをつけるつもり？」

「そりゃ、タイムマシンに乗せるほうのやつの尻尾を切っとけばいいさ。そして、それが、帰ってきたときみれば——」

「まあ、ダニーったら、そんな可哀そうなことを！　それに、モルモットには、尻尾なんかありませんよーだ」

リッキーは、これが、なにごとかを証明すると思ったらしい。ぼくはついに諦めて、それ以上説明を試みることを断念した。

だが、リッキーは、つまらぬことにいつまでもかかずらう性質の人間ではない。ぼくがうんざりした様子を見ると、彼女は優しく声をかけた。「ここへいらっしゃい、あなた」彼女はぼくの残り少ない毛髪に指を通して梳《す》くようにしながら、そっとキスした。「あなたは一人でたくさんよ。二人もあなたがいたんでは、あたしには愛しきれないわ。ひとつだけ、お答えして——あなた、あたしが大人になるのを待っているあいだ、楽しかった？」

「楽しかったとも、リッキー！」

だが、よく考えてみると、ぼくのこの説明も、現実に起こったことのすべてを説明していないのだ。いくら辻褄《つじつま》を合わせようとしても、ちょうど、メリーゴーランドに乗って回転数を数えているように、どこかでポイントがはずれてくる。たとえば、ぼくはなぜぼく自身の蘇生の告示を新聞で発見しなかったのだろう？ 最初の、二〇〇〇年十二月のではなく二度めの、二〇〇一年四月のは、当然出ていなければならないはずだ。ぼくは二〇〇一年にいたのだし、毎日新聞のあの欄には注意を怠らなかったのだ。ぼくが二度めに蘇生したのは二〇〇一年四月二十七日金曜だ。とすれば、翌日の土曜のタイムズ紙の朝刊には発表があったはずなのに、ぼくはそれを見つけなかった。

とすれば——昔ながらの〝曲折する時間の流れ〟とか、〝多元宇宙〟とかいう観念は、ついに正しかったのであろうか！ とすれば——ぼくは、現在、次元の異なった宇宙のひとつに飛びこんでしまったのだろうか？ リッキーがいても、ピートがいても、この世界は、以前の世界ではない別の世界なのだろうか？ そしてどこか（あるいはいつか）に、ピートが、永遠に見捨てられ置き去られて、野良猫になってしまった世界が——そしてリッキーがついに祖母と一緒になれず、ベルの悪魔の爪にいまだにかけられつづけている世界があるのだろうか？

いや、きっとそうではあるまい。おそらくぼくは、新聞を読みながら眠ってしまって、ぼくの名前を見落としたまま、翌日その新聞を屑籠の中にほうりこんでしまったのだ。ぼくは朝ぼんやりすることが多い。とくに、頭の中に、新しい発明のことでもあると、なんでも忘れてしまうことがあるのだから。

だが——そうだ、もしぼくがそれを見つけていたとしたらどうだったろう？ そこへ行き、ぼく自身に会って、そして——気が狂ってしまったろうか？ いや、そうじゃない。もしぼくがあの時それを見ていたら、ぼくはその後したようなことをしなかっただろうから。したがって、ぼくがあの時の自分の名をそこに見ることは、本来あり得ないことだったのだ。ぼくがそれを読まなかったからこそ、それが新聞に掲載されることになったのだ。

時間旅行をしたのは、なにもぼく一人とはかぎらない。フォートは時間旅行以外に説明のつけようのないさまざまのケースをいくつも挙げている。アンブローズ・ビアースまた然《しか》り。さらにぼくは、かのトウィッチェル博士が、おそらく彼の認めた以上の回数、あのスイッチを押したにちがいないという気がしてならない。

それにつけても思いだすのは、あのレナード・ヴィンセントのことだ。彼はやはりレオナルド・ダ・ヴィンチではなかったのだろうか？ 彼は大陸を横断して、コロンブスと一緒に故郷イタリアへ戻ったのではないか？ もちろん、百科事典には、彼の生涯はかくかくしかじかであったと書いてある。しかし、彼はあとでいくらでも自己の記録を改訂することができたはずだ。ぼくはそれをよく知っている。なぜなら、ぼく自身がある程度それに似たことをしたからだ。しかも、十五世紀のイタリアに、社会保障番号も、ＩＤカードも、いや、指紋すら知られていなかったのだ。彼なら造作なくそのくらいのことはできたはずだ。

しかし、それまで馴れ親しんできたあらゆるものから隔絶された彼の辛さは、いかばかりであったろう？　彼は空中を飛ぶことも、なん万馬力の動力も、その他ありとあらゆる文明の利器を知っていたのだ。そして彼は、そうした器具を、十五世紀のイタリアに実現しようと必死の努力を重ねた。だが、アイデアはいかに豊富だろうとも、知識はいかに深かろうとも、それを実現すべき数世紀ぶんの技術なくしては、ただ、失意と失敗とが、結局は彼を待っていた運命だったのである。

タンタロスの苦しみも、これにまさりはしなかったろう。

ぼくは、時間旅行が今後もし機密解除になったら、なんとか商業用に役立たないものかと考えてみた。タイムマシンの部品を持って、なん回も過去へ小ジャンプをする。そして、戻ってくるための設備を過去に設置するのだ。しかしそのうちにジャンプしすぎて、科学技術がまだととのっていない時代に行ってしまい、戻ってこられなくなるかもしれない。ごく簡単な、たとえばタイムマシンをつくるための材料の合金が手に入らないというような理由でだ。それに、第一、重大な障害がある。過去へ行くのか、未来へ行くのかという根本的な問題の解決がつかない以上、ひとつ間違ったらえらいことになる。二十五世紀へ行くつもりで、ヘンリー八世の宮廷へでも飛びこんでしまっては始末に困る。

やっぱりだめだ。致命的な欠陥のあるものを、市場へ出すわけにはいかない。

しかしぼくは、時間の〝パラドックス〟とか、〝時代錯誤〟をひきおこすことを、心配などはしない。もしも、三十世紀の技術者がタイムマシンの欠陥を克服して、時間ステーションを設け時間貿易をするようになれば、それは当然おこってくる。世界の造物主が、この世界をそんなふうに造ったのだから、仕方がないのだ。造物主は、われわれに目を、二本の腕を、そして頭脳を与え給うた。その目と、手と、頭脳とでわれわれのやることに、〝パラドックス〟などあり得ない。造物主は、その法則を施行するのに、お節介な人間など必要としないのだ。法則は、自らそれ自体を施行する。この世には奇跡などないのだし、〝時代錯誤〟ということは、語義学的には、なんの意味も持っていないのである。

しかし、ぼくは、ピートに劣らず、こんな哲学には縁がない。この世の真理がどうであろうと、ぼくは現在をこよなく愛しているし、ぼくの夏への扉はもう見つかった。もしぼくの息子の時代になってタイムマシンが完成したら、あるいは息子が行きたがるかもしれない。その場合には、だめだとはいわないが、けっして過去へは行くなといおう。過去は非常の場合だけだ。そして未来は、いずれにしろ過去にまさる。誰がなんといおうと、世界は日に日に良くなりつつあるのだ。人間精神が、その環境に順応して徐々に環境に働きかけ、両手で、機械で、かんで、科学と技術で、新しい、よりよい世界を築いてゆくのだ。
世の中には、いたずらに過去を懐かしがる気取り屋《スノッブ》どもがいる。そんな連中は、釘ひとつ打てないし、計算尺ひとつ使えない。ぼくは、できれば、連中を、トウィッチェル博士のタイムマシンのテスト台にほうりこんで、十二世紀あたりへぶっとばしてやるといいと思う。

だが現在、ぼくはだれにも腹を立てていないし、この現在に十二分の満足を感じている。ただひとつの気がかりといえばピートがだいぶ老衰して、少し肥り、若い猫に戦いを挑むことも少なくなってきたことだ。ぼくはやがて彼を、長期の冷凍睡眠《コールドスリープ》に送らなければならないと思っている。再び彼が目覚めるときこそは、勇敢な彼の魂が、求める夏への扉を発見するだろうことをぼくは心の底から願っている。イヌハッカの花咲きみだれ、牝猫が群れ遊んで、闘い甲斐ある闘争用ロボット猫（ただし、最後には必ず負けるように設計してある）がいる――そして、人々は、優しく彼に膝を提供してくれこそすれ、決して蹴飛ばしたりなぐったりはしない世界、十全な平和の世界だ。

リッキーも少し肥ってきた。だがこれは、一時的な、しかも嬉しい理由による現象なのだ。もちろんリッキーは前にも増して美しいし、彼女のあの甘い「はい」という返事に変わりはないが、立居振る舞いが少し辛そうだ。ぼくはいま、彼女用に、身体の楽にできるような道具を設計している。女性であるということは決して楽なことではない。それを、なんとか少しは楽にしてやらなければと、ぼくはつねづね考えていた。前かがみになる苦痛や背中の痛みだけでも止めようと、いまぼくはその道具を工夫している。そのほか、ぼくはリッキーに、水圧式ベッドを作ったが、これはそのうち特許を取ろうと思っている。

ピートのためには、天気の悪いときに使うようにと思って〝猫式トイレ〟を作ってやった。全自動式で、自動的に砂が入り、清潔で無臭である。ただし、ピートは、どの猫でもそうなように、どうしても戸外へ出たがって仕方がない。彼はいつまでたっても、ドアというドアを試せば、必ずそのひとつは夏に通じるという確信を、棄てようとはしないのだ。

そしてもちろん、ぼくはピートの肩を持つ。

訳者あとがき

SFを読みはじめて、これはと唸る長篇にお目にかかったことは、もちろん何度もあるわけだが、本書は、そうしたものの中で、一番愛着を感ずるものの一冊である。ぼくのSF修業のなかで、比較的初期に属するころに、最新刊として読んだせいなのかもしれないが、主人公ダニエル・ブーン・デイヴィスのパーソナリティにまずいかれ、ハインライン十八番の、近い未来社会の生き生きとした描写にいかれ、その中でのロボット工業の発展のリアリスチックな話にいかれて読みすすむうちに、愛すべきダニーが、ヘマばかりやって、みすみす発明を奪われ仕事を奪われ裸にむかれて、放り出されるあたりにくると、腹がたってやりきれなくなったものだ。

それが、後半のストーリイが展開するや、つぎからつぎへとひっくり返され、もののみごとに、こっちの胸をすかしてくれる痛快さ。ぼくは、本のページをたたいて、これこそ

SFの醍醐《だいご》味《み》だと、さけびたくなったのをおぼえている。

この作品は、強いて分類すれば時間テーマに属するだろうが、そこに使われたタイム・パラドックスが、とくに新手というわけではなし、タイムマシンがニューモードなわけでもない、まあ、冷凍睡眠とタイム・トラベルとを併用したところが、新しいといえば新しいだろうが、だからこの作品がおもしろいのではない。やはりむしろ、そうした設定のなかに、虚構のすき間風の、一筋だに吹きこむことをゆるさない、ハインライン一流の稠密《ちゅうみつ》な小説構成と、スペキュレイティヴなストーリィ・テリングの腕の冴えとに、その成功の理由は、あるのだろう。

とにかく、この作品を読み終わって本をおき、ふと周囲を見まわしたら、ぼくの家に、一台の〈ハイヤーガール《文化女中器》〉も、〈窓拭きウィリー〉も、〈万能《フレキシブル》フランク〉もないことが、ひどく奇妙に思われ、わずかにあった電気掃除機が、なんともはやぶさいくなものに見えて、しかたがなかったものだった。

ハインラインの長篇、数あるなかに、総合点のいちばん高くつけられる作品はといわれたら、ぼくは、今のところ、ためらうことなしにこの作品を推すだろう。けだし、SFの傑作とは、虚構の世界に読者をひきずりこんで虚構の世界の空気に馴れ親しませ、牢固としてぬきがたいこの世の常識主義に、一撃をくわえるものだろうからである。

（ハヤカワ・ＳＦ・シリーズ版より転載）

2021年の『夏への扉』

評論家
高橋 良平

一九五六年の発表から六十年の時を経て、永遠の名作『夏への扉』の映画化がついに実現した。

二〇二一年二月に公開の決定した映画「夏への扉―キミのいる未来へ―」は、原作の魅力をそのままに、舞台を一九九五年の東京に設定して、登場人物、物語を再構築した作品だ。「タイムトラベルものは映画『バック・トゥ・ザ・フューチャー』も含めて数々あれど、時間旅行ものというジャンルを確立させた本作は後の作品に大きな影響を与えた古典中の古典と言える」と語るのは、本作のプロデューサーの小川真司。多くのハリウッド映画に影響を与えた伝説の小説が、全世界で初映画化される――

ロボット開発を行う若き科学者の高倉宗一郎は、愛猫のピートと、亡き父の親友松下の娘・璃子との穏やかな日常の中で、研究に没頭する日々を送っていた。だが、信頼していた共同経営者と婚約者の裏切りにあい、自身の会社も発明途中のロボットや研究資料も奪われてしまう。さらに宗一郎は人体を冷凍し未来に行ける装置・コールドスリープに入れられ、目が覚めた時そこは、二〇二五年の東京だった……。

罠にはめられてすべてを失った科学者を演じるのは、今もっとも新たな出演作が期待される山﨑賢人。共演には、二〇二一年の朝の連続テレビ小説「おかえりモネ」の主演が決定した清原果耶。加えて、藤木直人、夏菜、眞島秀和、浜野謙太、田口トモロヲ、高梨臨、原田泰造といった個性豊かなキャストが脇を固める。監督を務めるのは、『フォルトゥナの瞳』『ぼくは明日、昨日のきみとデートする』の三木孝浩。三木監督は、「幼い頃に観て心躍らせた八〇年代ハリウッド映画のようなみんなで楽しめるエンタテイメント作品に仕上げたい」と語っている。

その原作である本書は、二〇一〇年刊の〔新装版〕から、訳語、表現などをアップデートした〔新版〕である。発表から半世紀以上が経過してもなお、色褪せぬ魅力を放つ『夏への扉』を、その成り立ちから振り返ってみよう。

一九五六年二月二日

新作長篇は、いわゆるアダルト層むけをもくろみ、原稿で百四ページに突入。おかげで慢性の頭痛と不眠症に悩まされつづけ、なぜこんな馬鹿げた商売に首をつっこんだのか、自分でも訝《いぶか》しむ次第——とはいえ、このまま身がもてば、『夏への扉』の草稿は今月中に書き上げ、三月末ごろ無事に脱稿できるでしょう。

こちらでは雪が三十センチほど積もり、雉子《きじ》がそこらじゅうをうろついており、ピクシーは雪が嫌いで、ジニーに文句をつけています。

一九五六年五月三十一日

『夏への扉』のシノプシスについて。わたしは、編集者がわたしの腕をひねりあげて、梗概を書けと要求するとき（いつものことですが）にかぎって、自分で毎回のシノプシスを書いています。もしバウチャー自身がすすんで書いてくれるなら、大喜びです。なにしろ、彼のほうがわたしより文章上手ですからね。

一九五七年一月十二日

ピクシーが死にかけています……尿毒症です。回復を望むにはあまりに重篤《じゅうとく》で、数日前、獣医が彼を戻してきました。わが家で死を迎えるようにするためです。いまは苦痛もなく喉をゴロゴロ鳴らしていますが、体はひどく弱っており、日に日にやせ衰えて――小さな黄色い幽霊が家の中にいるようです。苦しみがつづく段階になったら、痛みがおさまる手助けをしなければならないでしょうし、彼がずっと探してきた夏への扉をついに見つけることを願うでしょう。わたしたち夫婦は、いささか精神的にまいっています……この小柄な猫に度をこす愛着を抱くようになっていたのです。もちろん、飼いはじめたときから、こうなるのが避けられないのは承知していましたし、ペットがわたしたちより長生きするはずもなく、先立たれるだろうとは思っていました――わたしたちはそのときに耐える心の準備をしたほうがいいんでしょうね。にもかかわらず、そうしたところで、ちっとも気が楽になるものではありませんが……。

以上は、ハインラインの死後、妻のジニーことヴァージニア・ハインラインが編纂した書簡集*Grumbles From the Grave*（1989, A Del Rey Books/Ballantine Books）から、抜粋した文章で、いずれも、ハインラインがリテラリイ・エージェントのラートン・ブラッシンゲイムに書き送ったものである。お読みになれば分かるように、ピクシーは、牡猫ピートのモデルで、愛猫家のハインラインが『夏への扉』執筆当時に飼っていた猫の名。ちなみにこの名前、Petronius Arbiter、〝趣味の審判者〟と呼ばれた『サテュリコン』の作者で、ローマ時代の諷刺作家ガイアス・ペトロニウスに由来する。二通目に出てくるバウチャーは〈F&SF〉誌の編集長で、『夏への扉』は、同誌一九五六年十月号から十二月号まで三回分載され、連載物には一ページほどのシノプシス、前回までのあらすじを添えるのが恒例だった。ハードカバーの単行本は翌五七年、それまでもハインラインのアダルト向けSFを手がけてきた老舗のダブルデイから出版されている。

ついでに、ビブリオ・マニアむけに、わが国での翻訳バージョンを列挙すると——

①『夏への扉』　加藤喬訳　講談社〝S・Fシリーズ〟Ⅳ　一九五八年九月刊
②『夏への扉』　福島正実訳　〝ハヤカワ・SF・シリーズ〟　一九六三年十一月刊
③『未来への旅』　福島正実訳　講談社〝世界の科学名作〟13　一九六五年十月刊
④『夏への扉』　福島正実訳　早川書房〝世界SF全集〟12　一九七一年一月刊
⑤『夏への扉』　福島正実訳　ハヤカワ文庫SF　一九七九年五月刊
⑥『夏への扉〔英語版ルビ訳付〕』　講談社〝ルビー・ブックス〟20　二〇〇〇年六月刊
⑦『夏への扉〔新訳版〕』　小尾芙佐訳　早川書房　二〇〇九年八月刊

⑧『夏への扉』　福島正実訳　ハヤカワ文庫SF　※⑤のトールサイズ新装版　二〇一〇年一月刊

そして本書は、⑧からカバーイラストを一新し、訳語・表現などをアップデートした〔新版〕ということになる。

注釈をつけておくと、①は、一九五八年の八月から十一月までの四カ月間に、わずか六冊を出しただけの短命のシリーズの一冊として出版された。その他の五冊は、フレドリック・ブラウン『星に憑かれた男』（田中融二訳）、ジョン・マントレイ『恐怖の27日間』（亀山龍樹訳）、アレクサンドル・ベリャーエフ『人工衛星ケーツ』（木村浩訳）、アルフレッド・ベスター『わが赴くは星の群』（中田耕治訳）、アイザック・アシモフ『裸の太陽』（伊藤照夫訳）という豪華ラインナップ。（ブラウン作品は原題に即した『天の光はすべて星』、ベスター作品はイギリス版タイトルをとった『虎よ、虎よ！』と改題されて〝ハヤカワ・SF・シリーズ〟に加わり、現在はハヤカワ文庫SFに収められている）

早川書房の編集者だった福島正実と都筑道夫のふたりが企画した〝ハヤカワ・ファンタジイ〟（のちの〝ハヤカワ・SF・シリーズ〟）が、ジャック・フィニイの『盗まれた街』（福島正実訳）とカート・シオドマクの『ドノヴァンの脳髄』（中田耕治訳）でスタートしたのが一九五七年十二月——それを追うように誕生した大手出版社の翻訳SFシリーズは、強力なライヴァルと目されたのだが、そのじつ、この企画を立てたのも、福島・都筑のコンビだった。早川書房の会議で二度にわたってSF叢書の企画がボツにされ、業を煮やしたふたりが講談社に持ちこんだ企画が、〝ハヤカワ・ファンタジイ〟にゴー・サインが出たのと同時期に、通ってしまったのだ。おまけに、六冊で終わってしまったのは、担当編集者が人事異動し、後任がいなかったため。詳しい顚末を知りたい方は、福島正実の回想録『未踏の時代』（ハヤカワ文庫JA）をひもといてください。

そうしたいきさつの社外の仕事だったため、福島正実は加藤喬名義で①を翻訳し、ほとぼりがさめたころ（?）、〝ハヤカワ・SF・シリーズ〟で再刊されたのが②である。ちなみに、『裸の太陽』の訳者・伊藤照夫は、都筑道夫のペンネームのひとつだが、締切りに間に合いそうもなく、編集部の部下だった常盤新平が実質的に翻訳したとのこと。

③は叢書名からもお分かりだろうが、ジュヴナイル向けのアブリッジ翻訳。④は『人形つかい』と共に全集に収録され、訳者が急逝して三年後に⑤として文庫化された。⑥は講談社インターナショナル発行の英語の副読本的出版物で、英文の行間に「わかりにくい単語・イディオム・言い回しには、ルビ（ふりがな）のように訳がつく」という「英文書がスラスラ読める〝ルビ訳〟」シリーズの一冊で、SFでは他に『アルジャーノンに花束

を』『火星年代記』『幼年期の終り』などを出している。⑦は「時をかけるエンターテインメント。新しい翻訳で贈る、すべてのひとびとへの応援歌」という帯のコピーのごとく、ふだん海外SFに触れていない読者にアピールするためのバージョンである。そうした広い読者層をターゲットに読みやすく、いくつかの訳語も正された⑦を歓迎するのはむろんだが、かといって、福島訳に価値がなくなったわけではない。

「偉い翻訳者とは、それまでわが国に知られていなかった外国文学（その新旧を問わない）を紹介して、わが国の文壇に強烈な刺戟を与え、新しい文学を生む土壌を培う人であると私は考えている」というのは、河盛好蔵が堀口大學を称えた文章の一節だが、そうした意味で、福島訳版『夏への扉』の歴史的名訳の地位は揺るがないだろう。

その証左に、一九六八年、SFファングループ〝東海SFの会〟がアンケートをとったオールタイム・ベスト以来、『夏への扉』は常にベスト3にランクインしており、〈S-Fマガジン〉一九九八年一月号発表のオールタイム・ベストの海外長篇部門で、堂々の第一位に輝く。さらに、同誌六〇〇号記念となる二〇〇六年四月号発表のオールタイム・ベストでも、一位『ソラリス』（沼野充義訳）、二位『幼年期の終り』（福島正実訳）、三位『夏への扉』、四位『火星年代記』（小笠原豊樹訳）、五位『虎よ、虎よ！』（中田耕治訳）と、その人気は衰えない。半世紀以上もの長きにわたり、読者に親しまれてきたこの福島訳版に、ＳＦファンはずっと夢中なのである。「彼（ピート）は、その人間用のドアの、少なくともどれかひとつが、夏に通じているという固い信念を持っていたのである」という物語の初めにでてくる言葉が、「彼はいつまでたっても、……必ずそのひとつは夏に通じるという確信を、棄てようとはしないのだ」と最後にまたリフレインされる、〝夏への扉〟――この希望に満ちたシンボリックな題名をもつ長篇には、日本のＳＦファンの琴線に触れる〝センス・オブ・ワンダー〟が息づいているのだ。

日本のＳＦファンとことわったのには、理由がある。アメリカでも、何度もオールタイム・ベストを募っているが、ハインラインがトップランクの人気作家であるのは同じでも、選ぶ作品が違うのだ。一九五九年の『宇宙の戦士』（矢野徹訳）、六一年の『異星の客』（井上一夫訳・創元ＳＦ文庫）、六六年の『月は無慈悲な夜の女王』（矢野徹訳）のヒューゴー賞を受賞した三作品に限られ、さもなくば、未来史シリーズに属する短篇集の『月を売った男』や『地球の緑の丘』が挙がるばかりで、『夏への扉』が選ばれたことがない。

これがアメリカのＳＦファンの特徴かと思えるのは、イギリスの〈インターゾーン〉の創刊編集長デイヴィッド・プリングルの選んだ *Science Fiction: The 100 Best Novels: An English-Language Selection, 1949-1984* (1985, Xanadu Publications) で、ジョージ・オーウェルの『一九八四年』（高橋和久訳・ハヤカワepi文庫）からウィリアム・ギブスンの『ニューロマンサー』（黒丸尚訳）までのベスト100作品のうち、ハインラインは『人形つかい』『夏への扉』、それにジュヴナイルの『スターファイター』（原題 *Have Space Suit-Will Travel*, 1958／矢野徹・吉川秀実訳・創元SF文庫）が選ばれているからだ。そして、アメリカのSF情報誌〈ローカス〉二〇〇七年八月号で大きくページをさき、ハインライン生誕一世紀祝賀特集（余談だが、二〇〇九年に生誕百年で出版界ならずとも話題になった太宰治、松本清張と、ハインラインは同世代になるわけだ）をおこなったなか、ハインラインのジュヴナイル作品からSFを読みはじめたコニー・ウィリスただひとり、ベストワンが『スターファイター』で、二位に『夏への扉』を挙げているので、アメリカでも少し風向きが変わってくるのかもしれない。

ところで、『夏への扉』で扱われているSFアイデアは、三つある。冷凍睡眠《コールドスリープ》、ロボット、タイム・トラベルである。

まず、〈文化女中器《ハイヤーガール》〉、〈窓拭きウィリー〉、〈万能《フレキシブル》フランク〉といった主人公が発明・製作した万能自動機械が登場するが、彼が「いずれにしろぼくは、人間の形をした機械人間なんかを作るつもりはなかったんだ」とか「ぼくの意見では、機械に判断力はあり得ない」とか述懐するように、『月は無慈悲な夜の女王』のマイクが代表例だろうが、コンピュータを描くことはあっても、ヒューマノイド型ロボット、アンドロイドが存在する未来に、ハインラインは興味がなかったようだ。ロボットSFの第一人者のアイザック・アシモフに遠慮したわけではないだろうが、不思議である。アシモフの銀河帝国に、なぜか非ヒューマノイド型エイリアンが登場しないのと、双璧をなす謎である。

トウィッチェル博士の時間転位装置はなかなかに興味ぶかいが、一回こっきりの過去へのタイム・トラベルでは時間SFの醍醐味はないし、タイム・パラドックス的な面白さに無頓着なのが、残念。そちらの目まいを起こしそうな快感は、何度も読み返したくなる傑作「時の門」（稲葉明雄訳・『時の門』所収）と「輪廻の蛇」（井上一夫訳・『輪廻の蛇』所収）で存分に味わえるから、まあいいか。

最後の冷凍睡眠は、あたまのほうで、「H・G・ウエルズの古典的SF『冬眠者めざめるとき』ぐらい」と書名を挙げているが、じつは、この本（*When the Sleeper Wakes,* 1899）はハインラインの大好きな作品で、一九三五年にカリフォルニアに講演旅行にきたウエルズ本人から、一九一〇年の改稿版 *The Sleeper Awakes* にサインをしてもらっており、彼の宝物のひとつだった。

未来や宇宙に暮らす人間たちの物語を、ビビッドに描きだすストーリーテリングは、〝ハインラインネスク〟と呼ばれた彼の真骨頂だが、ユートピアにせよディストピアにせよ、現代人が未来社会を見聞するSF（本書では、核兵器の使用された六週間戦争を経た一九七〇年の主人公が、冷凍睡眠で二〇〇〇年に目覚める設定の一九五七年作品なので、ちょっとヤヤコシイけれど）は、トマス・モア以来、本質的に文明批評・諷刺を眼目としている。つまり、ウエルズ作品がお気に入りということは、ハインラインは昔から、このテーマに並々ならぬ関心を持っていたということだ。

晩年、*The Cat Who Walks through Walls* という原題で、四匹もの猫が登場する！『ウロボロス・サークル』（矢野徹訳）や遺作『落日の彼方に向けて』（同訳）で、未来史に属していなかったはずの作品まで、統合してしまったハインラインだが、その一方、本書とタイム・スケールが違うが、現代人が未来にゆく作品を書いている。『自由未来』（浅倉久志訳）がそれで、第三次大戦が勃発し、核シェルターに逃げこんだ一家が、水爆の衝撃で二〇〇〇年後のディストピアに飛ばされてしまうストーリーである。

一九六二年、『異星の客』で、SFとして初めて〈ニューヨーク・タイムズ〉のベストセラー・リストにチャートインして以降、『愛に時間を』（矢野徹訳）、『獣の数字』（同訳）、『ヨブ』（斉藤伯好訳）、『ウロボロス・サークル』『落日の彼方に向けて』などが次々とベストセラー入りしたのに対し、ロングセラーであるものの話題にのぼることの少ない『夏への扉』や『自由未来』は継子《ままこ》扱い。それに不満を禁じえなかったが、二〇〇三年、驚くべき朗報が届く。ハインラインの未知の長篇、それもデビュー以前に書かれた作品が、スクリブナーズ社から刊行されたのだ！

ハインラインのデビューについて、小説やノンフィクションを収めたバラエティブック *Expanded Universe* (1980, An Ace Science Fiction Book) でも、著者自身、デビュー作「生命線」（矢野徹訳・『デリラと宇宙野郎たち』所収）のまえがきに、有名なエピソードを紹介している。一九三八年の夏、カリフォルニア州議会選挙に立候補して落選し、尾羽うち枯らして職もなく借財を抱えたハインラインは、〈スリリング・ワンダー〉誌の新人コンテストを目にすると、さっそく賞金五十ドル欲しさに四日間で短篇を書きあげるが、応募はせずに原稿料のいちばん高い〈アスタウンディング〉誌に投稿。ジョン・W・キャンベル編集長のおめがねにかなって採用され、賞金よりも多額の原稿料を手にした。そのときの新人コンテストの入賞者が、アルフレッド・ベスターだったという逸話だ。

しかし、最近のハインライン研究によると、事実はちがうらしい。空母レキシントン乗船中の海軍士官時代、船上での創作コンテストに、海軍士官学校内で起きる諜報と陰謀の短篇“Weekend Watch”で応募して落選している。病気で退役し、二番目の妻のレスリンとカリフォルニアに戻り、ＵＣＬＡで勉学に勤しんで学位をとる夢も破れた一九三四年秋、社会主義作家で政界進出をめざすアプトン・シンクレア（一八七八～一九六八年）と知り合う。シンクレアは、半ば忘れられた作家だったが、二〇〇七年、ポール・トーマス・アンダーソン監督が、シンクレアの小説を原作に、ダニエル・デイ＝ルイス主演で《ゼア・ウィル・ビー・ブラッド》を発表し、原作本が新訳されたから、その名を耳にした方も多いことだろう。社会党からではなく、民主党から知事選に立候補したシンクレアであったが、彼の掲げた「カリフォルニア州貧困根絶」政策というユートピア・ヴィジョンに感銘したハインラインは、機関誌〈ＥＰＩＣ〉の編集・執筆を手伝い、選挙活動のボランティアでも奔走する。結局、シンクレアは落選し、やがて執筆活動に戻ってゆくが、ハインラインはその後の政治に関わっていったのだ。そして、州議会選挙落選後、長篇小説 *For Us, the Living: A Comedy of Customs* を執筆。マクミラン社やランダムハウスに送るが、どちらからもボツにされる。「生命線」で作家デビューする一年前のことだった。

さて、その幻の第一長篇の内容はというと――一九三九年の夏、海軍航空兵の主人公は、休暇をすごしたロサンゼルスからサンディエゴに戻る途中、海岸線を走行中、対向車を避けようと急ハンドルをきると、道を飛びだし、はるか眼下の岩場に真っ逆様に落ちてゆく……気を失ってしまい、目を開けると、そこは雪の降りしきる山中だった……やがて彼は、その世界が百五十年後、二〇八六年の未来であることを知るのだが……。

まさにウエルズ作品に感化された長篇で、そこには現実の政治で果たせなかったユートピアのヴィジョンが語られ、政治や経済、社会の仕組みに関する長口舌に、後期の作品で敬遠されぎみだった理屈っぽさ、お説教臭さも、かいま見ることができる。ここに、ハインラインの作家としての出発点があり、書評などでの評価はけっして高くないが、ハインラインというSF作家を、二十一世紀の目で見直す起点が、ここにありそうだ。

ともあれ、アルフレッド・ベスターのインタビュウでは、わずか十三日間で書きあげたと豪語するほど著者に脂がのりきっていた時期の、本書は不朽の名作SFである。

＊出版社名の記していない著作は、すべてハヤカワ文庫SF刊です。

＊この「解説」は、〔新版〕の刊行にあたり、二〇一〇年版の「解説」を増補・改訂したものです。

二〇二〇年十一月記

本書は、一九七九年五月にハヤカワ文庫ＳＦ
より刊行された『夏への扉』の新版です。

訳者略歴　1929年生，1976年没，作家，評論家，翻訳家　訳書『人形つかい』ハインライン，『幼年期の終り』クラーク，『鋼鉄都市』アシモフ，『ゲイルズバーグの春を愛す』フィニイ（以上早川書房刊）他多数

HM=Hayakawa Mystery
SF=Science Fiction
JA=Japanese Author
NV=Novel
NF=Nonfiction
FT=Fantasy

夏《なつ》への扉《とびら》
〔新版〕

〈SF2309〉

二〇二〇年十二月十五日　発行
二〇二四年十月二十五日　八刷

（定価はカバーに表示してあります）

著者　ロバート・A・ハインライン
訳者　福《ふく》島《しま》正《まさ》実《み》
発行者　早川　浩
発行所　株式会社　早川書房

郵便番号　一〇一 - 〇〇四六
東京都千代田区神田多町二ノ二
電話　〇三 - 三二五二 - 三一一一
振替　〇〇一六〇 - 三 - 四七七九九
https://www.hayakawa-online.co.jp

乱丁・落丁本は小社制作部宛お送り下さい。
送料小社負担にてお取りかえいたします。

印刷・株式会社亨有堂印刷所　製本・株式会社フォーネット社
Printed and bound in Japan
ISBN978-4-15-012309-3 C0197